KB151959

www.bbulmedia.com

혈
왕
전
서

혈왕전서

1판 1쇄 찍음 2015년 10월 19일
1판 1쇄 펴냄 2015년 10월 27일

지은이 | 미르영
펴낸이 | 정 필
펴낸곳 | 도서출판 **뿔미디어**

편집장 | 이재권
기획 · 편집 | 문정흠

출판등록 | 2002년 9월 11일 (제081-1-132호)
주소 | 경기도 부천시 원미구 소향로 17번길(두성프라자) 303호 (우) 14544
전화 | (032)651-6513 / 팩스 (032)651-6094
E-mail | bbulmedia@hanmail.net
홈페이지 | http://bbulmedia.com

값 8,000원

ISBN 979-11-315-6874-3 04810
ISBN 979-11-7003-272-4 04810 (세트)

血王全書

전쟁강호(戰爭江湖)

7

혈왕전서

미르영 신무협 장편 소설

목차

1장. 장백신위(長白神威)　　　…7

2장. 암운시초(暗雲始初)　　　…43

3장. 혈난지야(血亂之夜)　　　…81

4장. 당문혈운(唐門血雲)　　　…123

5장. 황가의숙(黃家醫宿)　　　…159

6장. 종화지사(終華之事)　　　…199

7장. 화신출현(火神出現)　　　…237

8장. 금제해결(禁制解決)　　　…271

9장. 암중모색(暗中摸索)　　　…303

1장. 장백신위(長白神威)

휘이잉!

퍽!

"크으, 이, 이건!"

경기가 사방을 휩쓸자 안심하고 있던 허인중은 불에 지지는 것 같은 고통을 느끼며 자신의 배를 바라보았다. 자신의 배에 올려져 있는 것은 서린의 손바닥이었다.

"어, 어떻게?"

최고의 수비 초식이자 자신이 펼칠 수 있는 공격 초식 중두 번째로 강한 팔방회벽을 허인중은 너무 믿고 있었다. 팔방회벽의 벽을 뚫고 나타난 서린이 마치 허깨비 같았다.

"크윽, 우우욱!"

배에서 일어난 쓰디쓴 고통에 신물을 토해냈다.

"우우욱!"

오장이 흔들리며 위 속에 있던 것이 계속 넘어왔다. 배를 시작으로 온몸 구석구석 퍼지는 고통은 허인중의 모든 기혈을 막아버렸다.

'후후후, 이대로 죽는다면 내가 곤란하지.'

서린은 허인중의 내부로 뻗어 들어가던 기운을 빠르게 회수했다. 자칫 죽기라도 한다면 비무에서 탈락할 뿐만 아니라 쓸데없는 일에 휘말려 골치가 아파지기 때문이었다.

털썩!

다리에 힘이 빠진 허인중은 그대로 무릎을 꿇었다. 그의 눈은 완전히 풀려 있었다. 무릎을 꿇은 허인중은 의식을 잃었는지 눈을 감으며 옆으로 쓰러져 버렸다.

"천서린 공자의 승이오!"

굉천 선사는 서린의 승리를 확정지었다. 서린의 승리가 확정되자마자 사람들이 비무대로 올라왔다. 허인중의 상세를 살피기 위해서였다.

"그리 심한 상세는 아닙니다. 한 달 정도 요양하면 괜찮아질 것 같습니다."

비무 대회 도중 일어날지 모르는 불상사에 대비해 대기하고 있던 의원이 허인중의 상세를 살피고는 굉천 선사를 향해 죽을 만한 부상이 아님을 알려왔다. 이내 허인중은 의

원들에 의해 비무대 밖으로 옮겨졌다. 명색이 사천당가이니만큼 치료하는 약당이 크기에 그곳에서 치료를 받을 것이 분명해 보였다.

휘이익!

비무대 위로 누군가 경공을 발휘해 올라왔다. 한 자루 육모곤(六矛棍)을 잘 다뤄 산동에서 행세깨나 하는 백거준(白鉅俊)이라는 자였다.

"본인은 육모곤 백거준이다. 쓸 만한 솜씨더구나. 네놈의 신법이 아주 뛰어난다는 것은 인정하마."

방금 전 서린이 보여준 사밀야혼의 신법을 보면서 백거준은 매우 감탄했다. 사각을 파고들며 신형을 흐리는 모습은 완전한 모습의 이형환위나 다름없기 때문이었다. 절정고수도 펼치기 힘들다는 이형환위를 연속으로 펼치며 단 일격에 허인중을 쓰러뜨린 서린의 솜씨를 인정한 것이다.

"하지만 난 네놈 뜻대로 되지 않을 것이다."

백거준은 석 자 가까이 되는 육모곤을 들어 올렸다. 한철을 섞어 만든 육모곤은 한기를 풀풀 풍기고 있었다. 그리고 육각의 각 면에는 흉신악살의 모습이 가득 새겨져 있었다.

육모곤의 크기는 두 자[二尺]!

그리 크지도 작지도 않은 무기다. 곤두에는 야차의 모습의 새겨져 있고 각진 면을 따라 악귀의 모습이 새겨져 있는데, 너무 생생해 금방이라도 튀어 나올 것 같은 모습이었다.

곤이라는 무기는 필수적으로 접근전을 요하는 것이다. 검이나 도는 찌르거나 베는 것 외에 타격을 겸할 수 있지만, 곤은 직접적인 타격력만이 적을 살상할 수 있는 것이라 신법이 매우 중요했다.

백거준은 곤을 사용하는 다른 이들처럼 상당한 신법을 보유하고 있는 사람이었다. 이형환위에 버금가는 신법을 이용한 공격이지만, 그는 자신 있었다. 비무를 관전하는 다른 이들은 서린의 신형을 놓쳐 어떻게 공격을 가한 것인지 알 수가 없었지만, 그는 서린이 펼친 사밀야혼의 흐름을 고스란히 느끼고 있던 것이다.

파파팟!

일보를 내딛은 백거준의 신형(身形)이 셋으로 분리됐다. 극쾌의 신법으로 인한 잔상이 생겨난 것이었다. 일보삼변(一步三變)의 신법을 발휘한 백거준의 곤이 먹이를 노리는 뱀처럼 영활하게 서린을 향해 다가갔다. 전신이 한철로 이루어져 중병에 속하는 곤이 마치 연검처럼 낭창거리는 듯 보였다. 서린의 안색이 굳어졌다. 강(强) 일변도의 곤으로 이처럼 쾌와 변을 동시에 시전하는 곤법은 그로서도 처음 보는 것이었다.

휘리리리릭!

"크아아악!"

곤이 회전하며 귀곡성을 흘리기 시작했다.

'그냥은 안 되겠군.'

서린의 신형이 움직이기 시작했다. 무심한 듯 하늘을 흘러가는 구름처럼 유유자적해 보였지만, 창천무심행으로 움직이는 서린의 신형은 백거준의 공세에서 비껴나고 있었다.

파파팡!

청석의 바닥이 움푹 꺼지며 백거준의 신형이 엿가락처럼 늘어났다. 잔상을 남기며 쾌속하게 전진한 탓이었다.

"저럴 수가!! 저게 육모곤이야?"

"산동에서는 이름깨나 날린다고 했지만, 저 정도 고수일 줄이야!"

비무를 관전하던 사람들의 입에서 찬탄성이 터져 나왔다. 지금까지 알려진 육모곤의 모습과는 전혀 달랐기 때문이다. 접근전을 통해 육중한 육모곤으로 적의 무기를 떨군 후 일격에 참살하는 것이 그의 공격 방식이라고 알려져 있었기에 쾌속한 신법을 구사하며 검보다 더 영활하게 서린을 공격해 드는 모습이 의외였던 것이다.

"그나저나 천잔도문의 소문주라는 사람도 대단한 사람이구만. 저런 공세 속을 유유히 움직이는 신법이라니 말이야. 이건 마치 신법을 대결하는 것 같으니……."

세인들의 눈에는 두 사람이 신법을 대결하게 위해 비무대 위로 오른 것처럼 보였다. 반 각여 동안 쫓고 쫓기는 신법은 눈으로 쫓기 어려운 것이기 때문이었다.

탁!

서린을 쫓는 백거준의 신형이 멈추어 섰다. 은신법을 가미한 서린의 신법을 자신의 절기인 쾌보야차행(快步夜叉行)이라면 충분히 잡을 수 있다고 생각한 그였지만, 창천무심행을 쫓던 그는 신법으로는 서린을 잡을 수 없다는 것을 새삼 느낀 것이다.

"고절한 신법을 가지고 있으리라고는 생각하지도 못했다. 조금 전 비무에서 보여준 것이 다라고 생각했거늘. 신법으로 쫓지 못한다면 할 수 없지."

"당신도 꽤나 괜찮은 신법을 가지고 있군요. 하마터면 잡힐 뻔했습니다."

서린도 백거준의 신법에 감탄하고 있었다. 동시에 세 방향으로 움직이며 포위하듯 몰아가는 쾌보야차행의 움직임은 서린으로서도 새로운 개념의 신법이었기 때문이다.

"다른 사람이라면 모르겠으나 너 정도의 신법을 소유한 자가 하는 칭찬이니 고맙게 받겠다. 하지만 내가 가진 것이 신법이 전부라고만 생각하면 낭패를 당할 것이다. 준비해라!"

말을 끝내는 것과 동시에 백거준의 장포가 부풀어 오르기 시작했다. 곤을 똑바로 들어 올려 평정세(平正勢)를 취하고 있는 그의 몸에서 비무대를 압박하는 거미줄 같은 경기가 흘러나왔다.

"하늘 아래 거칠 것이 없다. 건곤백변(乾坤百變)!"

크아아아!

곤두의 야차상에서 포효성이 흘러나왔다. 포효 뒤에는 육모곤이 사방을 에워쌌다. 마치 악귀들처럼 곤영이 서린을 향해 득달같이 날아왔다. 곤은 허와 실을 구별할 수가 없었다. 한철로 이루어져 무게가 상당한 곤이 이토록 영활하게 움직이리라고는 그 누구도 상상할 수 없는 것이었다.

"차앗!"

서린은 양손을 교차하며 기합성을 내질렀다. 그의 몸에서는 은은한 자색의 기운이 맴돌기 시작했다. 암경에 속하는 음인(陰引), 자전철풍(紫電鐵風)을 시전한 것이다.

타타타탕!

파파팡!!

다가오던 곤영이 서린의 손발에 맞아 튕겨져 나가며 불꽃을 피워 올렸다. 인간의 육신으로 한철로 만들어진 쳐내는 것임에도 불똥이 피어오른 것이다. 참절백로(斬截百路)의 신위였다. 사사묵련에서 만들어낸 최강의 투법이자 그 누구도 완성한 적이 없는 격투법이 곤영에 맞서 펼쳐진 것이다. 육모곤의 공격이 사각(死角)을 쫓는 것이라면 참절백로의 투로는 그 사각을 적절히 막아냈다. 거기다 경력이 담긴 육모곤의 육중한 공세를 인간의 손발이 아무런 타격 없이 막아내는 모습에 백거준은 질리지 않을 수 없었다.

'크으, 이건 또 무슨 경우라는 말인가.'

육모곤을 쳐내는 것뿐만이 아니었다. 은은한 자색 기운이 몸에 돌고 난 후지만, 자신의 육모곤과 부딪칠 때마다 내력이 조금씩 사라지는 것을 느낀 백거준이었다.

"헉! 헉!"

전력을 다해 공격해 봤지만 지치는 것은 되레 자신이었다. 평소와는 달리 심한 내력의 고갈을 느낀 백거준은 공세를 멈추고는 숨을 들이쉬었다.

"그것은 어떤 초식이냐? 사술도 아니고…… 헉, 헉!"

"자전철풍이라는 것으로, 음인의 암경을 통해 상대의 내력을 과도하게 소모하게 하는 것이오. 당신은 상당히 지친 것 같은데, 이만하는 것이 어떻소?"

"허, 헉!! 안 될 소리! 아직 마지막 한 수가 남아 있다."

백거준은 이대로 패배를 자인하고 싶지는 않았다. 아무렇지 않은 듯 자신의 공세를 여유롭게 받아내고 있는 서린에게 아무런 타격조차 입히지 못했다는 것이 자존심을 상하게 했다.

무인으로서 그건 치욕이나 마찬가지였던 것이다.

"이것마저 받아낸다면 내가 패한 것이다."

심호흡을 한 백거준은 다리를 펴며 곤을 치켜들었다.

지이이잉!

내력을 주입한 탓인지 우는 듯한 소리가 곤에서 흘러나왔다. 스멀스멀 주변의 기운이 곤을 향해 빨려들기 시작했다. 대기가 일그러지며 파장의 여파가 비무를 관전하는 사람들에게까지 미쳤다.

"대단하군. 거의 강(剛)의 경지에 들어선 것 같지 않은가."

"그러게. 입물강기(入物剛氣)라면 거의 초절정에 육박하는 경지이거늘……."

곤이 검은 기운에 물들어가는 모습을 보며 세인들은 하나같이 백거준의 무공 수위에 놀랐다. 절정의 초입이라고 여겨지던 그의 무위가 이제 강기를 발현하기 직전의 상태라는 것이 놀라웠던 것이다.

"현벽파령(顯壁波靈)!!"

백거준의 외침과 함께 거대한 기운의 벽이 생겨났다.

서린은 자신의 몸을 중심으로 생겨난 거대한 기의 벽이 어느 쪽으로도 움직이지 못하도록 조이는 것을 느꼈다.

"단쇄추(斷碎錐)!!"

일순 백거준이 들고 있는 육모곤이 몇 배쯤 부푸는 듯이 보였다.

쐐앙!

파공성과 함께 육모곤이 떨어졌다. 아니, 날았다. 벽력이 떨어지는 것처럼 흑뇌전(黑雷電)이 서린을 향해 쏟아졌다.

쾅!

흑뇌전의 진로를 방해한 것은 서린의 팔이었다. 짙은 자색 기운이 서린의 오른팔에 맺혀 있었다. 허공을 날아 떨어져 내리던 육모곤이 서린의 손에 가로막히며 폭음을 낸 것이었다.

"크…억!!"

백거준이 한줄기 선혈을 토해냈다. 서린이 그의 육모곤을 막아낸 것뿐만 아니라 암경으로 그의 가슴을 강타한 탓이었다.

털썩!

당당했던 기세는 온데간데없이 백거준의 신형이 통나무 쓰러지듯 옆으로 쓰러졌다.

"천서린! 승!"

굉천 선사의 음성이 장내에 울려 퍼졌다.

"어서 내상을 살펴라!"

타타타탁.

의원들이 비무대 위로 올라가 상세를 살폈다. 이미 정신을 잃은 백거준의 상세를 살피던 의원 중 하나가 고개를 저었다. 보기보다는 내상이 심각했던 것이다.

"빨리 옮겨 치료하도록 해라!"

"잠시만 기다리시오. 이대로 간다면 다시는 무공을 쓸

수 없을 테니 말이오."

서린은 굉천 선사의 말을 듣고 백거준을 옮기려는 의원을 제지했다. 백거준에게로 다가간 서린은 몇 군데 혈도를 짚었다. 자신이 쏘아 보낸 자전철풍의 암경을 해소시킨 것이었다.

"이제 옮기셔도 됩니다."

"어서 옮기시오."

서린이 암경을 해소시키자 한층 편안한 표정이 되는 것을 지켜본 굉천 선사는 서둘러 약당으로 옮기도록 했다.

"자네, 굉장하군. 그 정도의 실력을 가지고 있다니 말이야. 백거준이 초절정에 육박한 것도 놀라운 일이지만, 그런 그를 이토록 간단히 패퇴시키다니 말이야."

"아직 비무가 끝나지 않았습니다. 다음 분이 올라오도록 해주시지요."

서린은 다음 사람이 비무대에 올라올 수 있도록 해주기를 바랐다. 양옆의 비무대 위에서 윤상호와 당삼걸이 접전을 펼치는 것을 보았기 때문이다. 계속해서 비무에 매달려 있다면 혈교의 움직임에 제대로 대처하지 못할 것이 분명했다.

'아직 제 실력을 발휘하지 않고는 있지만, 위험한 일이 벌어질 수도 있으니 빨리 비무를 끝내야겠다.'

서린은 될 수 있으면 자신의 실력을 내보이고 싶지 않았지만, 만약의 경우를 대비해 어느 정도는 실력을 드러낼 필요를 느꼈다. 또한 자신의 상대로 남아 있는 자들의 실력이 그리 쉽게 상대할 만한 성질의 것이 아니기 때문이기도 했다.

"어렵게 관문을 통과했는데 꼬리를 말고 도망을 친다면 강호의 무인들이 날 우습게 여기겠지."

휘이익!

거침없는 말투와 함께 관문 통과자 중 마지막 인물이 비무대 위로 올라왔다. 흰 백의를 입고 있어 어느 명문대가의 공자처럼 보이는 사람이었다.

"비산자(匕算子) 육 모라 하오."

"비산자?"

"절강에서 이름을 조금 얻었소."

처음 들어보는 명호였다. 비무 대회에 참가한 이들 대부분은 각 지방에서 어느 정도 명성을 얻고 있는 자들이었다. 서린도 비산자 육대운(陸大運)이란 사람이 비무 대회에 참가했다고는 알고 있었지만, 이 정도의 실력을 지닌 자라는 것은 오늘에서야 알게 되었다. 두 번의 비무를 거치는 동안 상대했던 자들이 상상외의 실력을 가지고 있는 것에 놀라고 있던 차에 생각지도 못한 고수의 등장인 것이다. 아직 올라올 생각을 하지 않고 있는 추운신검이나 도령에 비해서도 훨씬 강한 고수라는 것이 직감적으로 느껴졌다.

'반드시 정체를 알아내야 할 자다. 내가 이 정도로 긴장감을 느낄 고수라니……'

자신의 실력을 다 발휘하고 있는 것은 아니지만, 서린은 아련히 전해져 오는 긴장감에 비산자를 쳐다보았다.

"천잔도문의 천서린이라 하오. 좋은 비무가 될 것 같아 기쁘기 그지없군요."

"하하하! 나도 간만에 몸을 풀 수 있는 상대를 만난 것 같아 기분이 좋소."

펄럭!

육대운이 장포를 벗었다. 그는 장포 안쪽에 여러 겹의 도갑을 차고 있었다. 얇디얇은 소도를 찰 수 있도록 도갑이 그의 상반신에 빼곡히 장식되어 있었다.

'비도술인가?'

소리비도라 하여 강호에 전하는 전설적인 비도술이 존재한다고는 하나 그것은 기껏해야 두 자루뿐이었다. 하지만 육대운이 차고 있는 도갑의 수로 보아 적어도 백여 자루는 될 것 같아 보이는 비도가 그의 몸에 있었다. 모두 다룰 수 있다면 정말이지 쉽지 않은 상대였다.

사캉!!

육대운의 손에 두 자루 비도가 들려졌다. 비도라기보다는 단도라 불릴 정도의 크기였다. 두 자루 비도를 역으로 쥔 육대운은 서서히 기운을 끌어 올렸다.

스르르릉!

서린은 검을 꺼냈다. 서린의 검을 보는 육대운의 눈이 잠시 이채를 보였다. 중원에서는 보기 힘든 형태의 검이기 때문이었다.

"자! 그럼 시작할까!"

쉬이익!

육대운은 그리 빠르지 않은 속도로 서린에게 다가들고 있었다.

슈각!

슈슈슈슈!!

역으로 들린 두 자루의 단도가 춤을 추었다. 허공을 수놓은 단도들의 움직임은 갈피를 잡을 수 없을 정도로 빨랐다. 사방에 방어막을 치듯 육대운의 팔이 닿는 공간에는 어김없이 두 자루의 도영이 난무하고 있었다.

'뭐하자는 것인가?'

공격은 하지 않고 허공에 두 자루 단도를 쳐내며 다가오는 육대운을 보며 서린은 의아함을 느꼈다. 경력을 내치는 것도 아니고, 자신의 팔이 닿은 범위 안에서 경력을 휘돌리기만 하고 있는 것이다.

"차앗! 구룡회겁(九龍回怯)!"

사사사사사상!

파파파파팡!

칼날이 쓸리는 소리와 함께 가공할 경력이 육대운의 두 팔에서 터져 나왔다.

"저건!!"

상반신에 차고 있는 도갑이 마치 화가 치밀어 오른 용의 역린처럼 모두 일어서 있었다. 비도들은 보이지 않는 육대운의 손길에 따라 하나하나 빨려 나오며 서린을 향해 몰아쳐 가기 시작했다.

"저럴 수가!! 저건 분명 천겁만도(千劫彎刀)가 분명하다!"

굉천 선사의 입에서 경악성이 터졌다. 그의 입에서 나온 소리는 장내에 파장을 불러일으켰다. 천겁만도가 가지는 무서운 사실로 인해 비무대 옆에서 비무를 관전하는 사람은 물론, 관람석에 앉아 있는 명숙들까지 경악으로 몰아넣었다.

"진짜 저것이 천겁만도라는 말인가?"

제갈상운도 경악한 눈으로 당무결을 쳐다보았다. 그것은 천겁만도가 당가와 밀접한 연관을 가지고 있기 때문이었다.

"굉천 선사가 말한 것을 보면 틀림없는 것 같소. 내가 보기에도 그렇고."

당무결은 침울한 목소리로 육대운이 시전하고 있는 것이 천겁만도임을 시인했다. 당가에서 비전으로 내려오는 만천화우와 비교해도 손색이 없다는 비도술의 절정이 바로 천겁만도임을 자인한 것이다.

"천겁만도는 분면 당가의 반도라 일컬어지는 자의 무기이거늘, 어찌……."

"나도 어찌 된 영문인지 모르겠소."

당무결은 의혹이 짙은 눈빛으로 비무대 위를 바라보았다.

'분명 천겁만도는 미완으로 남겨진 것이거늘, 삼인장(三仁掌) 당운성(唐澐成)이 도반삼양귀원공을 완성하고 난 뒤 겨우 연성할 실마리를 잡았지만 끝내 실패한 것이 나타나다니…….'

천겁만도는 이론만 전해지는 것으로, 당가에서도 아무도 완성한 이가 없는 것이었다. 그나마 그 단초를 처음 발견한 사람은 당가의 질투로 인해 꽃도 피워보지 못하고 불귀의 객이 되었다는 것을 잘 알고 있는 그로서는 의문만이 일 뿐이었다.

차차차창!

서린의 주위를 맴도는 비도들은 모두가 살아 있었다. 도병도 없이 날만 있는 것들이 주인의 의지에 따라 허공을 맴돌며 서린을 공격하고 있었다. 비록 강의 단계는 아니지만, 이기어도(理氣馭刀)라 불러도 손색이 없었다. 자신의 기로서 한순간이나마 허공에서 방향을 틀어 도를 조종하는 단계에 이른 공격인 것이다.

따다다다땅!!

허공을 유영하며 공격해 오는 비도들을 서린은 엄밀한 방어막을 치며 막아냈다. 검은 검신에는 어느덧 붉은 기운이 어렸고, 검신을 따라 거대한 막이 쳐지기 시작했다. 남열개황(南熱愾惶)이었다. 거대한 열기의 폭풍이 주변을 휘돌며 육대운의 공격을 막아내고 있었다.

"허허허! 검막이라니……."

굉천 선사는 서린이 펼친 검막을 보고 헛웃음을 짓더니, 입을 다물지 못했다. 이기어도에 이른 육대운의 천검만도 놀라운 것이지만, 서린이 펼친 검막 또한 그에 못지않은 무공이기 때문이었다.

"장백의 무예가 도대체 어느 정도이기에 저토록 어린 나이에 검막이라니……."

굉천 선사의 놀라움과 마찬가지로 세인들의 놀라움은 극에 달했다. 이번 비무 대회는 후기지수들을 위한 대회였다. 무림의 새로운 신성을 뽑고 새로운 기회를 주고자 하는 것이 이번 비무 대회의 목적이었다.

하지만 지금 비무대 위에서 무공을 펼치는 두 사람은 후지지수의 수준을 훌쩍 뛰어넘은 이들이었다. 이 자리에 참석한 명문대파의 장문인이라 할지라도 함부로 대할 수 없는 막강한 실력을 뿜어내고 있는 것이다. 서린의 비무대를 제외한 다른 곳의 비무는 이미 멈추어 있었다. 이미 한 사람씩을 이긴 윤상호와 당삼걸의 비무대는 서린과 육대운이 보여주는 놀라운 광경으로 인해 중단된 상태였다. 은빛 섬광이 허공을 맴돌고, 붉은 적운(赤雲)이 휘몰아치는 광경은 누구나 경탄성을 자아낼 만큼 너무도 처절했다.

파파파팡!

서린의 주위에서 끊임없는 격돌이 일어났다. 그리 크지 않은 소리지만, 세인들은 숨죽여 바라봐야만 했다. 안에 담긴 경력이 예사로운 것이 아니기 때문이었다. 만약 둘 중 하나의 기세가 약해진다면 목숨을 잃을 정도로 흉험함이 가득 찬 공방이었다.

'젠장, 저런 고수들이라니…….'

화산파의 제일기재라 일컬어지는 추운신검 종민호(棕敏虎)는 뼈저린 패배감에 손톱이 장심을 파고드는 것도 모른 채 손을 움켜쥐었다. 앞의 비무도 그러했지만, 이번 비무를 보며 자신이 우물 안 개구리임을 절실히 느꼈기 때문이다. 조금 전까지만 해도 최소한 지지 않을 것이란 생각이었다. 서린의 움직임이나 공격을 보면서 기회가 있을 것이란 생각도 해보았다.

하지만 이 정도까지일 줄은 정말 몰랐다. 검막을 펼치는 고수라니, 그것은 그의 상상 밖에 존재하는 일이었다. 자세히 보면 서린의 손에서는 이미 검이 떠나 있었다. 육대운이 튕겨져 되돌아오는 비수들을 기로서 살짝 방향을 틀어 공격을 하고 있다면, 천서린은 이기어검에 비견되는 검막을 펼치고 있었다. 거기다 더욱 놀라운 것은 천서린의 표정이었다. 즐거워하는 빛이 역력했다. 검막을 펼치려면 막대한 내력과 고도의 정신 집중이 필요하다는 것은 무가의 상식이었다. 그런데 아무렇지 않은 듯 펼치는 천서린의 모습을 보며 전의를 상실한 것이었다.

'본 파에서도 검막을 펼칠 수 있는 분들이 몇 분 있지만, 저 정도는 아니다. 마치 아이가 장난을 하듯 저렇게 검을 구사하다니, 도저히 상대할 수 없는 자다. 그리고 저 육대운이란 자도 그렇고. 전혀 이름이 알려져 있지 않은 자이거늘, 저런 고수가 강호에 나타나다니…….'

콰콰쾅!!

종민호는 거센 폭음 소리에 비로소 정신을 차릴 수 있었다. 무시무시한 공방을 주고받는 비무는 멈춰 있었다. 한쪽에는 백여 개나 되어 보이는 비도가 육대운의 손길에 따라 허공에 머문 듯 보였다. 살짝살짝 손가락으로 방향을 트는 것만으로 벌어지고 있는 모습이다. 그렇게 육대운을 호위하듯 비수들이 넘실거렸고, 천서린은 검을 잡은 채 천단세의 자세로 상대를 노려보고 있었다.

"대단한 검이오."

육대운의 입에서 찬탄성이 쏟아졌다. 자신의 공격을 이토록 아무렇지 않게 받아낸다는 것이 놀라웠던 것이다. 아직 완전하게 익히지 못한 천겁만도지만, 이 정도 성취라면 일파의 장문인이라도 온전할 수 없음에도 서린의 옷깃 하나도 베지 못했기 때문이다.

"오히려 내 쪽이 감탄해야 하는 것 아니겠소? 백여 자루나 되는 비도를 의지만으로 다스리다니 말이오."

"별말씀을. 그런데 왜 공격을 하지 않은 것이오?"

방어만 하고 공격을 하지 않는 서린의 행동이 이상했는지 육대운은 궁금하다는 듯 물었다.

"내가 움직인다면 당신의 다음 공격을 막기가 수월치 않을 것 같아서 말이오."

'저자가 천겹만도의 비밀을 알았다는 말인가?'

겉으로 나타나지는 않았지만 육대운은 상당히 놀랐다. 공격을 감행하지 않은 것을 보면 천겹만도의 비밀을 알고 있는 것이 분명했다.

'저 웃는 표정을 보아하니, 천겹만도의 비밀을 알고 잇는 것이 분명하다. 사부의 말로는 천겹만도의 비밀을 알고 있는 자는 아무도 없다고 했는데…… . 혹시 허장성세인가?'

"후후후, 그리 고민할 것 없소. 이제부터는 내 공격이 시작될 테니까 말이오."

지이이잉!

서린의 검이 검명을 토해냈다. 언제 그런 것인지 검에 서린 붉은 기운이 모두 사라지고 검신 전체에서 한기가 흘러나왔다. 동시에 북풍한설보다 차가운 냉기가 전신을 감쌌다.

'이건… 위험하다!'

같은 흐름의 검세였다.

비록 기운의 성질은 다르지만, 자신의 천겹만도와 같은 흐름의 검공이 펼쳐지려 한다는 것을 육대운은 직감적으로 느낄 수 있었다. 천겹만도를 다룰 수 있는 본신 내공인 도반삼양귀원공을 완성하지 못한 지금, 서린의 공격에 맞선다는 것은 죽음을 자초하는 것임을 알 수 있었다.

처처처척!

허공을 맴도는 비도들이 빠른 속도로 제집을 찾아들었다. 그리고 육대운의 몸에 떠돌던 기운이 이내 수그러들었다.

척!

"내 패배요."

육대운이 포권을 하며 패배를 자인했다. 굉천 선사나 세인들은 당혹해할 수밖에 없었다. 아무런 움직임도 없었는데 육대운이 스스로 패배를 자인하는 것이 놀라웠던 것이다.

'둘 사이에 내가 모르는 공방이 있던 것인가?'

의아했지만 육대운이 패배를 자인한 이상 굉천 선사는 서린의 승리를 선언하지 않을 수 없었다.

"천서린 공자의 승리요!"

굉천 선사의 선언에 서린은 좌중을 향해 포권을 취해 보였다.

—나랑 한 번은 이야기를 나누어야 할 것이다.

포권을 하는 서린의 귀로 전음이 흘러들었다. 의혹에 가득 찬 육대운의 전음이었다.

—나도 할 이야기가 많소. 당신이 꼭 만나보아야 할 사람도 있고.

전음을 보내고 비무대를 내려오던 육대운은 자신이 만나봐야 할 사람이 있다는 서린의 전음에 더욱 의혹이 커졌다. 자신이 당가에 찾아온 이유를 아는 것 같은 서린의 표정이 궁금증을 커지게 한 것이다.

'당삼걸이 아니었다면 쉽게 끝날 비무가 아니었다. 그나저나 당삼걸과는 무슨 인연이기에……'

서린이 천겁만도의 비밀을 쉽게 알 수 있던 것은 당삼걸의 전음 덕분이었다. 남열개황을 펼쳐 육대운의 공격을 막아내고는 있었지만, 섣불리 공격을 할 수가 없었다. 뭔가 보이지 않는 예기가 기감을 계속해서 자극을 했기 때문이다.

그때 들려온 것이 바로 당삼걸의 전음이었다. 천겁만도의 비밀을 일부나마 들을 수 있었다. 자신이 양의 기운을 돋울수록 천겁만도를 더욱 도와주는 것이며, 천겁만도에서 펼쳐지는 또 다른 비기에 대한 무서움이었다.

'전음이 없었다면 패할 수도 있었다.'

천겹만도에 숨겨진 비기가 무엇인지는 모르지만, 양의 기운을 바탕으로 펼쳐 내는 무공이라는 소리에 서린은 급히 양화의 기운으로 가득 찬 남열개황의 초식을 접고는 북빙한령(北氷寒翎)을 펼쳤다. 수만 개로 이루어진 빙정의 한기 같은 냉기가 몰아닥치는 북빙한령이라면 육대운의 기운을 누를 수 있을 것이라는 생각에서였다. 서린의 생각이 적중한 탓인지, 천겹만도의 기운이 현저히 줄어들었다. 육대운도 그것을 느낀 것인지 공격을 멈추고 패배를 자인했다.

'그가 패배를 자인한 것은 천겹만도에 감춰진 비밀과 연관이 있을 것이다. 그런데 어떻게 당삼걸이 천겹만도에 숨겨져 있는 비밀을 알고 있는 것인지 모르겠군.'

과거의 인과가 얽혀 있다고밖에는 없는 상황이었기에 서린은 흥미가 일었다. 육대원이라는 초고수가 나타난 것이 우연일 리 없기 때문이었다.

서린이 육대운과 당삼걸의 관계를 생각하고 있을 때, 굉천 선사는 남아 있는 두 사람을 보고 있었다. 누가 올라올 것이냐는 무언의 눈빛이었다.

'제기랄!'

추운신검은 굉천 선사의 눈빛을 받으며 망설이지 않을 수 없었다.

'무조건 패하는 싸움이다.'

서린과 비무를 한다면 자신의 실력으로는 필패나 다름없

었다. 이미 초절정의 반열에 이른 서린의 무공은 아무리 이십사수매화검을 대성했다 하더라도 상대하기 어렵다는 것을 자각하고 있었다. 흔들리고 있는 것은 도령 또한 마찬가지였다. 그의 눈빛에는 믿을 수 없다는 기색이 역력했다.

'어르신들의 말씀으로는 이 정도의 실력이 아니었다. 무공을 배운 지 불과 십 년 정도밖에 지나지 않았는데, 이 정도라니……. 도무지 믿어지지 않는다.'

무난히 제압할 수 있을 것이라는 처음의 예상과는 달리 두려움이 일기 시작했다. 끝도 없이 흘러나오는 절기들과 막강한 위력에 자신감이 떨어졌다. 패배감에 마음이 무거워졌다. 서린과 장백파의 등장으로 강호사령(江湖四靈)은 모두가 비무대에 나서야 하는 상황이었다. 장백파의 장령 제자라는 윤상호와 그의 사제인 당삼걸, 그리고 천서린까지 정확한 능력을 알아봐야 했다.

'어차피 저놈의 실력을 알아봐야 하니 나서야 되겠지만… 이거, 잘못 나서서 아까 그놈 꼴이 되는 것은 아닌지 모르겠군.'

도령은 허인중을 생각하고 있었다. 백거준이 내상을 입었다고는 하지만, 허인중에 비한다면 그야말로 조족지혈에 지나지 않았다. 도령은 허인중이 약당으로 옮겨지는 와중에 그의 맥문을 살며시 짚어보았다. 분명 자신과 같은 종류의 내공을 익힌 것이 분명해 보이는 허인중의 기맥은 갈가리

찢겨져 있었다.

　기혈이 움직임이 정상적이라고는 하지만 허인중의 입장에서 그것은 정상이 아니었다. 보통의 무인들과는 다른 형태로 기운을 돌리기에 일반 무림인이나 의원들조차 알 수 없는 일이지만, 도령은 충분히 알 수 있었다. 반대로 돌아야 할 역혈사신공(逆血邪神功)의 기운이 정상적으로 돌고 있었던 것이다.

　'기운이 다시 정상으로 환원된다는 것은 역혈사신공을 익힌 자에겐 그것이 천형이나 다름없다. 그동안 익혀온 내공이 모두 사라져 버리기에 말이다. 산공(散功)의 고통을 느낄 사이도 없이 역혈사신공을 지워 버리다니……'

　망설임이 일었지만 비무대 위로 올라갈 수밖에 없었다. 대 위에서 비무를 지켜보고 있는 자신의 상관은 분명히 서린의 무공 수위를 알아내고 싶어 했다. 정확한 능력을 측정하기 위한 자[尺]가 되어야만 하는 것이다.

　'최선을 다한다. 어차피 물러설 수도 없다.'

　역혈사신공을 익힌 이후로 적수가 없다고 여기던 자신감은 이미 사라지고 없지만, 다시금 마음을 다잡았다.

　'내 칼 또한 그리 호락호락하지 않을 것이다.'

　세상에 알려지지 않은 사람에게 도법을 사사했다. 무명이지만 자신이 배운 도법은 세상의 그 어느 것보다 잔혹하고 무서운 것이었다. 그렇게 마음을 잡으며 천천히 비무대 위로 올라온 도령의 귀로 서린의 전음이 들려왔다.

─독 안에 갇힌 쥐 꼴이군.

"음!"

─네놈도 혈교의 끄나풀이라는 것을 안다. 아까 그놈의 상세를 살피는 것을 보았다. 네놈도 그런 모습으로 만들어 주마.

"으음……."

'이, 이미 알고 있었구나.'

도령은 이미 서린이 자신에 대해 다 알고 있다는 사실에 전율을 금할 수 없었다. 혈교에 대해 알고 있으며, 그런 사실을 알고 있음에도 비무 대회에 나왔다는 것은 자신이 있다는 소리였다.

'알려야 한다.'

도령은 자신을 지휘하는 상관에게 그러한 사실을 전음으로 보고하려 했다.

'이건? 주변에 단음강막이 쳐져 있다.'

이미 비무대 주변은 단음강막이 쳐져 있었다. 단음강막이라는 것이 방같이 사방이 막혀 있는 곳에서만이 가능한 것인데, 사방이 탁 트인 곳에서도 시전을 한 것이다.

'이미 화경을 넘어선 경지다.'

슈욱!

잠깐 한눈을 파는 사이에 서린의 신형이 없어졌다. 파공

성도 없고, 아무런 기척이 느껴지지 않았다.

픽!

"크윽!"

명문혈로부터 불로 지지는 듯한 고통이 찾아들었다. 어느새 서린이 자신의 뒤를 점하고 명문혈을 공격한 것이다.

'크어어억!'

전신이 갈가리 찢어지는 고통이 밀려왔지만, 비명을 지를 수도 없었다. 고통을 줄이며 내력을 끌어 올리려 했지만, 내력은 이미 산산이 흩어지고 있는 중이었다. 혈맥을 역으로 돌려 보통의 무공보다 몇 배 이상의 내력을 격발시킬 수 있는 역혈사신공이 무참히 깨진 것이었다.

'크윽, 너무도 무, 무서운 놈이다.'

도령은 서서히 의식이 꺼져 가는 것을 느꼈다. 마음의 동요만 없었더라도 수십 초는 감당할 수 있었건만, 그러지 못하고 허무하게 꺾인 것이었다.

"와! 와!!"

비무대 주변으로 함성이 터져 나왔다. 강호사령 중 도령을 단 일 초에 꺾은 서린에 대한 강호인들의 환호성이었다. 비록 어떻게 움직이는지 본 사람은 대 위에 존재하는 몇몇뿐이지만, 그들은 환호를 멈추지 않았다. 진정 고수라 할 수 있는 자들을 연달아 쓰러뜨린 서린에 대해 환호하고 있었다.

"천서린! 승!"

굉천 선사는 다시 한 번 서린의 승리를 공언했다. 너무나
도 깨끗한 손속에 아무도 이의를 제기하지 않았다.

"이제는 마지막으로 화산의 추운신검만 남은 것 같은데,
어떻게 할 것인가?"

굉천 선사가 비무를 계속 속행할 것인지 물었다.

"계속해야지요. 이미 공언했다시피 말입니다."

서린의 말에 굉천 선사는 추운신검을 바라보았다.

'응? 누군가에게 전음을 듣고 있는 것인가?'

굉천 선사가 추운신검을 바라보니 그의 시선은 각파의
장문인들이 있는 대 위로 향해 있었다. 누군가에게 전음을
듣는 듯 연신 눈빛이 흔들렸다.

"자네는 비무에 응할 생각인가?"

굉천 선사는 추운신검을 향해 비무에 참가할 의사가 있
는지를 물었다. 종민호는 굉천 선사의 말을 듣고는 비무대
위에 있는 서린을 쳐다보았다.

"기, 기권하겠습니다."

종민호는 기권을 선언했다. 대문파의 일대 제자답지 않
은 소리였다.

"추운신검이 기권이라니?"

"이거, 천서린이란 사람의 무공에 겁을 먹은 거 아니
야?"

"그러게. 명색이 대화산파의 일대 제자인데 싸워보지도 않고 패배를 자처하다니, 믿을 수가 없군."

비난의 목소리가 여기저기서 터졌다. 하지만 종민호는 그런 것은 상관하지 않는다는 듯 굳은 얼굴로 발걸음을 돌려 비무대를 벗어나기 시작했다. 비무대 주변에서 관전하는 사람들의 눈길이 경멸의 빛을 띠었지만, 그저 굳게 입을 다물고 있을 뿐이었다.

"이로써 이번 조의 승자는 천서린 공자로 결정되었습니다."

종민호가 비무장을 벗어나자 굉천 선사는 서린이 이십강에 진출했음을 선언했다.

'사조께서는 어찌하여 저자와의 비무를 못하게 하신 것인지 모르겠구나.'

굉천 선사의 선언을 들으며 비무장을 벗어나는 종민호는 방금 전 자신에게 비무를 포기하라고 전음을 보내온 사람에게 의문을 느꼈다. 그에게 전음을 보내온 사람은 다름 아닌 그의 사조였기 때문이다. 화산오성 중 하나이며, 경공에 일가견이 있는 광풍자가 비무를 포기하라 전음을 보내온 것이었다. 비무대를 완전히 벗어나 명문정파의 후기지수들이 머물고 있는 곳으로 향하던 종민호는 회랑에서 자신을 기다리고 있는 광풍자를 볼 수 있었다.

"억울하더냐?"

"아닙니다. 차이가 확실히 나는데 억울할 리 있겠습니까?"

"그래, 억울해할 필요 없다. 나조차 일 초를 감당하기 힘든 녀석인데……. 후후후!"

"예?"

종민호는 천서린을 아는 듯한 광풍자의 말에 의아함을 금할 길이 없었다. 그것도 매우 친숙한 말투여서 무엇인가 사정이 있음을 알 수 있었다.

"천서린이란 아이는 너와 무관하지 않은 아이다."

"저와 무관하지 않다뇨? 무슨 말씀이십니까?"

"그 아이는 비연선자 조미령(曺渼玲)의 아들이다."

"비연선자 님의 아들이라는 말입니까?"

"그래. 엄밀히 따진다면 너와는 사형제지간이 되지. 내 너에게 긴히 할 말이 있으니 따라오도록 해라."

"무슨 말씀이시기에……. 이곳에서 하시면 안 되는 일입니까?"

"아주 중요한 일이다. 우리 화산의 명운이 걸려 있을 만큼 아주 중요한 일이지. 그리고 이곳에서 할 만한 이야기도 아니고 말이다. 그러니 조용히 나를 따라오너라."

"알겠습니다, 사조님!"

종민호는 앞장서서 걸어가는 광풍자의 뒤를 따랐다. 스승의 실종 후 자신을 음으로 양으로 가르쳐 온 광풍자이기에 어째서 그가 이토록 조심해 가며 자신에게 할 말이 있는 것인지 궁금할 따름이었다. 이십강 진출을 확정 지은 서린은 비무대 위에서 천천히 내려왔다. 아직 비무가 진행 중인 옆의 비무대를 지켜보기 위해서였다. 윤상호와 당삼걸은 이미 두 사람째 비무에 승리해 있는 상태였다. 서린의 비무대만은 못하지만, 그래도 열기에 휩싸여 있는 것만은 틀림없었다. 비무대로 향하는 서린에게 사람들이 분분히 길을 터주었다. 새로운 강호의 신성에 대한 예우였다. 나이 이십줄에 절정의 반열도 힘들건만, 초절정을 능가할지도 모르는 무위를 선보인 서린에 대한 배려였다.

서린이 도착하자 윤상호의 비무대에서 비무가 시작되었다. 윤상호의 세 번째 비무 대상은 무당파 출신의 검사였다. 양의검을 대성했다고 알려진 자로, 후기지수 중에 적수가 없다고 알려진 전폭검(戰爆劍) 이수(李洙)였다.

'중원의 대표적인 검법과 장백의 검법이 맞붙는 형세로군.'

서린은 두 사람을 보며 이번 비무가 재미있게 진행될 것 같다는 느낌이 들었다. 윤상호의 실력이야 자신이 잘 아는 바이고, 이수의 몸에서 느껴지는 기세 또한 만만치 않은 검력을 보유하고 있음을 확인한 까닭이었다.

비무는 서린의 예상대로 진행되었다. 두 사람 다 상대의 실력이 만만치 않음을 인식한 탓인지 기수식을 취한 채 상대를 노려보며 허점을 찾고 있었다.

'더 볼 필요도 없겠군.'

짧지 않은 시간이지만 서린은 비월유성검(飛越流星劍)의 기세에 이수가 밀리는 것을 알 수 있었다. 천라유성세(天羅遊星勢), 비격원호세(飛激圓弧勢), 세원유수세(洗圓流水勢)로 이어지는 삼 초의 비월유성검이라면 이번 비무의 승리는 윤상호에게 돌아갈 것이 뻔했다. 서린은 비무대 밑에서 대기하고 있는 자들의 면면을 살폈다. 그러나 그들은 지금 비무대 위에 올라가 있는 전폭검 이수보다 못한 자들이었다. 검령이 있기는 하지만, 그는 지금 매우 흔들리고 있는 중이었다. 특히 서린과 눈이 마주쳤을 때는 마치 공포에 질린 표정을 지어 보이기까지 했다.

'윤상호 형님의 감추어진 실력이 어떤 것인지 저자는 아는 것 같군. 그리고 도령의 내공이 완전히 사라지고 평범한 사람으로 돌아갔다는 것도 알아차린 것 같군. 그렇다면 이곳은 염려할 것이 없으니, 저곳에나 가봐야겠다.'

서린은 윤상호가 비무하고 있는 가운데 비무장을 떠나 당삼걸이 비무를 벌이고 있는 곳으로 향했다. 사람들이 비켜서며 길이 생겨났다. 한때 당가의 소가주였던 당추인의 시샘을 받으면서도 사천 일대에서 삼양신장(三陽神將)이라는 별호를 얻을 정도로 장법에 일가견이 있던 당삼걸은 지금 세 번째 상대로 소림의 담운(潭澐)을 상대하고 있었다.

나한기공(羅漢氣功)과 금강복마권(金剛伏魔圈)을 성명절기로 하는 자로, 다음 대 계율원주로 지목되고 있을 만큼 성정이 공명정대하기로 이름이 높은 자였다. 마주 서 있자 비무대가 비좁아 보일 정도로 두 사람의 체구는 컸다. 사실 당삼걸은 체구가 장대하기로 이름이 높은 사람이었다. 조금은 호리한 몸집이지만, 팔 척이 넘는 키에 적당한 근육을 가지고 있는 상태였다. 그와 맞서고 있는 담운 또한 상당한 장신에 커다란 덩치를 가지고 있었다. 오히려 더 커 보이는 모습이었다.

'재미있는 대결이 되겠군. 비록 권장에 일가견이 있었다고는 하지만, 당문 출신이 권장의 고수가 되어 나타났다는 사실도 세인들에겐 의외일 테니까.'

금강복마권은 소림에서도 대표적인 패권(覇拳)에 속하는 절학으로, 중후하고 파괴적인 성향이 강했다. 특히 사마외도에겐 공포의 무공이었다. 소림에 죄를 저지르거나 무림의 공적을 사로잡기 위해 소림의 산문을 나선 대부분의 소림 승들이 금강복마권을 익히고 있기 때문이었다.

2장. 암운시초(暗雲始初)

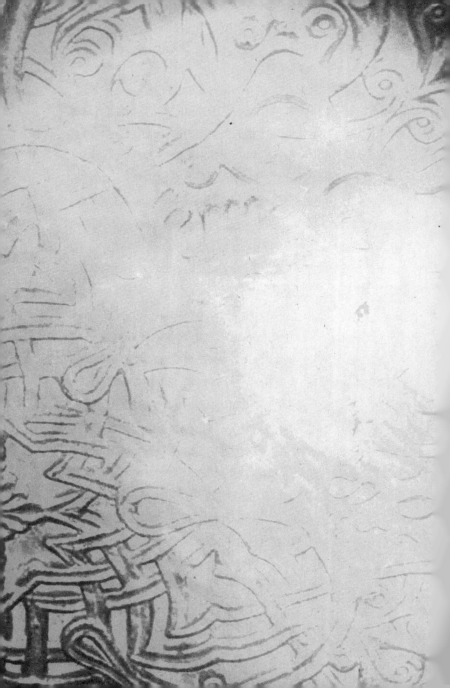

쾅!

비무가 시작되자 담운이 진각을 밟았다. 회색 승포를 입은 그의 진각은 여타의 진각과는 달랐다. 두 치 안에서 그의 발을 중심으로 안으로 갈무리되듯 경기가 휘몰아쳤다. 그에 비해 자세를 잡은 당삼걸의 모습은 무척이나 가벼워 보였다.

'저리 가벼워 보이지만 한 걸음에 태산이 움직이듯 진중하니, 접전이 되겠구나.'

당삼걸이 발끝으로 청석을 찼다. 가벼운 몸놀림이었으나 지면과 마주치는 발끝에는 진각과 마찬가지로 몸의 회전력을 높이는 힘이 충만해 있었다.

팡!

먼저 공격을 시작한 것은 당삼걸이었다. 그가 차올린 발 끝에 담운이 걸리지는 않았지만, 공기가 파열하는 음향이 비무대 위에 가득했다.

파파파팡!

신법을 발휘해 신형을 움직이는 담운을 향해 차올린 오 른발이 어지럽게 움직이며 쫓아갔다. 섣불리 공격을 할 수 없는 듯 담운은 나한신법(羅漢身法)의 행로대로 당삼걸의 공격을 피해 나갔다.

'담운이라는 스님도 공격하기 애매할 것이다. 저렇게 아 무렇게나 움직이는 것처럼 보여도 보(步)와 보(步) 사이에 는 오의가 담겨 있는 것이니.'

서린의 짐작대로 담운은 공격할 틈새를 찾지 못하고 있 었다.

흔들리듯 이어지는 당삼걸의 움직임에는 동(動)과 정(靜) 이 오묘한 조화를 이루고 있던 것이다.

'저렇게 움직이다가도 내가 움직일 기미를 알아차린 듯 때를 맞추어 극정의 기세를 보이다니. 마치 춤을 추는 저런 동작에 나한신법을 제압하는 묘리가 숨어 있다는 말인가?'

담운은 자신의 신형을 따라 춤을 추듯 움직이며 간간이 뻗어내는 당삼걸의 각법에 적잖이 당혹해했다. 움직이는 동 선을 보면 끝없이 움직이는 것 같지만, 막상 공격하려 하면

고요함으로 자신을 제압하는 정중동의 묘리를 함께 내보이는 특이한 신법을 구사하고 있었기 때문이다.

'사숙께서 이번 비무 대회에서 장백파를 주시하라는 것이 이런 뜻이었나 보군.'

담운은 비무대에 오르기 전, 비무를 공증하기 위해 나선 굉오(宏悟) 선사로부터 당삼걸의 모습을 잘 눈여겨 봐두라는 전음을 받은바 있었다. 당삼걸과 비무를 하다 보면 금강복마권에 비해 성취가 뒤지고 있는 나한신법의 극의를 깨달을 수 있을 것이라는 말을 가슴에 새겼다.

파파팡!

왼쪽 관자놀이를 노리고 당삼걸의 왼발이 세 번 연속 파고들었다. 순간이지만 정지된 상태에서의 완벽한 삼 연격이었다.

'비록 찰나에 불과하지만 공격하는 순간 완벽히 정지하는 부분이 있다. 제압하려면 그 순간을 노리는 수밖에.'

담운은 기회를 노리다 당삼걸의 공격 순간에 빈틈이 있는 것을 알아차렸다. 연격기가 펼쳐지면 공격 순간에 정지하는 곳이 있음을 발견한 것이었다. 담운은 나한신법을 더욱 쾌속하게 시전하며 당삼걸에게 파고들었다. 어느 정도 당삼걸의 움직임을 이해한 듯 보이는 담운의 움직임을 주시하던 서린은 이내 담운이 패배할 것임을 직감했다.

'뭔가를 눈치챘나 보군. 하지만 그것이 다가 아닌 것을.

고요함 속에 천지를 뒤엎을 힘이 담긴 것을 알아내지 못하는 한 저 스님의 패배다.'

당삼걸이 시전하고 있는 신법의 세 가지 오의 중 하나를 눈치챘으나 나머지 두 가지에 대해서는 모르는 것 같기 때문이었다.

펑!

쾌속하게 돌며 당삼걸의 공격을 피하던 담운의 신형이 지축을 울리는 진각 소리와 함께 급격히 파고들었다.

"차앗! 반룡탐조(般龍貪爪)!"

용이 회전하듯 신형을 되돌린 담운의 손가락이 용의 발톱처럼 당삼걸의 가슴을 노리고 짓쳐 들었다. 쾌속하고 빠른 공격이지만 당삼걸은 여유롭게 뒤로 일 보 빠지며 공격해 오는 담운의 손을 낚아채더니, 신형을 띄워 담운의 머리 위를 발로 가격했다.

펑!

장렬한 파열음이 담운의 백회혈 부근에서 터져 나왔다. 순간적이지만 담운은 움찔하지 않을 수 없었다. 다행히 당삼걸의 공격을 헛발질한 것이라 판단한 담운은 자신의 손을 잡고 있는 당삼걸의 손으로 경력을 보내 튕겨내고는 뒤로 물러났다.

'후후, 이미 끝난 것을 모르는군. 하긴 이곳과 비무 방식이 다르니 어쩔 수 없겠지.'

무공에 있어서는 변방이라 생각하고 있기에 조선의 비무 방식에 대해서 중원인들은 잘 모르고 있었다. 상대의 상투를 차는 순간 승패가 갈리는 태껸의 비무 방식을 모르기에 지금 비무를 벌이고 있는 담운도, 관전하는 사람들도 당삼걸의 공격이 실패한 것이라 생각했던 것이다. 하지만 비무를 지켜보고 있던 꾕오 선사는 눈살을 찌푸리며 두 사람의 계속되는 공방을 지켜보았다. 그는 뭔가 알고 있는 듯 당삼걸의 움직임을 쫓고 있었다.

당삼걸의 공격이 실패했다고 생각한 담운은 뒤로 물러난 후 다시금 나한신법을 발휘해 파고들었다. 나한투천(羅漢透遷)의 초식으로 연이어 삼 권을 뻗어냈다. 나한기공의 경력이 실린 권세는 강렬한 기세를 발하며 당삼걸의 전신으로 파고들었다.

타타탁!

맑은 바람에 대나무가 부딪치는 듯한 경쾌한 소리가 들렸다. 손안에 새를 품듯 손을 활짝 편 당삼걸이 담운의 권세를 모두 쳐낸 것이었다. 담운의 두 팔에 담긴 나한기공의 경력이 휘돌고 있었지만, 당삼걸이 아무렇지도 않은 듯 쳐낸 것이다.

휘이익!

담운의 권세를 비껴낸 당삼걸의 신형이 팽이처럼 회전했다.

팡!

이어 담운의 백회혈 근방에서 또다시 공기가 터지는 파열음이 작렬했다. 권세를 쳐내고 뻗어낸 다리가 담운의 머리 위를 노닌 것은 그야말로 일순간이었다. 담운은 자신의 머리 위에서 파열음이 작렬하자 허겁지겁 뒤로 물러서며 놀라운 눈으로 당삼걸을 쳐다보았다.

'실수가 아니다.'

그의 눈에는 불신의 빛이 가득했다. 처음 자신의 머리 위에서 파열음이 작렬한 것은 당삼걸의 공격이 실패했기 때문이 아니라는 것을 느낀 탓이었다. 그런 담운을 보며 당삼걸 또한 움직임을 멈추고 가만히 서 있었다.

"아미타불, 미안하게 되었소. 소승이 패했소. 시주께서 소승에게 주신 가르침, 잊지 않을 것이오."

담운이 패배를 시인하며 조용히 반장을 했다. 소림 승려 특유의 인사였다. 담운은 당삼걸에게 고마움을 표시한 후, 비무대를 내려갔다.

"무슨 일이야?"

"그러게? 왜 패했다는 것이지?"

"삼양신장의 공격은 분명 실패한 것인데……."

비무를 관전하던 무림인들 사이에서 의문이 쏟아졌다. 그들이 보기에 당삼걸의 공격은 분명 담운의 머리를 스쳤을 뿐이기 때문이었다.

"아미타불, 소승이 설명을 드리겠소."

비무대 주변이 소란스러워지자 굉오 선사가 비무대로 나섰다. 좌중을 향해 반장을 해 보인 굉오는 주변을 돌아보며 말문을 열었다.

"처음 담운 사질이 반룡탐조를 펼쳤을 때 이미 패배한 것이오. 사질은 그것도 모르고 재차 공격한 것이었소."

"아니, 그게 무슨 말입니까? 삼양신장의 공격이 실패한 것이 아니란 겁니까?"

굉오의 말에 비무대 앞에 있던 자가 물었다.

"그렇습니다. 장백파에서는 권장을 겨룰 때 중원과는 달리 독특한 비무 방식이 있습니다. 그것을 모르는 담운은 자신이 패한 것도 몰랐던 것이지요."

"독특한 비무 방식이라니요?"

비무를 관전하던 다른 이가 궁금한 듯 물었다.

"여러분도 아시다시피 속세인은 상투를 틉니다. 장백파에서는 비무를 할 시 최고의 공격이 상대의 상투를 건드리는 것으로 치지요. 만약 상대가 자신의 상투를 발로 찬다면 자신의 손으로 바닥을 쳐 패배를 자인합니다. 하지만 담운은 장백파의 독특한 비무 방식을 몰랐고, 또한 저와 마찬가지로 머리가 이 모양이라서 상투를 틀 수 없는지라 당 시주의 공격이 성공했다는 것을 몰랐던 것입니다. 그러다 나한투천의 공격을 흘리고 자신을 향해 시전한 당 시주의 두 번

째 공격으로 자신이 패했다는 것을 인식한 것이죠. 아마 실
전이었다면 머리카락이 없는 담운이 아니라 머리 없는 담운
만이 이곳에 있었을 겁니다. 아미타불!"

비무대를 주시하던 무림인들은 그제야 담운이 왜 패배를
자인했는지 알 수 있었다. 공기를 파열시킬 만큼 강한 각법
이라면 굉오 선사의 말대로 머리 없는 담운만이 비무대 위
에 남아 있을 수도 있다는 생각이 들었던 것이다.

"하하하! 정말 대단하군. 저런 비무 방식이 있을 줄이야.
중원의 비무 방식이야 격렬해지다 보면 내외상을 입기 마련
이거늘……."

"확실히 장백파가 명문은 명문이로군. 저토록 인명을 소
중히 하고 승패를 알 수 있는 비무 방식을 사용하다니 말이
야."

"그러게. 저기 천잔도문의 소문주는 연승으로 이미 이십
강 안에 들었고, 당삼걸도 담운을 물리치고 삼 승째니 거의
진출한다고 봐야 하고, 장백파의 장문 제자라는 자가 전폭
검을 저리 몰아붙이고 있으니 삼 승은 딴 것이나 마찬가지
니. 참, 장백파가 그리 강한 문파였던가?"

비무대를 둘러싸고 있는 무림인들 사이에서는 장백파에
대한 인식이 새롭게 각인되고 있었다. 장백파와 천잔도문의
욱일승천하는 기세가 헛것이 아니었음을 확실히 인식하게
된 것이다. 전폭검 이수는 윤상호의 비월유성검에 연신 몰

리다 패배를 자초했다. 점에서 시작되어 만월처럼 끝없이 원으로 이어지는 비월유성검의 초반 공세를 만만히 보다 양의검의 진면목을 선보이지도 못하고 삼십여 초 만에 비무대 밖으로 떨어져 버린 것이다. 이후의 비무는 싱겁게 끝나 버렸다.

당삼걸과 윤상호가 각자 삼 승을 거둔 후, 남아 있던 자들이 모두 기권을 해버린 것이었다. 강호사령 중 남아 있던 검령(劍靈), 권령(拳靈), 장령(掌靈)은 혈교의 지시를 받은 것인지 분하다는 눈빛으로 기권을 했고, 산동에서 비무대회에 참가한 창술의 달인 일견휴(一見?) 양승(揚承)이란 자 또한 실력 차이를 인식한 것인지 윤승호와의 비무를 포기해 버렸다. 비무가 싱겁게 끝나 버리자 많은 이들이 아쉬워했지만, 한 가지는 세인들의 뇌리에 깊이 남았다. 장백파가 더 이상 변방의 그저 그런 문파가 아니라는 것을 느낀 것이었다.

마지막 조를 끝으로 비무가 모두 끝나자 제갈상운은 이틀 후 이십강이 겨루는 이 회전이 시작됨을 공표했다. 무림인들은 이 회전에서 장백파를 대표하는 세 사람의 활약이 어찌 될지 갑론을박하며 비무장을 떠났다.

비무대 밑에는 서린을 비롯해 비무를 끝낸 장백파의 세 사람이 마주했다.

"오늘 같은 날, 한잔해야 되지 않겠습니까?"

장백파의 위상이 높아진 것에 기분이 좋은 듯 윤상호는 축하하는 자리를 마련해야 한다며 서린의 의중을 물었다.

"좋지요."

"그럼 전 유광이를 데리고 집으로 가겠으니, 두 분께서는 먼저 저희 집으로 가시죠."

"알았네, 사제. 안주는 좀 시간이 걸릴 테니, 오량액이나 몇 병 먼저 가지고 오시게."

"알겠습니다, 사형."

자축연을 열기로 한 세 사람은 바무장을 나서 당삼걸의 집으로 향했다. 당가 안에서나 객잔에서 자축연을 열기가 껄끄러웠던 것이다. 당삼걸은 중도에 유광을 데리러 금강빈관으로 향하고, 윤상호와 서린은 집에 도착한 후 방 안에 들었다.

"그런데 같이 다니던 저량이라는 사람도 비무 대회에 참가하지 않았나?"

항상 같이 동행하던 저량이 보이지 않자 윤상호가 행방을 물었다.

"알아볼 것이 있다며 출타한 사람이 돌아오지 않고 있어 저도 걱정입니다. 아마도 혈교와 충돌이 있었지 않나 싶습니다."

"그렇다면 큰일이로군. 놈들의 전력이 만만치 않다고 하지 않았나."

"저량의 실력은 아직 저도 가늠하기 힘들 정도입니다. 그리 쉽게 당할 사람은 아닙니다."

"그럼 조금 더 기다려 봐야겠군. 비무 대회에 참석하지 않은 것을 보면 일이 벌어진 것이 분명하니 말이야."

"예."

말은 그렇게 했지만 서린은 지금 윤상호에 대한 염려가 끊이지 않았다. 삼도회를 통해서라도 연락을 할 것이 분명한데도 연락이 없는 것을 보면, 자신에게 연락할 수 있는 길이 모두 끊겼다는 것을 의미했기 때문이다.

"걱정하지 말게. 자네가 믿는 사람이라면 어려움이 있기는 하겠지만 분명 별탈을 없을 테니까 말이네."

"공연히 제가 부담을 드린 것 같습니다."

"아니네. 자네가 하고 있는 일이 무척이나 어렵다는 것은 알고 있네. 오히려 도움을 주지 못하니 내가 미안하지."

"아닙니다. 큰일을 준비하시는데 제가 도움을 못 드려 죄송할 뿐이지요. 그런데 밖에 누가 온 모양입니다."

두 사람이 서로를 위로하고 있을 때, 인기척이 들렸다.

"사제인가?"

"당문에서 왔소."

"당문에서?"

두 사람은 방을 나섰다. 문밖에는 뜻밖의 사람이 와 있었다. 그는 당가의 가주인 당무결이었다.

"가주께서 이곳까지 어인 일이십니까? 당 사제는 지금 이곳에 없습니다만……."

"어디 간 것인가?"

"아닙니다. 조금 있으면 올 겁니다."

"기다리면 되겠군. 삼걸이가 올 때까지 기다려도 되겠나?"

"그렇게 하십시오. 일단 안으로 드시지요."

당무결이 당삼걸을 기다린다고 하자 윤상호는 방으로 들였다. 아무도 대동하지 않고 혼자 온 것을 보면 당삼걸에게 중요한 할 이야기가 있는 것 같았다. 방 안으로 들어온 세 사람은 탁자에 둘러앉았다.

"오늘 비무는 잘 보았네. 자네들을 보니 머지않아 장백파의 위상이 구대문파를 앞지를 것이 분명하더군."

진심으로 칭찬하는 듯한 당무결의 말에 윤상호는 고개를 숙여 정중히 인사를 했다.

"과찬이십니다."

"아니네. 이번 비무 대회에서 이 회전에 진출한 문파 중 두 사람 이상 진출한 곳은 장백파가 유일하네. 그것도 강자가 모여 있는 마지막 조에서 진출했기에 각파의 명숙들 사이에서도 의견이 분분하다네."

"그렇군요. 그런데 명숙들 사이에서 어떤 말씀들이 오갔는지 궁금하군요."

"장백파의 위세가 날로 승천할 것임을 의심치는 않지만, 급속도로 세를 확장하는 장백파에 대해서는 우려의 목소리가 높네. 특히 직접적인 연관이 있는 문파들 사이에서는 장백파에 대한 무림맹의 제재가 있어야 한다는 소리도 나오고."

"제재요?"

장백파를 제재해야 한다는 목소리가 있다는 사실에 윤상호는 궁금하다는 듯 물었다.

"후후후, 자기 밥그릇을 빼앗기지 않으려는 치기 어린 발상이지. 정도네 마도네 하지만, 실상 무림은 언제나 약육강식의 법칙이 지배하는 곳이라는 것을 잊고 있는 것이지. 비열한 수단을 쓰지 않는 한 세력 확장은 공론화할 수 없는 것이거늘, 아무래도 장백파에서는 이런 점을 유념해야 할 것이네."

"그런 말씀을 해주시니 고맙습니다."

장백파에 무척이나 호의적인 당무결의 말에 윤상호는 고마움을 표시했다.

"삼걸이에게 해준 것도 없는데, 이렇게나마 무림맹의 돌아가는 사정을 알려주는 것이 도리라 생각했네."

"그러셨군요."

"그건 그렇고, 자네의 무공은 참으로 놀라웠네."

당무결은 화제를 돌리며 서린을 바라보았다. 놀라운 무

공을 소유한 서린에게 궁금한 것이 많은 듯했다.

"감사합니다."

"아니네. 삼가진권이나 육모곤, 도령은 만만한 상대가 아니네. 특히 비산자는 천겁만도를 연성했기에 나조차 이긴다고 장담할 수 없는 자였네."

"그럴 리가 있겠습니까? 천하의 당가주께서."

"자네는 천겁만도가 어떤 것인지 몰라서 그렇겠지만, 천겁만도를 완전히 연성한 자를 이긴다는 것은 생사경의 경지에서나 가능한 일이네. 비록 육대운이 천겁만도를 완전히 익힌 것 같지는 않지만, 지금의 그를 이긴다는 것은 이미 자네가 초절정의 반열에 올랐다는 것을 의미하는 것이네."

"천겁만도에 비밀이라도 있습니까? 비무할 때도 삼걸 사형의 전음이 있어 도움을 받았습니다만."

"있지. 하지만 그 이야기는 삼걸이가 온 다음에 해야겠네. 천겁만도와 삼걸인 불가분의 관계가 있으니 말이네."

"으음, 그렇군요."

서린은 직감적으로 당삼걸이 당가에서 홀대 받은 일과 천겁만도가 밀접한 연관이 있음을 느낄 수 있었다. 윤상호 또한 그런 느낌을 받았는지 더 이상 묻지를 않았다. 당무결이 입을 굳게 다물자 탁자를 사이에 둔 세 사람 사이로 어색한 침묵이 흘렀다.

"사형, 저 왔습니다."

때마침 당삼걸이 술병을 들고는 방문을 열고 들어왔다.

"아니!!"

당삼걸은 탁자에 앉아 있는 당무결을 보더니 몸이 굳어 졌다. 좋아하려야 좋아할 수 없는 사람이기 때문이었다.

"어떻게 오셨습니까?"

삼걸은 냉랭한 목소리로 방문한 이유를 물었다. 당가에 서 받은 설움을 아직도 잊지 못하고 있기 때문이었다.

"오랜만인데, 반갑지 않은 모양이로구나."

"반가울 리가 없지요."

여전히 차가운 목소리였다.

"올려다보고 있으려니 머리가 아프구나. 어서 앉아라."

삼걸은 마지못해 자리에 앉았다.

"냄새를 보아하니 오량액이로구나. 네 의동생이 아마 유광이었지? 그 아이가 준 것이라면 진품이겠구나."

당무결은 당삼걸이 탁자 위에 올려놓은 술병을 집어 들었다. 그러고는 마개를 따더니 거침없이 마시기 시작했다.

꿀꺽! 꿀꺽!

"카아! 좋구나. 이런 맛을 본 지가 언제던가."

당무결은 적지 않은 양의 술을 단숨에 비워 버렸다. 세 사람은 난데없는 당무결의 행동에 의아할 뿐이었다.

"무슨 일로 찾아오신 겁니까?"

"급할 거 없지 않느냐? 너에게 할 이야기는 밤을 새워

해도 다 못할 터인데."

자신이 온 것이 못마땅한 듯 재촉하는 당삼걸을 향해 당무결은 할 이야기가 많음을 시사했다.

"가주님, 혹시 밖에 있는 쥐새끼들 때문에 그렇습니까?"

"으음……."

서린의 말에 당무결의 안색이 변했다.

"걱정하지 마십시오. 저들은 우리의 이야기를 하나도 듣지 못하니까 말입니다."

'단음강막을 펼칠 정도라니, 내가 잘못 본 것은 아니로군.'

당무결은 서린이 방에서 새어 나가는 소리를 차단시켰다는 것을 알 수 있었다. 자신을 감시하는 자들이 제아무리 날고 긴다고 해도 바로 옆에 있지 않는 한 이야기를 듣지 못할 것이 분명했다.

"이곳에서 말소리가 나지 않는다면 오히려 의심할 수도 있지. 그만 단음강막을 풀게. 전음으로 이야기해도 되니 말이네."

"잠시만 기다리십시오. 가주님을 감시하는 자들이 모두 세 명이니, 어찌 될 것도 같습니다."

말과 함께 서린은 혈왕기를 퍼트렸다. 인간의 정신을 지배하는 힘을 담고 있는 혈왕기는 숨어 있는 자들을 향해 순식간에 퍼져 나갔다. 방 안에 있는 자신들을 향해 신경을 곤두세우고 있던 터라 감시하는 자들의 정신을 제압하는 것은 의외로 쉬웠다.

"됐습니다. 이제는 마음 놓고 말씀을 하셔도 됩니다."

반 각 정도의 시간이 지나자 서린은 그들의 정신을 일부나마 조작할 수 있었다. 자신들의 방 안에서 하는 이야기에 대해서는 그저 소소한 일상의 대화라 여기게끔 만들어놓은 것이다.

"어떻게 된 건가?"

"감시하는 자들에게 약간 손을 썼습니다."

"으음……."

'모를 일이로군. 감시하는 놈들은 모두 그대로인데 어떻게 손을 썼다는 것인지…….'

서린의 말에 의아함을 느꼈으나 허튼소리를 할 사람이 아님을 알기에 당무결은 이야기를 꺼내기 시작했다.

"아까도 말했듯이 모든 일은 천겁만도에 얽혀 있었지. 아마 삼결이도 천겁만도에 대해 어느 정도 알고 있을 것이다."

당무결은 심유한 눈빛으로 당삼결을 쳐다보았다. 당운성의 진전 중 최고라 할 수 있는 도반삼양귀원공을 익히고 있으니 천겁만도에 대해 모를 리가 없다고 생각한 것이다.

"당가 사상 최고의 무기라는 것과 그 안에 비밀이 담겨 있다는 것에 대해 약간은 알고 있습니다."

"그렇다. 삼걸이, 네 말대로 천겹만도는 당문의 정화가 담겨 있는 것이지. 천겹만도는 암기의 명가라는 본 가가 새로운 도약을 위해 야심차게 만들어낸 것이다. 제련해 내는 데 장장 사십 년이 넘게 걸렸으니 말이다."

"사십 년이나 걸려 만든 무기라면… 굉장한 것이겠군요."

명검에 속하는 검들도 길어야 이삼 년 정도면 만들어지기에 사십 년이라면 상당히 긴 기간이었다.

"사실 천겹만도 하나만 만들어진 것이 아니었다. 당가에서 사십여 년 동안 준비한 것은 그 외에 두 가지가 더 있었지. 하나는 삼걸이 네가 익히고 있는 도반삼양귀원공이고, 다른 하나는 천도비술(天刀飛術)이라는 비도술이었다. 당가에서는 이것들을 만들어내기 위해 전력을 다했다고 해도 과언이 아니었다. 하지만 모든 것을 완성하고 난 후 문제가 생겼지."

"무슨 문제가 생겼던 겁니까?"

"후후후, 천하제일가를 꿈꾸는 당가에서 천겹만도를 다룰 수 있는 사람이 아무도 없던 것이다."

"아니, 당가에서 만들고도 천겹만도를 다룰 수 없었다는 말입니까?"

서린은 의문을 지울 수 없었다. 최강의 병기를 만들고 그것을 쓸 무공과 내공 심법까지 만들어냈는데 쓸 수 없었다는 것이 이상했던 것이다.

"그럴 수밖에 없었지. 천도비술은 당가의 암기술의 정화로 만들어진 것이지만, 도반삼양귀원공은 온전히 당가의 내공이라고 말하기는 어려웠기 때문이다."

"제가 익히고 있는 도반삼양귀원공이 당가의 내공 심법이 아니라는 말입니까?"

"그렇다. 그건 너희 가문에서 내려오는 것이지, 당가의 것은 아니다."

"제 가문 것이라고요?"

"너도 그것은 몰랐나 보구나. 그래, 네 증조부인 당운성, 아니, 최운성(崔澐成)이라고 해야겠지. 도반삼양귀원공은 그분의 가문에서 내려오는 것이었다."

당삼걸의 증조부인 최운성은 당가에 데릴사위로 들어온 사람으로, 본명은 최운성이었다.

"저, 정말입니까?"

"원래 네 증조부께서는 떠돌이였다. 저 멀리 동쪽 망해 버린 고려라는 나라의 유민이었지. 어쩌다 이곳까지 흘러들어왔지만, 어려서부터 천재성을 발휘한 사람이었다. 지닌바 학문은 천의무봉의 경지에 이르렀을 뿐만 아니라 무재로서도 탁월한 능력을 가진 분이었다."

"으음."

당삼걸은 신음을 흘렸고, 서린과 호성의 눈이 빛났다.

"본 가는 천애고아인 그분의 자질을 아껴 데릴사위로 맞아들였다. 당가 최고의 천재라는 네 증조모님과는 더할 나위 없는 천생배필이셨다. 그리고 아낌없이 그분에게 투자를 했지."

"도대체 어떤 분이시기에……."

"그분의 무공에 관한 능력은 실로 경이적인 것이었다. 한 번 본 무공은 그 본질까지 꿰뚫을 정도였지. 덕분에 본 가의 무공들은 샅샅이 파헤쳐졌고, 이만큼 발전한 것도 모두 그분의 도움 때문이었다."

"으음, 그랬군요."

당삼걸은 자신의 증조부가 그토록 뛰어난 사람이었다는 것을 처음 듣기에 두 눈에 기쁜 빛이 역력했다. 당추인은 언제나 자신과 동생을 떨거지라는 표현과 함께 당가에 빌붙어 사는 거머리처럼 여겼기 때문이다.

"당가에서는 그 당시 천겹만도를 완성했지만, 그에 맞는 내공 심법과 무공 창안이 답보 상태에 있었다. 그래서 장로회의를 통해 그분에게 본 가의 비밀을 개방했다. 그분의 천재성을 이용해 보기로 한 것이었다. 그분은 천도비술을 비롯해 당가의 모든 암기술이 적힌 비급과 천겹만도를 들고 폐관에 들었다. 그리고 십 년이 흘렀지. 십 년의 세월이 흐르고 당가는 큰 선물을 받을 수 있었다. 바로 도반삼양귀원공과 처음보다 완벽해진 천도비술을 얻었던 것이다. 본 가는 당시 축제 분위기였다. 새로운 비약을 위한 준비가 끝났기 때문이지. 하지만 그것도 잠시. 가문에서는 그분을 질시하기 시작했다."

"무엇 때문입니까?"

"그분이 진정한 도반삼양귀원공을 아무에게도 알려주지 않았기 때문이다."

"진정한 도반삼양귀원공이라면……."

"맞다. 도반삼양귀원공은 원래부터 그분의 가문에서 전해 내려오는 내공 심법을 주축으로 만들었기에 알려주지 않은 것이지. 대신 그분은 폐관을 끝내고 나오면서 천겹만도를 다룰 수 있는 삼양신공(三陽神功)을 내놓았다. 그런 사실은 처음에는 알려지지 않았다. 그러다 우연한 기회에 알려지게 되었던 것이다. 바로 대고모님에 의해서 말이다."

"증조모님이요?"

"그래. 일수천화라 불린 그분은 당가 역사상 최고의 천재라 불리는 분이다. 여자로 태어나지만 않았다면 천겹만도가 없더라도 능히 당가를 천하제일가에 올려놓으실 수 있을 만큼의 역량을 지니신 분이었지. 하지만 대고모님은 당시 남편이셨던 그분께 자격시심을 가지고 계셨던 것 같다. 그래서 우습게도 비무를 신청하셨지. 천겹만도가 당가를 반석 위에 올려놓을 만한 절학이 될지 시험해 보자는 뜻과 함께 말이다. 하지만 그것은 비극의 시작이었다. 처음 가볍게 시작한 비무는 점차 격렬해졌다. 장로님들과 당시 가주께서 참관을 하고 계셨지만, 격렬해지는 비무를 막을 수가 없었다고 한다. 그리고 모두가 보았지. 진정한 천겹만도가 어떤 위력을 발휘하는지 말이다. 당가 암기의 최고봉이라는 만천화우를 거의 대성하신 대고모님은 그분의 손에 패하고 말았다. 하지만 당시 비무를 참관했던 분들은 삼양신공으로 펼치는 천겹만도와 너무도 다른 위력에 의혹의 눈길을 보냈다. 그리고 그것은 대고모님의 입을 통해 얼마 안 있어 밝혀졌다. 천겹만도를 사용할 수 있는 내공 심법이 두 가지가 만들어졌다는 사실이었다.”

“그럼 최운성이라는 분을 의심하기 시작했겠네요. 도반삼양귀원공과 삼양신공이라는 두 가지 내공 심법을 만들어낼 이유가 없다고 생각했을 테니까요.”

당무결의 말을 듣고 있던 서린은 그 이후에 벌어졌을 사정을 대충 짐작할 수 있었다. 당가에서는 최운성의 행동에 의문을 품었을 것이고, 도반삼양귀원공을 내놓으라고 윽박질렀을 것이 분명했던 것이다.

“그랬다. 그분께서 해명을 했지만, 이미 욕심에 눈이 먼 본 가의 누구도 도반삼양귀원공이 그분의 가문 것이라고 인정하지 않았지. 대고모님은 중간에 끼어서 처지가 곤란해졌다. 당신께서 나서지만 않았다면 그런 분란은 일어나지 않았을 것이기에 자책이 심하셨을 것이다. 하지만 대고모님은

알고 계셨지. 도반삼양귀원공이 결코 당가의 것이 아님을
말이다."

"사람들의 시기를 불러왔군요."

"남편의 뛰어남을 질투했던 대고모님께서도 예상을 못한
것이었다. 본 가의 사람들이 그분을 질투할 수도 있다는 것
을 말이다. 그동안 쌓아온 당가의 저력을 한순간에 허물 수
있는 그분의 절기가 모든 이의 눈을 멀게 만들었다. 도반삼
양귀원공으로 펼치는 천도비술이라면 가히 천하제일인을
꿈꿀 수 있으니, 그럴 만도 했지."

"그래서 어찌 되었습니까?"

"본 가의 분위기가 흉흉해지기 시작하고 얼마 지나지 않
아 그분께서 자취도 없이 사라지셨다. 대고모님께서도 그분
이 어디로 가신 것인지 알 수가 없었다. 그야말로 흔적도
없이 사라진 것이지. 대고모님은 필사적으로 그분의 행방을
찾았다. 그러나 몇 년이 흘러도 그분의 종적은 오리무중이
었다. 아니, 찾으려고 해도 찾을 수가 없었지."

말을 마친 당무결은 처연한 표정으로 당삼결을 쳐다보았
다. 그러고는 차마 말을 잇지 못하겠다는 듯 눈을 질끈 감
았다.

"도반삼양귀원공을 얻기 위해 누군가 손을 쓴 것이로군
요."

서린이 나섰다. 당가의 힘으로 찾지 못했다면 찾지 못할

이유가 있었을 것이고, 가장 유력한 혐의를 둘 수 있는 것이 바로 당가였기 때문이다.

"맞다."

당무결은 서린의 말이 맞음을 시인했다.

"그 말이 정말입니까?"

당삼걸은 참을 수 없는 듯 몸을 떨며 재차 확인했다.

"저 사람 말대로 당가에서 손을 썼다는 것이 맞다."

"어찌 된 일입니까?"

"그분의 유해를 찾은 것은 우연이었다. 당시 대고모님께서는 행방을 찾을 수가 없자 낙담을 하시고는 그분께서 언제나 자신을 동행하여 가시던 곳을 찾으셨다. 바로 왕건묘(王建墓)였지."

"그럼 그곳에서……."

"대고모님께서는 그곳에서 그분의 흔적을 발견하셨다. 왕건묘를 샅샅이 뒤진 끝에 지하에 있는, 아무도 발견한 적이 없는 석실을 찾아내셨다. 그리고 돌아가신 그분을 발견할 수 있었다. 무형지독에 당해 돌아가신 그분을 말이다."

"무형지독이라면 장로급 이상이 아니면 볼 수조차 없는 당가의 절대금독 아닙니까? 그런데 어찌?"

"참으로 어이없는 일이었다. 그분은 무형지독에 당해 돌아가신 것이지만, 또한 무형지독에 돌아가신 것이 아니었다."

"그게 무슨 말씀입니까?"

아리송한 당무결의 말에 서린이 궁금한 듯 물었다.

"당시 장로님들 밑에는 다음 대 당가를 이끌어갈 제자들이 수련을 받고 있었다. 그들은 언제나 그분에게 질투를 느끼고 있었지. 그러다 대고모님을 꺾는 그분을 보고는 도반 삼양귀원공을 알아내기 위해 각자 손을 썼다. 목숨을 앗아갈 정도는 아니지만, 내공을 잠시간 억제하고 신지를 흩트리는 미약을 저마다 그분에 쓴 것이지."

"그런데 그게 무엇이 문제입니까?"

"하지만 그것이 문제였다. 장로님들이 보관하고 있던 미약들이 문제였던 것이다."

"그럼 그것이?"

서린은 직감적으로 그것들이 무형지독과 관련이 있음을 알 수 있었다.

"맞다. 다섯 가지로 나뉘면 강력한 미약에 불과하지만, 모두가 합쳐지면 당가의 절대금독인 무형지독이 된다는 사실을 그들은 몰랐던 것이다."

"어찌 그럴 수가!!"

"장로님들께서는 불같이 노하여 그들 다섯을 징치했다. 본 가를 반석 위에 올려놓을 인재를 잃었을 뿐만 아니라 최고수인 대고모님의 마음이 당가를 떠나게 만들었기 때문이다."

"그런다고 돌아가신 분이 살아 돌아오는 것입니까? 명문을 자처하는 당가의 제자라는 자들이 그런 일을 벌이다니."

분노로 일그러진 당삼걸의 얼굴은 혈기를 참으려는 듯 붉어져 있었다.

"삼걸아, 문제는 그것이 아니다."

"그것이 문제가 아니라면 무엇이 문제입니까, 가주님!!"

당추인으로 인해 심적 고통이 심했던 설움이 폭발한 것인지 당삼걸은 똑 부러지는 목소리로 당무결의 말을 막았다.

"당시 그런 일을 벌인 자들은 영원히 무공을 익히지 못하도록 단전을 폐쇄하고 지하 뇌옥에 가두었다. 차마 혈족을 죽일 수는 없었으나 그들의 심성으로 보아 무공을 익히고 세상을 활보하면 안 되겠기에 그리한 것이었다. 또한 대고모님의 분노를 잠재우기 위해서도 어쩔 수가 없었지."

"당가의 최고수를 잃지 않으려는 발버둥이었겠지요."

삼걸은 당문이 성세를 잃지 않기 위해 그런 조치를 취했다고 생각하는 듯 비아냥거렸다.

"맞다. 그렇지 않다면 당문의 성세는 크게 기울었을 테니까."

당무결은 처연한 모습으로 순순히 당삼걸의 말을 순순히 인정했다.

"그런 말씀을 하시기 위해 이곳에 오신 겁니까? 제가 비무 대회에 출전하여 이기는 것을 보고, 저 또한 당가에 매이게 하기 위해 말입니다."

"사제, 진정하게!"

격해지려는 당삼걸을 향해 윤상호가 일갈을 터트렸다. 호심진결의 진력이 담긴 소리라 당삼걸은 잠시 흐트러진 마음을 가라앉힐 수 있었다.

"어찌 네가 당가로 돌아오기를 바라겠느냐. 오히려 장백파에 입문한 것을 다행이라 여기고 있거늘. 지금 같은 당가에는 오히려 내가 너를 들이지 않을 것이다."

"무슨 일이 있군요?"

윤상호는 당가에 무엇인가 심상치 않은 일이 있음을 당무결의 말에서 느꼈다.

"그렇다네. 아마도 그때부터 당가의 암운이 시작되었을 것이네. 지하 뇌옥에 가두어놓았던 그들이 사라진 때부터 말이야."

"사라지다니요?"

"지하 뇌옥에 가두어둔 지 얼마 지나지 않아 그들이 감쪽같이 사라졌네. 어떻게 그들이 사라진 것인지 모르겠지만, 대고모님께서는 장로님들이 제자들을 빼돌렸다고 생각하고는 서서히 당가와 반목하기 시작했지. 그리고 청란각에 칩거하신 후 다시는 당가의 일에 관여를 하지 않으셨네. 그런데 이십여 년 전부터 당가에 알 수 없는 암운이 끼기 시작했지. 내 막냇동생의 실종에서부터 시작된 암운은 걷잡을 수 없이 당가를 집어삼켜 버렸네. 내가 알았을 때는 이미 당가에 믿을 수 있는 사람이 아무도 없을 정도로 말이야. 심지어는 내 아들들조차 믿을 수 없는 지경에 이르렀네."

"지금 하신 말씀이 정말입니까?"

"사실이네. 더욱 놀라운 것은 대고모님도 관련이 있다는 것이네. 대고모님께서는 알 수 없는 암중의 세력과 손을 잡으신 것이 분명해 보이네."

"암중의 누군가와 손을 잡다니요?"

"아마도 혈교인 것 같네. 어떻게 그들이 대고모님과 손을 잡게 된 것인지는 모르겠지만, 지금 사천을 비롯한 산서와 섬서에서는 그들의 음모가 진행 중인 것 같네. 아마도 이번 비무 대회를 이용해 음모가 진행 중인 것이 분명하네. 그들이 노리는 것이 정확히 무엇인지는 모르겠지만, 아마도 많은 피가 강호에 뿌려질 것이 분명하다는 것이 내 생각이네. 그래서 자네들과 삼걸이에게 이 사실을 알려주기 위해 내가 온 것이네. 당가가 멸문한다면 다시 일으켜 세울 수 있는 사람은 삼걸이밖에 없으니 말이네."

세인들에게는 참으로 놀라운 일이겠지만, 서린은 아니었다. 당문에 혈교의 입김이 상당수 미치고 있다는 것을 이미 알고 있기에 그리 놀라지 않았다. 서린이 놀란 것은 당무결의 다음 행동 때문이었다.

틱!

당무결은 말을 마치고는 한 치 정도 두께의 책을 품에서 꺼내 탁자 위에 올려놓았다. 노란색 두꺼운 괴황지로 표지를 만든 책에는 만암집요(萬暗集要)라는 작은 제목이 붙어 있었다.

"가져라."

당무결은 책을 당삼걸의 앞으로 밀었다.

"아니, 이것을 왜 저에게?"

"삼걸아, 이것은 당문의 모든 정화가 집약되어 있는 것이다. 염치없지만, 만약 이번 일로 당문이 멸문하게 된다면, 네가 다시 당문을 일으켜다오. 그간 너에게 못할 짓을 한 당문이지만, 그래도 너의 가문이 아니냐? 네가 아니라면 네 후손에게라도 당문을 잇게 해준다면 여한이 없을 것이다. 놈들이 꾸미고 있는 음모의 양상을 본다면 아마도 본가는 오명을 뒤집어쓰고 멸문의 길을 걸을 것이다. 당가의 영혼은 죽어버릴 테니까, 그러니 네가 당가를 맡아다오."

당삼걸은 당무결의 눈빛에서 진심을 읽을 수 있었다. 그는 당문의 멸문까지 생각하고 자신에게 진심으로 부탁하고 있는 것이었다.

"밖에 있느냐?"

당삼걸이 당가를 맡아 달라는 말에 어쩔 줄을 몰라 하고 있을 때, 당무결이 밖에 있는 누군가를 불렀다.

"예, 사부님!"

"들어오너라!"

당무결의 부름을 받고 들어온 이는 놀랍게도 유광이었다.

"내 너에게는 지켜보는 눈이 있어 도움을 주지 못했지만, 이 아이를 거두어 당문의 무공을 전수시켰다. 제법 쓸 만해 졌으니, 훗날 당문을 일으키는 데 도움이 될 것이다. 그리고 이 아이의 사형이 되는 아이는 천서린 소문주와 안면이 있을 터이니, 그 아이도 너를 도울 것이다."

'그래서 그자가 호의적인 눈빛을 보인 것이군.'

서린은 당무결이 말한 인물이 누구인지 짐작할 수 있었다. 비무대에서 마주친 비산자 육대운이 바로 유광과 함께 당무결의 숨겨진 제자였던 것이다.

"죄송합니다. 속일 생각은 없었습니다."

유광은 본의 아니게 당삼결을 속인 것이 미안하다는 눈빛을 보이며 머리를 긁적였다.

"저 아이가 너를 속이고자 한 것이 아니다. 저 아이는 너와의 인연으로 내가 거두어들인 것이다. 훗날 너에게 도움을 주기 위해서 말이다. 그리고 내가 너에게 함구하라 이 야기했다. 비록 너와의 인연으로 거두어들인 아이지만, 저 아이의 자질은 당가 사상 최고의 기재라는 대고모님에게 결 코 뒤지지 않을 것이다. 실전만 없었을 뿐, 십 년 만에 당 문의 무공 대부분을 수습한 아이이니 말이다. 누가 저 덩치에 당가의 암기술을 모두 익혔다고 생각하겠느냐? 앞으로 네가 당가를 일으켜 세우는 데 많은 도움을 줄 수 있을 것이다."

훗날을 준비하기 위해 당무결이 많은 노력을 기울인 것이 분명했다. 유광이 숙수로 있는 것도 손의 감각을 익히기 위한 수련이 분명했다. 요리도 손끝의 감각을 매우 중요시하는 작업이기 때문이었다. 분명 자신을 위해 유광을 제자로 거둔 것이 분명했다. 당삼걸은 유광과 당가주를 번갈아 보며 생각에 잠겼다.

'그래서 광이가 요리에 그토록 매달렸던 것인가? 그리고 백부님께서는 계속해서 나를 지켜봐 오고 있었더란 말인가?'

당삼걸은 그제야 자신이 당문에서 버려진 것이 아님을 알 수 있었다. 모진 핍박 속에서도 자신과 동생이 무사할 수 있던 것은 당무결이 있었기 때문이라는 것은 알 수 있었다.

"전 이 물건을 맡을 수 없습니다."

"아니, 그것이 무슨 말이냐? 정녕 지난날의 원한으로 내 염원, 아니, 당가의 염원을 저버리겠다는 말이냐?"

당무결은 분노했다. 자신을 감시하는 눈길이 있어 보살피지는 못했지만, 지난바 성정이나 자질로 볼 때 당삼걸을 훗날 당가를 재건할 사람이라 생각했던 것이다. 사천성을 떠날 때, 무사히 길을 떠날 수 있도록 암중에서 도와준 것도 장백파의 사람과 인연이 있음을 알고 더 넓은 세상을 보라는 뜻에서였다. 지난날의 그 또한 당삼결과 윤상호와의 비무를 지켜보았던 것이다. 그런데 자신의 염원을 저버리자 화가 치밀어 올랐다.

"이건 백부님께서 가지십시오. 이건 당가의 가주가 가질 물건이지, 당가를 위해서 아무것도 한 것이 없는 제가 가질 물건이 아닙니다."

"그 말은 무슨 뜻이냐?"

"당가를 위협하는 자들이 있다면 발본색원해서 쓸어버려야지 무슨 소리십니까? 당가는 결코 당가만의 것이 아닙니다. 이곳 성도의 사람들이 모두 당가요, 식구입니다. 그들을 위해서라도 백부님이 나서야 합니다. 이대로 포기하기에는 당가의 역사가 짧지 않습니다. 백부님이 나서신다면 제가 항상 백부님 뒤에 있겠습니다."

"정녕!!"

당삼결의 말에 당무결은 격정이 이는 듯 몸을 떨었다. 그렇지만 적은 너무도 강했다. 아무리 잘해봐야 동귀어진이라는 결론밖에는 나오는 것이 없었다.

"고맙구나. 하지만 아니다. 놈들의 세력은 이미 뿌리가 너무 깊어 어떻게 해보기에는 늦었다. 어쩌면 무림맹 안에도 놈들의 뿌리가 있을 것이다. 맞부딪치면 잘해야 동귀어진할 수 있을 뿐이다. 그러니 너라도 살아 있어야 당가의

맥이 이어질 것이다. 오로지 당가만을 위해 살아오신 오장로님들께서도 이미 죽음의 길을 떠나셨다. 멸문을 감수하더라도 네가 있기에 믿고 죽음의 길을 가신 것이다."

마음은 기특했으나 당무결은 당삼결을 끌어들이고 싶은 마음이 없었다. 당삼결이 당가에 남은 마지막 희망이기 때문이었다. 비무대 위에서 보여준, 당삼결의 성장한 모습에 얼마나 가슴이 벅차올랐던가. 자신은 죽음의 길을 걷더라도 다시 당가를 일으켜 세울 당삼걸이 있기에 기꺼이 마음이 놓였다.

"아닙니다, 백부님! 전 도망치지 않겠습니다. 그리고 한 분에게 도움을 청하십시오. 그분이면 이번 일을 해결할 수 있을 겁니다."

"그분이 누구기에……."

당무결은 의아해하다 당삼걸의 눈길이 한 사람을 바라보고 있음을 보았다. 바로 서린이었다.

"천 소협 말이냐?"

"그렇습니다. 저분이 나선다면 당가의 살길이 열릴 수도 있습니다."

"어찌… 천잔도문의 성세가 높다는 것은 알지만, 천 소협이 그들을 막을 수 있다는 말이냐?"

이제 막 약관을 벗어난 서린이 어찌 당문의 일을 해결할 수 있는지 의아해할 수밖에 없는 당무결이었다.

"당가주께서 나서지 않는다 해도 삼걸 형이 나서신다면 저 또한 도와야지요."

서린은 이미 당문의 일을 도와주기로 결심을 굳힌 상태였다. 혈교뿐만 아니라 사사밀교도 관련이 있는 일이기에 나서기로 한 것이다. 비록 일수천화와 혈교와의 관계가 어떤 것인지는 모르겠지만, 당삼걸을 생각해서라도 나서기로 한 것이다.

"자네가 돕겠다는 말인가?"

"그렇습니다. 그리고 당가주께서도 몇 가지 아셔야 할 것이 있습니다. 어떤 일을 계획하고 있으신지 모르겠지만, 섣불리 그들을 상대하려 하시다간 진짜 당문은 멸문하고 말 테니까요."

"그게 무슨 말인가?"

"당가주께서 짐작하신 대로 당가의 암운을 조장하고 있는 것은 혈교가 맞습니다. 그리고 무림맹에도 그 뿌리가 넓게 퍼져 있다는 것도 맞습니다."

"무, 무슨 말인가?"

경악할 말이었기에 당가주의 목소리가 떨렸다.

"무림맹에 숨어들어 암약하는 자들이 혈루비라 불리는 것은 알아냈지만, 그들의 정확한 정체는 아직 알아내지 못했습니다. 다만, 혈루비라 불리는 자들이 각 대문파의 요직에 앉아 있다는 사실만 알아냈을 뿐이지요. 그리고 더욱 무서운 사실은 그들은 빙산의 일각일 뿐이라는 것입니다. 자세히 말씀드릴 수는 없습니다만, 그들 뒤에는 거대한 암중 세력이 존재합니다. 그것이 하나인지 둘인지는 확인해 봐야 겠지만, 만약 그들이 움직인다면 당가뿐만 아니라 사천, 섬서, 그리고 산서성에 이르는 모든 문파들이 멸문지화를 당할 것입니다."

"어찌 그런 일이!! 그것이 정녕 사실이라는 말인가?"

당무결은 서린의 말을 믿을 수가 없었다. 암중 세력의 규모가 그토록 광범위하다면 이건 사천당가뿐 아니라 무림 전체의 위기였기 때문이다.

"그렇습니다. 제가 비무 대회에 참가한 것도 그들의 그런 음모를 알았기 때문입니다. 그들은 당가뿐만 아니라 무림을 난세로 몰아가려는 것 같습니다. 피비린내 풍기는 혈난지야(血亂之夜)의 어둡고 지독한 난세로 말입니다. 제가 이런 사실을……."

서린의 설명은 길게 이어졌다. 대략적인 혈교의 사정뿐만 아니라 지혼자와 인혼자에게서 들은 사실 또한 말해주었다.

"진정 자네가 말한 것들이 모두 사실이라면 큰일이 아닌가. 무림맹이 암중 장악되었다면 그야말로 사면초가나 마찬가지인데, 그런 단체가 그동안 아무도 모르게 암약하고 있었다니……."

당무결은 일의 심각성을 깨달을 수 있었다. 비무 대회에 참관한 삼성 중 누군가를 노리고 있다는 것은 중원의 혼란을 노리고 있음이 분명했다. 그것이 당가를 장악하고 있는 암중 세력과도 밀접한 연관을 맺고 있는 것이 분명했다.

"일단 삼결 형과 제가 일수천화 님을 만나볼 필요가 있을 것 같습니다. 어쩌면 그분도 이용당하고 있을지 모르는 일이니 말입니다."

"일수천화 님은 이미 초절정을 넘어서 생사경에 근접한 분이네. 만약 자네 예상과 다르게 그분이 그들과 진정으로 협력하고 있는 것이라면 자네와 삼결이 위험할 수도 있네."

"그래도 부딪쳐 봐야 합니다. 당가의 비극을 막으려면 그 방법이 최선일지도 모르니까요."

"으음!"

당무결은 서린의 생각이 옳을지도 모른다는 생각이 들었다. 자신은 그동안 한 번도 그런 생각을 해본 적이 없다는 사실 때문이었다. 아무리 여자의 원한이 오뉴월에도 서리가 맺힌다고 하지만, 당고란은 누가 뭐래도 당가의 혈족이었다.

그리고 당문 역사상 최고의 천재라 칭해도 부족하지 않을 만큼 머리가 뛰어난 사람이었다. 모든 것이 음모라는 사실을 알게 된다면 당고란의 마음이 변할지도 모른다는 생각이 들었다.

3장. 혈난지야(血亂之夜)

한 가닥 기대를 걸 수 있겠다는 생각에 당무결은 서린의 의중이 궁금했다.

"어떻게 할 생각인가?"

"일이 급한 상태이니, 일단 삼걸 형이 일수천화 어르신을 오늘 밤 자시에 만나 뵙고 싶다는 서찰을 쓰고, 당가주께서는 아무도 모르게 그분이 볼 수 있도록 전해 주시면 됩니다."

"장소는 어디로 할 것인가?"

"당운성 어른을 발견했다는 왕건묘로 해주십시오."

"왕건묘? 왕건묘라면 오히려 대고모님을 설득하기 어렵지 않을까 하네만……."

"제게 다 생각이 있으니 걱정하지 마십시오."

당무결은 왕건묘에서 보면 일수천화의 심화를 돋울 우려가 있기에 저어했지만, 서린이 별도로 생각하는 바가 있다고 하자 이내 승복했다.

"알았네. 내 그리해 주겠네. 그리고 삼걸아, 넌 이것을 가지도록 해라. 네 뜻은 알겠다만, 이미 전대 장로님들과 후사를 너에게 맡기기로 의논을 끝낸 일이다. 이번 일로 당가가 거듭나는 기회가 되면 좋겠다만, 만약의 경우도 있으니 말이다."

"아닙니다, 백부님. 어찌 제가!"

"거두절미하고 받아라. 그래야 내가 마음 놓고 이번 일을 하지 않겠느냐?"

거듭되는 재촉에 당삼걸은 윤상호를 쳐다보았다. 윤상호는 당무결의 마음을 헤아린 듯 고개를 끄덕였다.

"알겠습니다, 백부님. 당가가 거듭나면 백부님께 다시 돌려 드리겠습니다."

"그래, 고맙다."

당무결은 당삼걸이 만암집요를 품에 넣자 흡족한 듯 미소를 지었다. 만암집요를 품에 넣은 후, 당삼걸은 서린의 의견대로 서찰을 썼다. 오늘 밤 자시에 왕건묘에서 증조모님을 뵙고 싶다는 전갈이었다. 서찰은 이내 당무결에게 건네졌다.

"이곳에서 머문 시간이 너무 늦었으니, 이제는 가봐야겠네. 감시자들을 허수아비로 만들었다고 해도 놈들은 분명 나를 의심할 걸세."

"그렇게 하십시오. 모든 것이 원만하게 해결될 겁니다. 그리고 삼성 중 누가 비무 대회를 참관하는지 꼭 좀 알아봐 주십시오. 놈들도 그것에 촉각을 곤두세우고 있을 테니, 알아보시다 보면 놈들에 대해서도 어느 정도 파악하실 수 있을 겁니다."

"알았네. 그럼 부탁하네."

당무결은 일어나 밖으로 나섰다. 서린은 밖으로 나서는 당무결을 보며 혈왕기로 제압한 감시자들의 정신이 돌아오도록 금제를 풀었다. 당무결이 집을 나서자 서린은 암중으로 그를 따르는 무리들을 느낄 수 있었다.

'당가주의 방문이 혈교를 제거할 수 있는 큰 기회를 주었다. 일단 오늘 밤 일에 대해 준비를 해야겠군.'

일수천화와 만날 일을 생각하며 어떻게 그녀를 회유할지 서린은 생각에 잠겼다. 서린이 생각에 잠기자 유광은 밖으로 나가 음식을 장만하기 시작했고, 방 안에 남아 있는 두 사람은 서린의 생각을 방해하지 않기 위해 조용히 그를 응시했다. 이윽고 생각이 끝나자 서린이 입을 열었다.

"죄송합니다. 제가 너무 생각에 빠져 있었군요."

"아니네. 그래, 생각은 정리됐는가?"

"오늘 밤 일수천화 어른을 만나보면 어느 정도 음모의 윤곽을 잡을 수 있을 것 같습니다. 해서 말인데, 몇 가지 삼결 형에게 물어볼 말이 있습니다."

"무슨 이야기입니까?"

"형과 일수천화 어르신과의 관계가 어떠했는지 알 수 있겠습니까?"

"별다른 관계라고도 할 수 없습니다. 제가 기억하기로는 그분을 본 것은 몇 번 되지도 않습니다. 그나마 기억할 만한 것도 없고요. 이야기 한 번 제대로 나눈 적이 없었으니까요."

"그럼 한 가지 묻겠습니다. 도반삼양귀원공은 어떻게 알게 된 것입니까?"

"그건 우연치 않은 기회에 증조할아버지가 남기신 유진을 얻을 수가 있었습니다. 바로 이 집에서 말입니다. 이 집은 원래 증조할머님과 증조할아버님께서 함께 사시려고 지은 집입니다. 그리고 우연히 벽장 속에 있는 비밀 금고를 발견했고, 그 안에 있던 도반삼양귀원공의 비급을 통해 무공을 익힐 수 있었습니다."

"그랬군요. 그런데 발견할 당시 무공 비급의 상태는 어떠했습니까?"

"먼지가 약간 쌓이기는 했지만, 거의 새 책이나 다름없었습니다. 그런데 왜 그러시는 겁니까?"

"한 가지 확인할 것이 있어서입니다. 저에게 도반삼양귀원공이나 그 비밀 금고를 보여주실 수 있습니까?"

"도반삼양귀원공은 완전히 외운 후 불태워 버렸습니다. 그 안에 증조부님의 유지가 있어서 말입니다. 그렇지만 비밀 금고는 보여 드릴 수 있습니다."

당삼걸은 자리에서 일어나 방의 기둥을 이루고 있는 곳으로 다가갔다. 그러고는 기둥에 만들어져 있는 장식품들 중 하나를 잡아 당겼다.

그르르릉!

곧 다른 쪽에 있는 기둥의 한 부분이 소리를 내며 열렸다.

"잘 만들어진 기관이군요."

서린은 잘 만들어진 기관에 감탄하며 열려진 비밀 금고를 세밀히 살폈다.

'역시! 내 생각이 맞는군.'

서린은 비밀 금고 안을 살피다 자신이 생각하고 있는 것에 대해 확신을 가졌다.

그것이 사실이라면 오늘 밤 일수천화를 만날 때, 그녀를 설득할 가능성이 더욱 높아짐을 알 수 있었다.

"됐습니다. 이제 그만 닫으셔도 됩니다."

서린은 비밀 금고를 닫도록 했다. 서린의 말에 당삼걸은 기관을 다시 움직여 비밀 금고를 닫았다.

"비밀 금고를 왜 보자고 한 것인가?"

서린의 행동에 궁금증을 느낀 윤상호가 물었다. 그런 행동을 한 것에는 반드시 이유가 있을 것이라는 생각 때문이었다.

"오늘 밤 어쩌면 일수천화 님을 설득할 수도 있을 것 같습니다. 제 생각이 맞는다면 말입니다."

"도대체 무엇이기에 그러는가?"

"아직은 말하기가 좀 그렇습니다. 오늘 밤 일수천화 님을 만나면 확인이 되겠지요."

서린은 입을 다물었다. 일수천화의 반응을 보고 판단할 사항이었기 때문이다.

"그나저나 삼결 형의 이야기를 듣고 싶습니다. 어린 시절부터 당가를 떠나기 전까지의 일들을 말입니다. 어쩌면 그것도 비밀의 열쇠를 푸는 단서가 될지도 모르니 말입니다."

"알겠습니다. 말씀드리지요."

서린의 말에 당삼결은 자신의 신세에 대해서 이야기하기 시작했다. 자신이 기억하는 것에 대해서는 모든 것을 이야기했다.

*   *   *

휘이이익!

영릉이라 불리는 왕건묘는 오대십국 중 전촉을 세운 이의 묘였다. 어두운 밤. 아무도 찾는 이가 없는 영릉의 한가운데에서 서린과 당삼걸은 일수천화가 오기를 기다리고 있었다.

"오실까요?"

자시가 가까이 다가옴에도 아무런 기척이 없자 당삼걸은 서린에게 일수천화가 오지 않을 수도 있지 않느냐는 뜻으로 물었다.

"올 겁니다. 이번에 벌어지고 있는 음모의 한가운데에 있는 분이니 말입니다."

"기다려 봐야겠군요."

쉬이익!

그 순간, 문신상이 서 있는 청석로 위에 누군가 내려섰다. 푸른 비단으로 만들어진 당의에 날아갈 듯 흰색 나삼을 걸친 이가 날아내렸다.

"네가 삼걸이냐?"

"그렇습니다, 증조할머님!"

"나를 부른 연유가 무엇이냐?"

자신의 방에 놓여 있는 서찰을 보고 일수천화는 많은 망설임 끝에 이곳에 온 터였다. 증손자가 부르기는 했지만, 그의 뒤에 서린이 있다는 것을 알고 있기 때문이었다. 예상대로 영릉에 도착해 보니 서린과 당삼걸이 함께 있음을 확인한 당고란은 그냥 돌아가려다 어쩔 수 없이 영릉으로 들어오는 참이었다.

"몇 가지 여쭙고 싶은 것이 있어서 이리로 모셨습니다."

당고란의 질문에 서린이 나섰다.

"너와는 할 이야기가 없다. 더 이상 할 이야기가 없다면 난 돌아가도록 하겠다."

서린이 나서자 당고란은 자리를 벗어나려 했다.

"혈교인가요, 아니면 태령야(泰零爺)입니까?"

"무슨 소리냐?"

당고란의 목소리가 커졌다. 그러나 그녀의 눈은 가늘게 떨리고 있었다.

'이놈이 어디까지 아는 것인가?'

"모르시지 않을 텐데요? 어르신께서는 태령야에게 이용을 당하고 있든지, 아니면 혈교에게 이용을 당하고 있든지, 둘 중에 하나라는 결론이 자꾸 나서 말입니다."

"노신과 장난을 하고자 하는 것이냐?"

휘리리릭!

분노에 찬 당고란의 음성과 함께 그녀의 나삼이 펄럭였다.

주변에 바람이 불고 있지도 않은데 내력을 끌어 올린 듯 그녀의 나삼이 세차게 펄럭였다.

"도반삼양귀원공은 어떻게 된 겁입니까?"

"어찌……."

펄럭이던 나삼이 순식간에 가라앉으며 당고란은 믿을 수 없다는 표정으로 서린을 쳐다보았다.

"삼결 형님의 어린 시절을 들으며 의문 나는 것이 하나 둘이 아니더군요. 일단 도반삼양귀원공은 누군가 삼결 형이 익히도록 비밀 금고에 가져다 놓은 것이더군요."

"으음……."

"그 비밀 금고는 매우 교묘해서 집을 지은 사람이나 그것을 알고 있는 사람이 아니면 접근하기도 힘든 것이었습니다."

"부군께서 남겨놓으신 것일 것이다. 항상 준비가 철저하셨던 분이시니까."

"흐음, 말씀대로 그럴 수도 있겠군요. 하지만 한 가지, 그 비밀 금고에는 약간의 습기가 항상 존재하게 되어 있더군요. 지하로 수맥이 흐르는 터라 주춧돌을 타고 습기가 올라오는 형국이더군요. 그렇기 때문에 서책 같은 것이 일 갑자 이상 있었다면 문드러졌을 텐데, 삼결 형이 발견했을 때는 거의 새 책이나 다름없었다고 하더군요. 뭐, 그건 그렇다고 치고, 삼결 형의 조부모님과 부모님은 어떻게 되신 겁니까?"

"그 말은 또 무슨 뜻이냐?"

"주변의 정황을 살펴보면, 유람을 나갔던 삼걸 형의 조부모님과 부모님들이 여산에서 흉적의 손에 돌아가셨다는 것도 이상해서 말입니다."

"그, 그게 무슨 말이냐?"

"당가의 자손이, 그것도 당문 사상 최고의 인재라는 어르신의 핏줄을 이으신 분들이 무공을 익히지 않았다는 것도 이상하고, 그런 분들이 아무런 호위도 없이 여산까지 유람을 떠났다는 것도 이상하고 말입니다. 여산이라면 화산파가 지척이라 그런 도적들이 있을 리도 없고, 죽기를 바라는 것이 아니었다면 감히 당가의 사람을 건드릴 배짱 좋은 자들이 있을까요?"

"흥! 노신의 아픈 상처를 건드리는구나. 어째서 그런 이야기를 꺼내는지 모르겠다만, 더 이상 할 말이 없다면 노신은 돌아가겠다."

"뭐, 그렇게까지 나오신다면 제가 뭐라고 드릴 말씀은 없습니다만, 어르신께 한 가지 부탁이 있습니다."

"무엇이냐?"

"어르신을 한 번 살펴보고 싶습니다."

"날?"

"아무래도 어르신께서 벌이고 계시는 일을 보면 이상해서 말입니다. 아무리 부군이 가문의 사람에게 돌아가셨다고는 하나 가문을 멸절시킬 만큼 어리석은 분이 아님에도 이러시는 것이 이상해서 말입니다."

"내가 섭혼대법에 당한 것이라도 되느냐? 그리고 가문을 멸문 시킨다니, 그 무슨 헛소리냐?"

"제가 보기에 어르신은 혈교나 태령야에 신지를 제압당한 것이 틀림없습니다. 그렇지 않다면 이토록 무모한 일을 벌이실 분이 아니기 때문입니다."

"눈에 보이는 것이 없는 모양이구나. 네가 후기지수들 가운데에서도 뛰어나다는 것을 알고 있다만, 노신을 능멸한다면 더 이상 참지 않을 것이다."

"참지 않으셔도 됩니다. 전 오늘 어찌 된 연유인지 꼭 알아봐야겠으니 말입니다."

펄럭!

서린의 말에 다시금 당고란의 나삼이 펄럭이기 시작했다. 당가 역사상 최고의 고수라는 당고란이 진정 분노하기 시작한 것이다.

"증조할머님, 무슨 일이 있는지는 모르겠으나 진실을 알려주십시오!"

보다 못한 당삼걸이 나섰다. 어째서 당고란의 화를 돋우는 것인지는 모르겠으나 서린이 상대할 수 없는 사람이라 생각했기 때문이다. 아까와는 달리 서린의 주변으로 퍼지는 삼엄한 기세는 내력이 달리는 자라면 피를 토하고 죽을 정도로 강렬한 살기를 품고 있기 때문이었다.

"삼걸 형은 비켜나세요. 어쩔 수 없군요."

서린은 당고란이 혈교의 섭혼대법에 당했다는 것을 확신했다. 어떻게 저토록 고강한 고수가 당한 것인지는 모르겠지만, 혈왕기로 살펴본 바로는 틀림없었다. 일전 태을수 엽장천을 살필 때 느낀 기운이 일수천화에게서도 느껴졌기 때문이다. 당고란이 혈교의 대법에 당한 것은 아무래도 삼걸의 부모와 관련이 있는 듯 보였다. 당고란의 딸인 당명화(唐明花)와 손녀인 당화선(唐花羨) 부부의 참사에는 혈교가 관련되어 있는 것이 분명했다. 아무도 알지 못하는 비밀이 숨어 있음을 짐작한 것이다.

스르릉!

서린은 검을 꺼냈다. 당고란을 상대하기 위해서는 어쩔 수 없는 선택이었다.

─삼걸 형, 주변에 누군가 있을 겁니다. 짐작이 가지 않는 것은 아니지만, 물러나 계시면서 누군가 나타나는지 살펴주십시오. 아무래도 이번 음모와 관련이 있는 자인 것 같으니 말입니다. 그리고 어르신의 일은 걱정하지 마십시오. 누구도 다치는 일은 없을 테니까 말입니다.

서린은 당삼걸의 집에서 자신들을 지켜보는 눈이 있음을 알아차렸다. 혈왕기를 이용한 자신의 혈혈기감(血趨寄感)에도 걸려들지 않을 정도의 고수가 자신들을 지켜보고 있던 것이다. 하지만 윤상호와 당삼걸이 경동할까 봐 이야기를 하지 못했다. 당무결을 감시하던 자들에 대해서는 두 사람도 느낀 듯했지만, 새로운 자에 대해서는 아무것도 모르는 듯했기 때문이다. 그만큼 서린으로서도 상대하기가 무서운 고수였다. 만약 비밀 금고가 열리며 그가 찰나나마 안타까운 기척을 흘리지 않았다면 서린도 몰랐을 것이 분명했다.

─알겠습니다. 증조할머님을 부탁드리겠소.

당삼결은 서린의 전음에 뒤로 물러났다. 부탁도 있었지만, 두 사람이 뿜어내는 경기를 견딜 수 없기 때문이기도 했다.

"부군의 참화를 부른 몸이긴 하나 노신은 적수가 없노라 생각하는 사람이다. 네놈이 무슨 뜻이 있어 그 같은 말로 노신의 아픈 상처를 건드리는지는 알 수 없으나, 그 대가를 치를 것이다."

좌르르르!

당고란의 손에서 무엇인가 풀려 나왔다. 그것은 하얀색의 채찍이었다. 일반 강호인들은 당가라 하면 암기를 떠올리지만, 당문은 암기 못지않게 편에 있어서 일가견을 가지고 있는 무가였다. 노강호인들은 당가의 편법이 암기술 못지않게 일절임을 잘 알고 있었다.

당가에서 암기는 어쩔 수 없는 경우에만 사용하는 것이 대부분이었다. 일반적으로 무림을 종횡할 시에는 주로 편을 사용했다. 그 면면을 제대로 보여주지 않아 그렇지, 매우

고절한 것이었다. 암기를 제외한다면 당가의 주된 무공이 편이라 할 정도로 많은 편법이 존재했다. 금룡편법(金龍鞭法), 백승연편(百勝軟鞭), 회타연편십삼식(廻打軟鞭十三式), 황사만리편법(黃砂萬里鞭法), 호연십팔편(浩然十八鞭) 등 무수한 편법이 존재했다.

당고란 또한 편을 애용했다. 강호에는 암기술로 인해 일수천화란 별호로 불렸지만, 그녀의 진정한 절학은 편법이었다. 당문에 존재하는 편법 중 그녀가 심혈을 기울여 익힌 것은 금룡편법이었다. 그녀의 손에서 풀려 나온 흰색의 편은 허공에서 하늘거렸다. 그러더니 점차 금빛으로 물들어갔다.

'으음, 편강(鞭剛)이로군. 강기를 저토록 부드럽게 다룰 수 있다니.'

어느 정도 경지에 오르면 검이나 도 등 단단한 병기로는 강기를 만들기가 쉽다. 병기 자체가 내력을 견뎌낼 뿐만 아니라 형상을 이루어내기 쉽기 때문이었다. 그러나 연병(軟兵)의 경우에는 강기를 이루기가 쉽지 않았다. 병기에 대한 이해뿐만 아니라 내력의 수발이 출신입화에 달해야 하기 때문이었다.

당고란의 내공은 만류귀원신공(萬流歸元神功)을 바탕으로 하고 있었다. 당가제일공이라 칭해지는 만류귀원신공은 원래 암기술을 위해 만들어진 것이 아니었다. 바로 편법을 위해 만들어진 내공 심법이었다. 원활한 내력의 수발과 조화를 중시하는 것이기에 암기술에도 잘 맞을 뿐이었다.

핑!

하늘거리던 금빛 편이 일직선으로 펴지며 서린을 향해 날아들었다. 내력으로 편을 창처럼 단단하게 만든 것이었다.

스르륵!

퍼석!

서린의 신형이 사라지고 금편은 문신상을 꿰뚫었다. 진흙에 나무 막대기를 꽂듯 채찍이 빠져나온 자리에 조그마한 구멍이 뚫렸다. 맞추지는 못했지만 금빛의 편은 계속해서 서린을 쫓았다. 먹이를 노리는 뱀처럼 집요하게 쫓는 것이다.

타타탕!

검으로 연신 금편을 튕겨내기는 했지만, 담겨 있는 힘은 만만한 것이 아니었다. 명성에 걸맞게 상당한 충격을 서린에게 선사했던 것이다.

타타탓!

서린은 지금 사밀야혼과 창천무심행의 신법을 동시에 발휘하고 있었다. 신형이 사라졌다 나타나기를 반복하며 기회를 노렸다. 위험한 공격은 검으로 쳐내며 일수천화를 제압할 기회를 노리는 것이었다. 그녀가 측량할 수 없을 정도로 고절한 고수인 탓도 있지만, 암중에 숨어 있는 자들로 인해 서린은 매우 신중하게 행동해야만 했다. 그런 서린의 모습에 당혹해하는 것은 당고란이었다. 금룡신편은 긴 거리는 물론이고, 영활한 움직임으로 삼 장 내의 적의 행동을 완벽하게 제어해 격살하는 무공이었다.

그런데 서린에게는 자신의 공격이 아무것도 통하지 않았다. 당고란은 오른손으로 편법을 전개하며 다른 손으로는 비장의 한 수를 준비했다. 증손자인 삼걸과 연관되어 있기에 그리 심하게는 하지 않을 작정이었지만, 버릇은 고칠 필요가 있기 때문이었다.

삐이익!

'으…음!'

자신의 의지대로 만암표를 손에 잡자 일순간 정신이 아득해졌다. 기이한 소성이 고막을 자극하는 순간, 당고란은 이지를 상실했다.

—어서 피하세요.

서린은 다급하게 당삼걸에게 전음을 날렸다. 기이한 음파가 그녀를 지나가고 난 뒤, 일수천화의 기운이 순식간에 변했기 때문이다. 비록 살기를 흘리기는 했지만, 조금 전까지는 그래도 자신의 기운을 제어하고 있는 것이 분명했던 일수천화의 기세가 광포하게 변하기 시작한 것이다.

촤르르!!

일수천화의 왼손에서 검은 물체들이 일순간에 쏟아졌다. 보이지 않는 손놀림에 만암표가 허공을 날았다.

파파파팟!

허공에 떠오른 것은 아홉 개의 검은 물체였다. 그것들은 일순간 허공에서 터지며 수만 조각으로 갈라지기 시작했다. 매미 날개보다 얇은 검은색의 칼날로 화한 만암표가 일수천화를 중심으로 십여 장을 휩쓸기 시작했다.

퍼퍼퍽!

주변의 모든 것들이 잘려 나갔다. 영릉을 지키고 있는, 돌로 만들어진 괴수와 문신상들이 속절없이 잘려 나갔다. 그것은 하나의 폭풍이었다.

"크…윽!"

서린의 말을 듣고 경공을 시전해 몸을 피한 당삼걸은 등 뒤에서 몰아치는 경기에 심맥이 뒤틀려 버렸다. 어째서 일수천화가 당가 사상 최고의 무인인지를 알게 해주는, 무서운 위력이었다.

서린은 쏟아지는 암기의 폭풍 속에서 신법을 최대한 발휘했다. 사밀야혼과 창천무심행을 극성으로 발휘한 것이었다. 구궁의 방위를 점하며 순차적으로 장내를 암기의 폭풍으로 감싼 만암표의 움직임에 따른 것이었다.

티티팅!

극성으로 신법을 펼쳐도 만암표의 촉수에서 빠져나갈 수

없자 서린은 호신강기를 펼쳤다. 철혈제왕기의 기운으로 몸을 감싼 것이었다. 호신강기를 이용해 만암표를 튕겨내고 있지만, 그마저도 여의치 않았다. 튕겨 나간 만암표들이 연신 되돌아오며 무차별하게 공격해 대는 것이다.

"으…음!"

신형을 움직이던 서린은 막대한 경력이 암기 속에서 자신을 노리고 있음을 알아차렸다. 만암표의 공세 속에 숨겨진 비장의 수가 자신을 노리고 있다는 것을 느낀 것이다.

번쩍!

퍼퍼퍽!

금빛의 편이 번개같이 서린에게 꽂혀들었다. 호신강기를 펼치지 않았다면 단번에 즉사할 만큼 강력한 경기를 담고 있는 편강이 서린을 가격한 것이다.

'이런, 저분은 지금 진원진기까지 끌어다 쓰고 있다. 누군지 모르지만, 저 어르신의 이지를 제압해 나와 동귀어진시키려는 것이 분명하다. 빨리 서둘러야겠다. 그렇지 않으면 저분은 폐인이 되고 만다.'

암중인이 노리고 있는 것은 분명 자신과 일수천화의 동귀어진이라는 것을 알 수 있었다. 서린이 비록 고절한 무공을 익히고 있다지만, 내력으로 따지자면 일수천화에게 비할 바가 못 되었다. 지금도 서서히 내력이 달리고 있는 중이었다. 이대로 싸움이 계속된다면 암중의 인물에게 당할 공산이 크기에 서린은 선택을 할 수밖에 없었다.

'일격에 승부를 건다. 혈왕잠월을 시전하고, 동시에 어르신을 제압하는 것이다.'

서린은 무공과는 차원이 다른 혈왕잠월을 시전하기로 마음먹었다. 비록 무공과는 궤를 달리하는 것이지만, 인드라의 공격도 피해낸 혈왕잠월이라면 일수천화의 손속을 피해 그녀를 제압할 수 있을 것 같았기 때문이다. 서린의 몸에 잠시간 붉은 기운이 돌았다.

팟!

이내 서린의 신형이 완전히 사라졌다. 조금 전까지도 사밀야혼과 창천무심행의 신법으로 신형이 사라지기는 했지만, 움직이는 기운으로 서린을 포착하고 있던 일수천화의 손속이 눈에 띄게 줄어들었다. 목표를 잃어버린 탓이었다.

차르르르!

헝공을 유영하던 만암표들이 아홉 방향으로 모여들었다. 허공에서 구궁의 방위를 점한 채 사라져 버린 서린의 흔적을 쫓는 것이었다.

뜨끔!

반드시 죽여야 할 목표가 사라진 후, 장내를 살피던 일수천화는 뒷목이 뜨끔하는 것과 동시에 내력이 흩어지는 것을 느낄 수 있었다. 그리고 이내 그녀의 의식에 어둠이 찾아왔다.

'어, 어찌?'

당삼걸은 그 모습을 보며 경악을 금치 못했다. 신형이 사라지고 없다고는 하지만, 자신도 서린의 흔적을 어느 정도 느낄 수 있었다. 그런데 촌각의 시각 동안 서린의 흔적이 완전무결하게 장내에서 사라져 버린 후, 갑자기 일수천화의 등 뒤에 나타나 그녀를 제압하는 것을 보았기 때문이다. 마치 공간을 접은 듯 거리를 격하여 나타난 서린의 모습에 놀라움을 감출 수가 없었다. 또한 그는 서린의 말이 사실임을 알 수 있었다. 쓰러지는 일수천화를 조용히 안아 드는 서린의 뒤로 암영(暗影)이 빠르게 다가들고 있는 것이 보였던 것이다.

"조심!!"

퍽!

"크윽!!"

당삼걸이 경고의 음성을 발하기도 전에 암중의 인물은 서린을 가격했다. 둔중한 소리와 함께 일수천화를 안아 든 서린이 삼 장여를 날아 바닥에 쓰러졌다. 당삼걸은 암중인을 경계하며 서린이 쓰러져 있는 곳으로 신형을 날렸다. 암중인은 복면을 하고 있었다. 온통 검은색 일색이었다. 공격에 성공한 암중인이 바닥에 내려섰다. 그는 서린을 향해 신형을 날리려다 멈추었다. 당삼걸이 서린을 보호하는 듯하자 멈칫하며 그대로 자리에 멈춰 선 것이다.

차차차착!

그와 동시에 영릉의 담을 넘어 수많은 인영이 장내에 날아내렸다. 그의 뒤로 내려서는 자들도 마찬가지 복장을 하고 있었다. 암중인은 암습에 성공했지만 움직이지 않은 채 서린이 쓰러져 있는 것을 노려보았다.

"후후후, 네놈이 당하지 않은 것을 알고 있다. 일어서라!"

목소리를 숨기려는 듯 가성이 복면인에게서 흘러나왔다.

"들켰군. 역시 만만치가 않아."

복면인의 말에 서린이 천천히 일어섰다. 방금 전 자신을 공격한 자를 속이려 했으나 의도가 간파되었기 때문이다. 서린은 일수천화를 제압하는 순간, 누군가 자신의 곁으로 다가온다는 것을 알 수 있었다. 혈혈기감의 촉각에 암중인이 걸려든 것이었다. 피하려고도 생각했지만, 암중인을 손쉽게 제압하기 위해 당한 척을 했다. 그런데 당삼걸이 자신의 곁으로 다가오는 바람에 자신의 부상이 거짓임을 복면인에게 들키고 만 것이다.

"죄송합니다."

당삼걸은 자신의 무의식적인 행동이 상황을 어렵게 만들었다는 것을 깨닫자 서린에게 사과했다.

"아닙니다. 그렇지 않았어도 속임수에 쉽게 당할 놈이 아니었으니까요. 삼걸 형은 어르신을 보호하도록 하세요."

―일단 상호 형님이 오실 때까지 어떻게든 버텨야 합니다.

서린은 삼걸에게 일수천화를 보호하도록 하며 윤상호가 올 때까지 버텨야 함을 전음으로 알렸다. 지금 나타난 자들은 만만한 상대가 아니기 때문이었다. 그와 동시에 이번 일을 위해 대기하고 있는 윤상호가 올 시간이 거의 다 되었기 때문이기도 했다.

"전에 독인들과 함께 나를 습격했던 자로군."

"지난번 같지는 않을 것이다. 이들은 완전한 자들이니까."

복면인의 입에서는 자신감이 넘쳤다. 자신이 지금 데리고 온 사종독인들은 완전하게 연성된 것이기 때문이었다.

"그게 마음대로 될까?"

"크크크, 네놈이 기다리는 놈들은 오지 않은 것이다."

"무엇이!!"

서린은 자신이 안일했음을 깨달았다. 윤상호에게 시간을 맞춰 삼영의 영주들과 함께 이 자리로 오도록 한 것이 적들에게 간파당한 것을 알 수 있었던 것이다.

'큰일이다. 일수천화 어르신을 제압한 것은 성공했지만, 놈들이 전력을 다해 노리고 있었을 줄이야.'

"이제 느꼈나 보군. 네놈의 행동은 모두 우리에게 간파되고 있었다. 그동안 미꾸라지처럼 우리의 일을 방해했다만, 오늘 이곳이 네놈의 무덤이 될 것이다."

"너희들이 원하는 대로는 되지 않을 것이다."

서린은 빠른 시간 안에 자신을 포위하고 있는 자들은 제압해야 함을 느꼈다. 놈들이 노리는 것은 자신뿐만이 아니었기 때문이다.

"네놈이 대륙천안에서 나온 놈이라고 해도 완성된 사종독인의 힘까지 견딜 수 있을까? 그건 아니라고 보는데."

"피차 다 알고 있는 것 같으니 말이 필요 없을 것 같군."

서린은 품에서 천우신경을 꺼냈다. 사종독인과의 접전이 일어난다면 그들이 뿜어내는 독기로 인해 일수천화와 당삼걸을 보호하기 힘들다는 생각이 들었기 때문이다.

스르릉!

천우신경이 검신을 따라 흘러 내렸다. 그러고는 검첨의 끝에 원을 그리며 맴돌기 시작했다. 자신의 의도가 간파된 이상 빠른 시간에 이곳의 상황을 마무리 지으려는 서린은 전력을 다하기로 마음먹었다.

서린의 기세가 사나워지기 시작하자 사종독인들이 서린을 포위하기 시작했다. 그들의 몸에서는 전과는 비교할 수도 없는 독기가 넘실거리며 흘러나왔다. 영릉에 심어져 있던 나무들이 순식간에 누렇게 말라 죽어가기 시작했다.

휘이익!

사종독인의 독기를 감당하지 못하는 듯 복면인은 멀찌감

치 뒤로 빠졌다.

＊　　　＊　　　＊

"네놈들은 누구냐?"

서린의 안배대로 천금영주와 밀혼영주를 데리고 왕건묘인 영릉으로 향하던 윤상호는 자신들을 막아서는 자들을 볼수 있었다. 하나같이 복면을 하고 있는 자들이었다. 심상치않은 기세를 풍기며 앞을 막아선 자들은 대략 삼십여 명이었다.

"알 것 없다. 오늘 이 자리가 네놈들의 무덤이 된다는것만 알면 될 뿐."

담담한 목소리였다. 비록 복면을 하고 있지만 그들의 몸에서는 정명한 기운이 흘러나왔다. 지난바 무공이 정파의무공이라는 것을 뜻했기에 윤상호는 의아했다.

─아마도 혈루비라는 자들일 겁니다. 정파에서 암약하는혈교의 간자들 같은데, 아무래도 공자님이 계획하고 있는일이 틀어진 것 같습니다.

밀혼영주인 장민석의 목소리가 전음을 통해 윤상호의 귓가로 흘러들었다.

"인간이기를 거부한 자들이군. 정파의 허울을 둘러쓰고암약하는 혈교의 잔당들을 보게 됐으니, 다행이라고 해야 하나."

윤상호의 목소리는 분노에 차 있었지만, 복면인들 하나
하나에게 정확하게 흘러 들어갔다.

"으음!"

윤상호가 자신들의 정체를 알아차린 듯하자 수장으로 보
이는 자가 신음성을 흘렸다. 절대 알려져서는 안 될 비밀을
알고 있다는 사실에 복면인들은 살심을 굳혔다. 자신들이면
아무리 초절정의 고수라도 살인멸구할 수 있기에 그들은 저
마다 들고 있는 검을 꺼냈다. 정체를 들키지 않으려는 듯
복면인들이 들고 있는 검은 어디서나 쉽게 구할 수 있는 평
범한 장검이었다. 하지만 그들이 흘리는 기세는 결코 평범
한 것이 아니었다. 적어도 일파의 자존심을 대표할 수 있을
정도의 수준이었던 것이다.

'낭패로군. 쉽지 않겠어. 우리가 이런 지경이라면 그분
도 어려운 지경에 처했을 터인데…….'

복면인들의 기세를 보며 윤상호의 안색이 저절로 찌푸려
졌다. 두려운 것은 아니지만, 서린은 큰일을 해야 할 사람
이었다. 그런데 도와주지는 못할망정 적에게 발목이 잡혔다
는 것이 그를 화나게 했다.

"너희들이 누구인지는 모르겠으나, 실수한 것이다. 백두
의 대호는 용서를 모르는 제왕이니까!"

스르릉!

검을 뽑아 들자 윤상호의 기세가 일변했다. 그의 절학은 비월유성검이지만, 지금 펼치려 하는 것은 그도 완성한 이후 처음 펼치는 것이기 때문이었다. 그가 지금 펼치려는 무공은 대장군검(大將軍劍)이었다. 고구려에서부터 무장이었던 자신의 가문에 대대로 이어지는 패검이었다. 중원을 호령하던 시절, 대고구려의 호국검이자 전장에서는 모든 것을 쓸어버렸던 대살검을 쓰려는 것이었다.

"으음!"

복면인들은 신음을 흘리지 않을 수 없었다. 그들 대다수가 비무 대회에서 윤상호의 검법을 본 적이 있었다. 하지만 지금 보여주는 기세는 비무 대회에서 보여주는 검과는 사뭇 달랐다. 완전히 다른 기세를 흘리고 있는 것이다. 그것은 금수주와 장민석도 마찬가지였다. 그들도 비무 대회에 참가하면서 일반적인 무공만을 사용했기에 복면인들은 두 사람의 정확한 무공 수위를 몰랐던 것이다.

'상당수가 희생될 것이 분명하다. 저들이 저런 강자였다니…….'

혈루비를 이끄는 복면인은 세 사람의 기세가 일변하는 것을 보자 이번 일이 어려울 것임을 절감했다. 사나운 맹수를 건드린 것처럼 불안한 마음이 든 것이다.

─우리들 대다수가 각파의 절학을 익힌 몸이다. 저놈들이 아무리 대단하다 하더라도 이 자리에서 죽는다는 것은

변함이 없다.

세 사람의 돌변한 기세에 약간 주춤했던 복면인들은 수장의 전음에 마음을 다잡았다. 그러고는 서서히 내력을 끌어 올리며 세 사람을 포위했다.

쐐애액!!

포위하고 있는 자들의 검경이 대부분 검기상인의 경지에 든 듯 푸르게 빛나는 검들은 빠른 속도로 세 사람을 향해 다가들었다. 한 사람당 열 명의 적수를 감당해야 하는 세 사람은 조금도 두려워하지 않고 맞서 나갔다.

차차창!

검들이 부딪치고 장내는 일순간 격전의 장소로 바뀌었다. 윤상호의 검은 모든 것을 부숴 버릴 듯 춤을 췄다. 가벼워 보이지만 중(重)의 묘리를 담은 듯 그의 검과 부딪친 복면인들의 검이 속절없이 튕겨 나갔다. 검력을 감당하지 못한 탓이었다. 힘을 위주로 한 패검(覇劍) 같아 보였으나 윤상호의 검결에는 비월유성검의 묘리 또한 담겨 있었다. 삼재진이나 사상진, 또는 오행의 진세를 교차하며 공격해 대는 복면인들의 공격을 잘 막아냈다.

천금영의 영주인 금수주는 검을 사용했다. 서린이 쓰고 있는 것과 같은 형태의 검이었다. 한데 그의 검은 무척이나 독랄했다. 전장을 통해 다져진 살검이기 때문이었다. 그가 익힌 검법은 참절백로로, 서린과는 다른 깨달음을 얻은 그였다. 사사밀교와의 수많은 실전을 통해 완성된 그의 검은 중원 각파는 물론, 세외 절기들의 묘리가 함께 담겨 있는 것이기에 포위하며 달려드는 복면인들도 일순간 어쩌지 못할 만큼 강했다.

장민석은 수법을 익혔다. 밀혼영의 영주인 만큼 잠입과 암살에 대해 더욱 뛰어난 능력을 보이지만, 익힌 무공도 만만한 것이 아니었다. 그가 중점을 두고 익힌 무공은 무인정으로, 소리나 빛도 없이 적을 죽일 수 있는 암류의 무공이었다. 복면인들은 그에게 달려들다가 알 수 없는 경력이 자신들에게 어느새 다가온 것을 느끼고는 분분히 물러나야 했다.

'으음, 어쩔 수 없는 일인가…….'

격전이 벌어지는 모습을 지켜보고 있던 혈루비의 수장은 안색을 찌푸렸다. 자신의 예상대로 적은 만만한 실력이 아니었다. 본신의 무공을 감추고 상대할 수 있는 자들이 아니었다. 격전이 시작된 지 반 각이 넘었지만 득수할 수 없었기에 그는 자신들의 정체가 탄로나더라도 어쩔 도리가 없다는 것을 깨달았다.

"모두 본신 무공으로 놈들을 죽여라! 시간을 끌다간 오히려 놈들에게 당할 수 있다!"

지금 자신들이 공격하는 자들에게 세력이 있다는 것은 진즉에 간파했다. 대륙천안이라는 곳에 있는 그들 하나하나의 실력이 만만치 않다는 것도 알고 있었다. 하지만 혈루비의 수뇌는 속전속결만이 일을 깔끔히 처리할 수 있다는 사실을 잘 알고 있기에 본신 무공으로 세 사람을 상대하도록 지시했다. 세 사람을 공격하던 자들이 일제히 뒤로 물러나며 기수식을 취했다. 본신의 무공으로 상대하려는 것이었다. 그들의 몸에서는 지금까지와는 달리 삼엄한 기세가 흘러나왔다. 조금 전까지 자신들의 정체를 감추려 진신절학을 발휘하지 않았지만, 본신의 무공을 사용하자 기세가 일변했다.

종남의 태을분광검(太乙分光劍), 화산의 백팔식광풍쾌검(百八式狂風快劍)과 낙영검법(落影劍法), 아미의 소청검법(小淸劍法), 점창의 유운검법(流雲劍法)까지 전부 명문정파의 검법들이었다. 기수식을 취하고 있는 모습을 보니 명문정파에서도 일대 제자 이상이 익히고 있는 검법들이었다. 윤상호를 비롯한 세 사람은 지금까지와는 다른 양상이 벌어질 것임을 알 수 있었다. 생사를 장담할 수 없을 정도로 험난한 격전을 겪어야 한다는 것을 느낀 것이다.

파파팟!

복면인들의 공격은 삼재진으로부터 시작됐다. 쾌속하게 시전된 검법들이 세 사람의 몸을 스치고 지나가며 상처를 남겼다. 각자 문파가 다른 검법이지만, 오랜 시간 합격술을 연마해 온 것처럼 그들의 검은 무척이나 무서웠다.

차창!

휘이익!

삼재진과 사상진이 번갈아가며 세 사람을 괴롭혔다. 그들의 몸에는 점점 상처가 늘어갈 뿐이었다.

"모두 한곳으로 모여야 합니다!"

윤상호는 혼자서 이런 식으로 복면인들을 상대하다가는 각개격파당한다는 것을 느끼고는 두 사람에게 모이도록 소리를 질렀다. 그렇지만 두 사람은 쉽게 몸을 뺄 수가 없었다. 복면인들이 교묘하게 방해했던 것이다.

"어쩔 수 없다."

윤상호의 검이 춤을 추듯 주변을 맴돌았다. 천라유성세(天羅遊星勢)였다. 검로는 같지만 비무대 위에서 시전하던 것과는 다른 형태를 보였다. 하얀색 빛무리가 그의 검끝에서 흘러나오고 있던 것이다.

번쩍!

빛무리가 환하게 빛나며 삼재진을 이루며 달려들던 복면인들에게 덮쳐 갔다.

"크으윽!"

"컥!"

"으윽!"

장내를 환하게 밝히는 빛무리 속에서 세 마디의 답답한 비명성이 흘러나왔다. 삼재진을 이루던 자 중 하나는 검을 들고 있던 팔이 날아간 상태였고, 둘은 가슴에 검상을 입은 채 뒤로 연신 물러났다. 하지만 윤상호는 공격을 끝낸 것이 아니었다. 갑자기 어둠이 찾아왔다. 검끝에서 빛을 흡수하는 것이었다. 일순간 윤상호의 검이 자취를 감췄다.

서걱!

삼재진에 이어 공격을 준비하고 잇던 자들 중 한 축이 무너졌다. 사상진을 이루던 두 명의 허리가 윤상호의 검에 의해 잘려 버린 것이었다.

휘이익!

자신을 공격하던 이들의 일각을 무너뜨린 윤상호는 빠르게 금수주의 곁으로 다가갔다. 그의 검에는 푸르스름한 검기가 맺혀 있었다.

"조심해라!"

한순간에 다섯이 당하고 윤상호가 금수주를 노리는 자들을 덮쳐 가자 혈루비의 비주가 소리를 질렀다.

푹!

하지만 그의 고함 소리는 윤상호의 검이 복면인의 명문혈을 뚫는 것보다 느렸다. 어느새 또다시 복면인을 해치운 윤상호가 금수주의 뒤에 내려선 것이다.

"합세해야만 합니다."

"알았습니다."

두 사람은 장민석이 있는 방향으로 검세를 집중했다. 어느새 따라붙어 공격을 해 대는 복면인들이지만, 공격해 오는 방향이라 봐야 네 곳뿐이었다.

쐐애액!

윤상호의 검에서 다시금 빛무리가 일었다. 복면인들은 분분히 윤상호의 검세를 대비했다. 방금 전 그가 보여준 검세의 위력을 잘 알기에 하는 행동이었다.

번쩍!

차차창!

슈슈숙!

"크아아악!"

빛무리와 동시에 검세를 방어했지만, 복면인들이 실수를 한 것이 있었다. 금수주의 검을 간과한 것이었다. 빛무리 속에서 금수주가 윤상호의 전음대로 시간 차를 두고 몸을 날려 두 명의 복면인들 베어버렸다.

"이땝니다!"

두 사람은 장민석을 향해 뛰었다. 하지만 이번에는 장민석을 포위하고 있던 자들이 피한 탓으로 복면인들에게 더 이상의 피해를 줄 수 없었다. 세 사람은 즉시 등을 맞대고 삼재진을 형성한 채 적을 노려보았다.

"대단한 검입니다."

금수주는 윤상호의 검법이 중원의 무공과는 차원이 다른 무공임을 알 수 있었다. 중원 무공의 묘리 속에 쾌 또한 들어 있던 것이다. 어떻게 하는 것인지는 모르겠지만, 검에서 빛이 일면 반드시 목숨이 사라지는 독랄함까지. 진정 무서운 검법이 아닐 수 없었다.

"후후, 그럼 이제부터 한 번 진짜로 해볼까요?"

윤상호는 등을 마주 댄 금수주와 장민석을 향해 자신감 있는 목소리로 기운을 북돋았다.

"그러지요. 우리도 그리 만만하지는 않으니, 한 번 해보지요."

"만만히 본 대가가 얼마나 큰지 보여줄 필요가 있을 겁니다."

이제 어느 정도 대적할 만했기에 세 사람은 서로를 보며 미소를 지었다. 비록 힘든 상대들이긴 하나 쉽게 죽지는 않을 것이라는 생각 때문이었다.

'장백파의 무공이 저 정도였던가? 정말 무서운 무공이다. 나도 저들의 합공에 빠지면 생사를 장담할 수 없건만, 저토록 쉽게 빠져나가다니.'

잠깐의 시간이지만 윤상호에게 벌써 일곱 명이 당했다. 아직도 많은 수가 남아 있지만, 필승을 장담할 수는 없었다. 윤상호와 마찬가지로 다른 두 사람 또한 뭔가 감추고 있다는 느낌이 들었기 때문이다.

'아무래도 안 되겠다. 나도 나서야 저들을 쓰러뜨릴 수 있다.'

자신이 데리고 온 이들은 모두 무림맹의 중추를 담당하고 있었다. 소속되어 있는 문파는 다르지만, 무림맹에 속해 있으면서 그동안 합격술도 꽤나 연마해 온 상태였다. 그런데 하나하나 포위해 놓고도 별 성과가 없었다. 혈루비의 비주는 금수주와 장민석이 아직 전력을 다하고 있지 않다는 것을 알 수 있었다. 비록 여기저기 검상을 입었지만, 그들의 여유로운 행동이 그걸 짐작하게 해주었다.

"상당한 실력들이다. 하지만 너희들이 이곳에서 죽는다는 것은 변하지 않을 것이다. 모두 풍운대진을 펼쳐라!"

그는 끊어지는 목소리로 말하며 전면으로 나섰다. 그리고는 무림맹이 자랑하는 풍운대진을 펼치도록 했다. 마교와의 대전에 대비해 무림맹에서 만들어낸 진세. 복면인들은 세 사람을 포위한 가운데 익숙하게 진세를 움직였다. 진형에 맞춰 맞물려 돌아가는 그들의 움직임에 따라 강력한 진세가 발동하기 시작했다.

휘이이익!

따가운 진세의 기운이 세 사람을 압박했다. 풍운대진이 어째서 무림맹이 자랑하는 절진인지 알게 해주는 힘이었다. 톱니바퀴처럼 마주 돌아가는 진세에는 허점이 없는 것 같았다. 거기다 감당할 수 없는 강력한 진세의 힘까지 몰아치고 있어 세 사람으로서는 난감할 수밖에 없었다.

"간자 주제에 익힐 것은 제대로 익힌 모양입니다."

금수주는 복면인들의 진세가 그저 흉내만 내는 것이 아님을 주지시켰다.

"그런 것 같습니다. 적어도 일대 제자 이상이거나, 어쩌면 장로급의 인물들도 있을 가능성이 높습니다."

"그나저나 큰일이군요. 우리보다는 공자님께서 더 큰 위험에 처해 있을 것이 분명한데, 이곳에서 발이 묶이다니 말입니다."

"우리의 처지도 그리 좋은 형편은 아니니, 일단 이곳을 벗어나는 것이 급선무입니다. 그래야 서린이를 구할 수 있으니까요."

윤상호는 자신보다 서린과 당삼걸에 대한 걱정이 들었다. 당고란과 만나기 위해 영릉으로 간 두 사람에게 더 큰 위험이 닥칠 수도 있다는 생각이 들었던 것이다.

"걱정하지 마십시오, 윤 대협. 공자님께서는 저들 모두가 덤빈다고 해도 능히 혼자서 감당하실 수 있는 분이니까요."

장민석은 서린을 걱정하는 윤상호를 안심시켰다. 그러면서 금수주를 바라보며 미소를 지었다.

"금 영주, 이제 슬슬 결말을 지어야 하지 않나?"

"그래야겠지. 더 이상 나타나지 않는 것을 보면 이자들이 끝인 것 같은데, 늦으면 공자님께 꾸지람을 들을 것 같으니 빨리 끝내도록 하지. 윤 대협께서는 저희들의 공세가 시작되면 건방을 책임져 주십시오. 아무래도 저자의 움직임이 심상치 않으니 말입니다."

전면에 나선 혈루비주의 검은색 장포가 흔들리고 있었다. 싸늘한 눈초리와 함께 공력을 끌어 올리고 있는 그는 강력한 일격을 준비하고 있는 것이 분명했다.

—그럼 제가 먼저 공격을 하겠습니다. 비격원호세(飛激圓弧勢)라는 초식인데, 저자들이 진을 이루고 있긴 해도 일시간 흔들릴 겁니다. 그러면 영릉이 있는 쪽 방향으로 집중 공격하고 빠져나가는 것으로 방향을 잡겠습니다.

—알겠습니다.

—염려하지 마십시오.

윤상호의 전음에 금수주와 장민석은 내력을 끌어 올렸다. 사사묵련은 중원 무인들과의 접전이 금지되어 있으나 저들은 혈교의 간자들이기에 마음 놓고 자신들의 절학을 펼치려는 것이었다.

지이이잉!

향천유격세(向天柔擊勢)를 취한 윤상호의 검에서 다시금 빛무리가 일어났다. 풍운대진을 구성하고 있는 자들은 내심 긴장하며 진세를 더욱 공고히 했다. 원을 그리며 나타나는 빛무리는 점점 더 커지며 세 사람을 감싸기 시작했다.

'안 되겠다. 저놈이 더욱 날뛰게 했다가는 피해가 너무 커진다.'

혈루비주는 내력을 더욱 끌어모으며 자신의 주먹에 권기를 담았다. 일수에 백 보 앞에 적을 쓰러뜨릴 수 있는 소림의 절학, 백보신권이었다. 푸르스름하게 기운이 맺혀가는 그의 주먹이 천천히 앞으로 내밀어졌다.

파아앙!

공기를 가르는 권경이 세 사람을 덮쳐 갔다. 하지만 그와 동시에 윤상호의 검에서도 빛무리가 사방으로 번지며 뻗어 나왔다. 수십 가닥으로 나뉘어진 빛무리 중 하나와 혈루비주가 날린 권경이 허공에서 부딪쳤다.

쾅!

전면에서 폭음이 일었다. 검기와 권기가 충돌한 것이다. 일순 대기가 진동하는가 싶더니, 빛무리가 다시금 혈루비주가 있는 쪽으로 몰아쳤다. 백보신권의 권경을 무참히 해소해 버린 윤상호의 검기가 날아들자 풍운대진을 이루고 있는 자들의 입에서 경호성이 터져 나왔다. 어찌 된 일인지 마치 물이 모든 것을 돌아 나가듯 진의 사각을 뚫고 검기가 접근해 오고 있기 때문이었다. 사방으로 뿌려진 검기의 위력은 자못 위협적이었다. 진세의 힘에도 전혀 위축되지 않고 날아오는 검기에 풍운대진을 풀지 않을 수 없었다. 맞물려 돌아가는 진세의 힘에 발을 빼지 못하면 손 한 번 제대로 써 보지 못하고 당할 것 같은 느낌이 들었기 때문이다.

파파팟!

풍운대진을 이룬 자들 중 일부가 자리를 이탈했다. 그러자 진세의 축이 흔들리고 세 사람을 감싸고 있던 힘이 순식간에 누그러들었다.

"이런!!"

영릉으로 향하는 방향에서 세 사람을 막고 있던 혈루비주와 복면인들은 자신들에게 쏟아져 들어오는 경력이 제일 강력한 것임을 알 수 있었다. 다른 방향으로 뿌려진 검기들은 거의 허초나 다름없는 위력이었다. 만약 진세가 제대로 발동되었다면 어찌 되었든 막을 수는 있을 터였지만, 몇몇이 진세를 이탈하자 그들에게 다가오는 검기의 위력이 한층더 거세졌다.

콰콰콰쾅!

다급히 검을 들어 검기를 막았으나, 강력한 경력에 모두가 약간의 내상을 입었다. 혈루비주는 너덜해진 손을 바라보았다. 반선수(反禪手)를 펼쳐 검기를 막았지만, 옷은 검기에 손상을 입어 넝마로 변해 있었다.

'크으, 분명 검강은 아니었다. 검기에서 저린 빛이 일어난다는 것도 놀라운 일이거늘, 그 하나하나가 내가 펼친 권기를 능가하다니…….'

"컥!"

"으아악!"

혈루비주의 놀라움은 거기에서 멈춰야 했다. 주변에서

터지는 비명 소리 때문이었다. 윤상호에게만 신경을 쓰다 다른 두 사람의 행적을 놓친 탓이었다. 어느새 진세로 뛰어든 두 사람이 잔인하고 깨끗한 손속으로 혈루비주의 주변을 휩쓸고 있었다.

"이놈들이!!"

혈루비주의 손이 순식간에 금빛으로 물들었다. 자신의 정체를 숨기기 위해 사용하지 않은 대력금강장(大力金剛掌)이었다. 금수주를 향해 장이 뻗어 나갔다. 하지만 그것도 잠시. 천지를 양단할 것 같은 기세가 그의 등 뒤로 날아왔다. 어느새 윤상호가 따라붙어 검을 날리고 있던 것이다.

쾅!

장과 검이 부딪쳤다. 피육이 검과 얽혔지만, 강렬한 폭음만이 장내를 흔들었다.

"크으윽!"

신음을 흘리며 뒷걸음치는 혈루비주의 복면에서 피가 뿜어져 나왔다. 윤상호의 검과 부딪친 순간, 내상을 입은 것이다.

휘이이익!

진세가 흔들리고 몇몇이 쓰러지자 세 사람은 복면인들의 머리를 타넘으며 영릉이 있는 방향으로 전력 질주를 했다.

"크으, 쫓아라! 어서! 몇 사람은 남아서 죽은 이들을 옮긴다! 난 이곳의 일을 처리하고 조금 있다가 가겠다!"

파파팟!

혈루비주의 외침에 복면인들은 세 사람을 쫓기 시작했다. 죽은 이들의 처리도 문제지만, 혈루비주는 잠시간 내상을 회복한 다음에 뒤를 쫓기로 했다.

"네놈들이 영릉으로 가보았자 죽음밖에는 없을 것이다."

영릉에 얼마나 가공할 살진이 펼쳐져 있는지 알고 있는 혈루비주는 서늘한 눈빛으로 세 사람이 사라진 곳을 쳐다보았다.

4장. 당문혈운(唐門血雲)

파파팟!

영릉을 향해 경공을 시전하고 있는 것은 두 사람뿐이었다. 장민석은 어디 간 것인지 보이지 않았다.

"늦지 않았는지 모르겠습니다."

윤상호는 경공을 시전하며 전력으로 달리는 중이었지만, 불안한 마음이 들었다. 일수천화라는 희대의 고수가 그곳에 있기 때문이었다.

"그리 쉽게 당할 공자님이 아닙니다. 그리고 원군을 요청하기 위해 연락을 취하러 갔으니, 그때까지만 버티면 될 것입니다."

장민석이 아군에게 연락을 하러 갔음을 상기시킨 금수주

는 윤상호를 안심시키며 경공에 박차를 가했다.

두 사람이 영릉을 향해 전력으로 다가가고 있을 때, 서린은 사종독인을 상태로 접전을 벌이고 있었다. 강력한 독기를 내뿜으며 공격을 해 대는 사종독인의 움직임은 일류 고수를 방불케 하는 것이었다. 도검불침의 몸인데다 닿기만 하면 이내 극독에 중독되어 버리는 사종독인은 그야말로 공포의 무기였다. 내가중수법을 사용해도 이미 죽은 몸이라 그마저도 소용없는 금단의 병기였다.

콰콰쾅!

서린은 사종독인이 뿜어내는 독강을 근근이 막아내고 있었다. 검첨에 달라붙은 천우신경이 회전하며 붉은 방패를 만들어내며 막아내는 것이다. 동분서주하며 지치기를 기다리는 듯 포위한 채 독강을 날리고 있는 사종독인은 무척이나 공포스러운 것이었다. 아무리 고수라 해도 연이어 강기를 날린다는 것은 쉬운 일이 아니었다. 막대한 내력을 소모하기에 대부분 마지막 일격이나 타점에서만 강기를 사용하는 것이 대부분이건만, 사종독인은 서린을 포위한 채 자리를 바꿔 이동해 가며 독강을 뻗어냈다.

서린이 사용하고 있는 것은 독과는 상극인 양의 기운이었다. 극양의 기운을 튕기듯 내보내는 탄양(彈陽)의 힘인 음양혈기(陰陽血氣)를 사용하고 있었던 것이다. 서린이 이렇게 하는 것은 자신이 익힌 무공 중 음양혈기가 혈왕기를 이용할 수 있는 최고의 무공이기 때문이었다. 서린은 당삼걸과 일수천화를 가운데 두고 원을 그리듯 주변을 돌며 사종독인의 독강을 막아내고 있었다. 검을 따라 천우신경이 돌고 천우신경을 따라 흘러나온 붉은색의 기운이 회오리치듯 돌며 강막의 방패를 만들어 독강은 막아내는 모습은 한 폭의 그림 같았다.

'적이지만 정말 대단한 놈이다. 나이도 얼마 되지 않은 자가 저런 실력을 가지고 있다는 것이 믿어지지 않는구나. 대륙천안에 팔야야(八夜爺) 말고도 저런 자가 있었다니. 으음, 팔야야란 존재에 대해 다시 수정을 해야 하는 것인가?'

사종독인을 이끌고 온 복면인은 침음성을 삼켰다. 대륙천안은 자신들의 목적을 위해 반드시 넘어야 할 산이었다. 그런데 대륙천안을 지배하는 장막의 존재들인 팔야야가 아님에도 놀라운 실력을 보이고 있는 서린을 보고 자신이 세워놓은 계획을 전면 수정해야 할지도 모른다는 생각이 들었던 것이다. 한편, 사종독인의 공격을 막아내고 있는 서린의 안색이 점점 창백해져 갔다. 인간이 아닌 존재들의 무지막지한 공격을 막아내는 것에도 한계가 있었기 때문이다.

쾨쾨쾅!

"헉! 헉! 제기랄! 정말 괴물 같은 놈들이군."

거칠게 숨을 쉬는 서린의 입에서 욕이 저절로 흘러나왔다. 사종독인을 상대하기 어려운 듯 창백해진 안색으로 연신 거친 숨을 내쉬었다.

'큰일이군. 계속 지켜보고만 있겠다는 이야긴가?'

누군지 모를 암중의 인물만 아니라면 어떻게든 해보겠지만, 그에 대한 대비마저 하고 있는 서린으로서는 이러지도 저러지도 못하는 지금의 상황에 애가 탈 수밖에 없었다. 강력한 독강도 문제지만, 막아내고 난 뒤 퍼지는 독기가 문제였다. 독강과 독기를 막기 위해 펼친 음양혈기가 내력과 혈왕기를 과도하게 소모시키고 있었다. 전력을 다하고 있지는 않지만, 시간이 흐른다면 자신마저 위험해질 것이 분명했다.

'할 수 없다. 이대로 가다가는 내가 당하고 만다. 놈이 어떻게 나오든지 일단 저놈들을 쓸어버리는 수밖에. 잘될지는 모르겠지만, 천세혈왕삼극결에 사사밀혼심법을 섞어버리는 거다.'

서린은 지금 음양혈기의 기운에 사사밀혼심법의 사단계인 사방투(四方鬪)를 동시에 시전하려 하고 있었다. 얼마 전 검마와의 대전으로 깨달음을 얻은 동천지로(東天指路), 남열개황(南熱愾惶), 서암폐정(西暗閉晸), 북빙한령(北氷寒翎)의 힘을 음양에서 사상이 가라지듯 음양혈기로부터 이끌어내려는 것이었다.

―충격에 대비하세요. 일단 이놈들을 쓸어버려야겠습니다. 암중의 인물도 문제지만, 지원하러 오기로 했던 사람들이 오지 않는 것을 보면 문제가 발생한 것 같으니 말입니다.

―알겠습니다. 이분과 저는 걱정하지 마십시오.

서린의 능력에 놀라움을 금하지 못하고 있던 당삼걸은 서린의 전음에 몸 안의 경력을 돌려 자신과 일수천화를 강력해지는 압력에서 대항하기 시작했다.

휘이이익!

사사밀혼심법을 일으키자 휘도는 천우신경의 붉은 기운이 점차 검은색으로 물들어갔다. 강력한 경기가 사방을 맴돌자 강한 바람이 주변을 감싸기 시작했다.

삐이익!

복면인의 입에서 소성이 흘러나왔다. 변해가는 서린의 모습에 사종독인에게 주의하라 신호를 보낸 것이었다. 신호를 받은 사종독인의 몸이 변하기 시작했다. 진녹색의 기운이 그들의 몸을 감싸기 시작했다.

휘이익!

서린이 천우신경을 허공에 띄웠다.

지이이이잉!

"차앗!"

서린의 기합과 함께 허공에 멈추어서 돌고 있는 천우신

경이 울음을 터트렸다. 회전하는 반경을 따라 줄기줄기 검은 기운이 뿌려지기 시작했다. 서린의 천우신경에 사계의 힘을 집중하여 사방으로 뿌린 것이다.

콰콰콰콰쾅!

퍽! 퍼…퍼퍼퍽!

독강과 부딪친 경력으로 인해 강력한 충돌음이 사방으로 울려 퍼지고, 연이어 날아간 서린의 기운이 사종독인을 두들겼다. 사종독인의 몸 위에는 손가락만 한 상처가 연이어 생겨나기 시작했다. 몸을 파고든 서린의 기운에 사종독인의 몸이 수포처럼 부풀어 올랐다. 사계의 힘을 담은 혼돈의 기운이 팽창했기 때문이다.

"가랏!"

펑! 퍼퍼펑!

짙푸른 녹혈과 함께 사종독인들의 몸이 터져 나가기 시작했다. 팔과 다리가 떨어지고 머리가 터져 나갔다. 비산하는 녹혈에 나무와 돌로 된 바닥이 메케한 독연을 내뿜으며 타들어 갔다.

휘이익!

허공에서 맴도는 천우신경의 회전에 소용돌이치는 바람이 사종독인들의 독혈이 만들어낸 독연을 밀어냈다.

"이, 이럴 수가!!"

복면인의 눈이 더할 나위 없이 커졌다. 도저히 일어날 수 없는 일이 일어난 것이었다. 사종독인이 무엇이던가. 일류 고수를 가사 상태로 만들어 이십여 년간 각종 극독과 영약을 이용해 제련해 낸 존재였다. 또한 제련을 마친 후에 몇 번의 시험으로 사종독인들의 위력도 시험했다. 초절정에 달한 고수를 상대한 실험에서도 사종독인은 기대를 저버리지 않았다. 세 구의 사종독인이면 초절정의 고수도 핏물로 녹여 버릴 수 있었다. 그런데 이토록 허무하게 열 구에 달하는 사종독인이 무참히 파괴될 줄은 그로서는 상상도 하지 못했던 것이다.

피잇!

눈앞의 광경에 정신을 차리지 못하던 복면인은 서린이 뻗어낸 지풍에 혈도를 제압당했다. 평소라면 그 정도의 암수쯤 너끈히 피해낼 수 있었을 테지만, 너무 놀라 피해볼 엄두도 내지 못했던 것이다.

"네놈의 음모도 이제는 끝이다."

서린은 서서히 복면인에게 다가갔다. 복면을 하고 있다는 것은 정체가 밝혀져서는 안 된다는 뜻이기에 그의 정체를 확인하기 위해서였다.

움찔!

"응!"

휘이익!

서린은 자신이 다가가는 순간, 혈도가 제압된 이상 움직이는 것은 불가능한데도 복면인이 움찔거리는 것을 보았다. 이상한 생각이 들어 움직임을 빨리한 서린은 복면인의 숨이 이미 끊어진 것을 확인할 수 있었다. 복면인은 뒷머리에는 어느새 자그마한 구멍이 뚫려 있었고, 그 사이로 피와 섞인 뇌수가 흘러내리고 있었다. 서린이 느끼지도 못하는 사이에 암중의 인물이 복면인을 죽인 것이었다.

"으음, 암중인의 기운이 사라졌다."

장내에서 느껴지던 기운은 어느새 사라지고 없었다. 복면인을 처리하는 순간 바로 자리를 떠난 것이 분명했다. 서린은 등골이 서늘해지는 기분을 느꼈다. 자신도 모르는 사이에 복면인을 향해 손을 쓴 암중인에 대해 두려움을 느낀 것이다. 서린은 복면인의 복면을 벗겼다.

"이자가 어째서?"

서린의 눈에는 의혹이 가득했다. 복면인은 이곳에 있어서는 안 될 사람이었다. 당가의 암운을 제거하기 위해 당가의 전대 장로들이 심혈을 기울여 키우고 있던 사람이 바로 복면인이었기 때문이다.

"숙부님!"

서린 곁에 다가온 당삼걸은 복면이 벗겨지자 그 안의 얼굴을 보고는 소리를 질렀다. 당가주의 막냇동생이자 자신의 숙부인 당무인이 두 눈에 핏물을 흘리며 죽어 있었던 것이다.

"숙부님! 이, 이게! 어찌 된 일입니까?"

다른 이들과 달리 어려서부터 무척이나 자신을 위해주던 당무인이었기에 당삼결의 눈은 경악으로 물들어 있었다.

"큰일 났습니다. 당가주께서 위험합니다."

"예?"

"당문으로 어서 돌아가야 합니다. 당문으로 어서!! 설명은 가면서 드릴 테니, 어서 어르신을 업으십시오."

슬퍼할 겨를도 없이 당삼결은 서두르는 서린의 말에 일수천화를 업고는 떨어지지 않도록 끈으로 묶었다. 서린도 당무인을 업고는 역시 떨어지지 않도록 묶었다. 두 사람은 빠르게 영릉을 나서 당가로 향했다.

─어찌 된 일입니까? 가주께서 당 숙부는 당가의 암운을 걷기 위해 비밀리에 전대 장로님들과 놈들을 쫓고 있다고 하지 않았습니까?

─삼결 형, 이자는 삼결 형의 숙부가 아닙니다.

─변장을 한 것이라는 말입니까? 인피면구도 사용하지 않은 것 같은데, 어찌…….

─부술(剖術)로 고친 얼굴입니다. 그러니 삼결 형의 숙부일 리가 없지요. 얼굴은 같겠지만, 전에 본 삼결 형의 숙부와는 다른 기운을 가지고 있는 자입니다.

─그렇다면?

─이자가 당무인 대협으로 활동한 것은 얼마 되지 않았

을 겁니다. 아니면 아예 활동하지 않았을지도 모르고 말입니다. 제가 이렇게 급하게 당가로 돌아가는 것은 놈들이 모든 것을 알고 있을지도 모른다는 생각 때문입니다. 그렇다면 당가에서 첫 번째 제거 대상은 바로 당가주가 될 테니, 어서 가야 합니다.

휘이익!

그때, 두 사람에게로 빠르게 달려오는 자들이 있었다. 윤상호와 금수주였다.

"공자님, 무사하십니까?"

"괜찮습니다. 여러분도 무사하시군요. 일단 저를 따라 당가로 가야 합니다. 이야기는 가면서 하지요. 금 영주께서는 제 대신 당무인을 업고 오세요."

또 다른 적이 나타날 것을 우려해 금수주에게 당무인으로 화신한 자를 업게 했다.

"알겠습니다."

금수주는 서린의 말에 당무인을 업고는 경공을 시전하는 동안 떨어지지 않도록 끈으로 단단히 묶었다.

"공자님, 다 됐습니다. 가시지요."

네 사람은 빠르게 당가로 향했다.

서린은 가면서 삼걸에게 이야기한 것과 같이 두 사람에게도 같은 이야기를 해주었다. 서린의 이야기를 들은 금수주와 윤상호 또한 자신들이 겪었던 일들을 이야기했다.

―으음, 예상보다 일이 급하게 진행되는군요. 놈들은 오늘 모든 것을 끝내려는 것 같습니다. 아마도 삼성 중 하나가 당한 모양입니다.

―삼성 중 하나가 말인가? 그렇다면 큰일 아닌가?

―그런 것 같습니다. 그렇지 않다면 이들이 이렇게 전격적으로 움직일 리가 없습니다. 아무래도 최대한 빨리 당가로 가봐야 할 것 같습니다. 어쩌면 이미 늦었을지도 모르겠군요.

―으음!

윤상호가 침음성을 흘렸다. 금수주와 삼걸 역시 일이 심상치 않음을 확인할 수 있었다.

휘이이익!

턱!

전력으로 경공을 시전하던 서린이 멈추어 섰다. 진한 피비린내를 맡았기 때문이다. 세 사람 또한 서린과 같이 멈추어 선 후 피비린내에 인상을 찡그렸다.

타타닥!

서린과 세 사람은 피비린내가 풍기는 곳으로 갔다. 피비린내가 풍기는 곳에는 목불인견의 참상이 벌어져 있었다. 수급을 잃은 이십여 구의 시신들이 여기저기 누워 있던 것이다. 누군가 머리만 으스러뜨려 버린 흔적이 역력했다. 머리를 잃고 모든 피가 빠져나온 듯 피비린내가 도처에 풍겼고, 바닥의 흙은 피와 엉겨 질퍽거렸다.

"이자들은?"

"아는 자들입니까?"

"우리를 공격했던 자들입니다. 우리를 바로 쫓아온 것 같은데, 어찌 이렇게……."

"이자들이 구파일방의 무공을 사용한다고 했습니까?"

"그렇습니다. 그것도 일대 제자 이상만 익힐 수 있는 무공을 사용했습니다."

"또 다른 누군가가 끼어든 것 같군요. 이것은 한 사람의 솜씨입니다. 분명 금 영주께서 업고 있는 자를 죽인 자와 동일 인물일 겁니다. 어서 가야겠습니다."

서린은 다시 당가로 향했다. 그리고 얼마 지나지 않아 윤상호 등이 접전을 벌인 장소에서 몇 구의 시체들을 볼 수 있었다. 윤상호 등의 손에 죽었던 자들의 수급도 이미 사라지고 없었다. 누군가 없애 버린 것이었다.

"모두 그자에게 당한 모양이군요. 가시지요."

같은 자의 손속임을 확인한 서린은 떠나려 했다.

"공자님!"

"왜 그러십니까?"

"한 사람이 빕니다."

"한 사람이요?"

"예. 여기 윤 대협과 접전을 벌였던 자의 시체가 없습니다. 그자는 소림이 무공을 사용했는데, 그자의 시체가 보이지 않습니다."

"그러고 보니 금 대협의 말대로 그자의 시체가 보이지 않는 군요."

윤상호 또한 수장으로 보이던 자의 시체가 없다는 것을 확인할 수 있었다.

"어쩌면 그는 흉수의 살수를 피했을 수도 있겠군요. 하지만 그건 중요한 일이 아니니, 일단 당가로 가도록 하지요."

"알겠습니다."

"알았네."

네 사람은 다시금 당가로 향했다. 혈루비의 수좌를 찾는 것보다 당가의 일이 더욱 급했기 때문이다. 당가가 가까워지자 일행은 화광이 충천한 모습을 볼 수 있었다. 서린의 예상처럼 사단이 일어난 것이었다.

"이런! 빨리 가야겠네요."

차차창!

쾅쾅쾅!

"크아아악!"

"으악!"

"한 놈도 남기지 말고 모두 죽여라!"

"사종독인을 막아라! 막지 못하면 오로지 죽음뿐이다."

당가에서는 지금 피아를 구별하기 힘들 정도로 접전이 벌어지고 있었다. 접전이라고는 하지만, 한쪽이 일방적으로 도살되는, 끔찍한 접전이었다. 그 중심에는 사종독인이 있었다. 다섯 구의 사종독인이 무림인들을 무참하게 죽이고 있었다. 그들의 뒤에는 복면인들이 잔인한 손속으로 무림인들을 추살하고 있었다. 서린은 한쪽에서 삼영의 인물들과 함께 복면인들을 힘겹게 막아내고 있는 장민석을 볼 수 있었다.

"갑시다. 어서!"

때마침 복면인들을 베어 넘기는 장민석을 향하여 사종독인이 쇄도하는 중이었다. 서린은 경공을 펼쳐 접근하며 권에 내력을 실었다.

"차앗!"

붉은색의 강기가 사종독인을 향해 날아갔다.

쾅!!

폭음과 함께 사종독인이 일 장여를 날아갔다. 권강에 밀려 날아가던 사종독인은 바닥을 구른 후 바로 일어섰다. 권강에 함몰된 뒷머리에서는 녹색의 피와 함께 싯누런 뇌수가 흘러나왔으나 사종독인은 아무렇지 않다는 듯 주변의 무림인들을 향해 무차별하게 독강을 난사했다.

"어찌 된 일인가?"

금수주는 장민석에게 지금의 상황에 대해서 물었다.

"구원군을 데리러 왔다가 저놈들이 무림인들을 습격하고 있어 접전이 벌어졌네. 벌써 상당수의 인원이 죽거나 큰 부상을 당했네."

"당가주는 어디에 있습니까?"

어찌 된 연유인지 몰라 서린은 당무결의 행방을 물었다.

"안쪽에 있을 겁니다. 안에도 저놈들이 들어갔으니 모두들 위험할 겁니다."

"알았습니다. 전 안으로 들어가겠습니다. 모두들 저놈들의 머리를 노리세요. 놈들을 없앨 수 있는 것은 강기뿐입니다."

말을 마친 서린은 당가의 정문 안으로 뛰어 들어갔다. 천무전 쪽에서 고함 소리와 함께 병장기가 부딪치는 소리를 들을 수 있었다.

콰쾅!

차차창!

빠른 걸음으로 안으로 들어간 서린은 도처에 만들어진 시산혈해를 볼 수 있었다. 대부분 장문인들을 따라온 정파의 정예들이었다. 천무전에 다다른 서린은 화염에 휩싸여 있는 건물을 볼 수 있었다. 그리고 한쪽에서 적에게 포위된 채 여기저기 피를 흘리며 사종독인을 상대하고 있는 당무결을 볼 수 있었다. 그는 한 사람과 함께 누군가를 보호하고 있었다. 그의 뒤에는 가슴을 부여잡은 채 피를 흘리고 있는 노인이 있었다. 당무결은 필사적으로 노인을 보호하고 있었다.

"저분이 삼성 중 한 분이신가?"

서린도 한 번 본 노인이었다. 금강빈관에서 자신에게 자리를 내준 노인이었다. 그가 바로 백 년 내 화산제일검이라 칭해지는 파산검(破山劍) 육기운(陸基暈)이었다. 그의 손자는 육기운을 사이에 두고 당무결과 함께 복면인들의 공격을 막아내고 있었다. 수가 많다고는 하지만 일방적으로 도륙당하고 있는 무림인들은 우왕좌왕하며 몸을 피하기에 급급해하고 있었다.

'저 괴물들부터 없애야 한다.'

서린은 사태를 해결하기 위해서는 일단 사종독인부터 제압해야겠다는 생각을 하며 검을 꺼내 들더니 내력을 집어넣었다. 선명히 피어오르는 붉은 강기가 주변을 휘감았다.

서걱!

당무결에게 달려들던 사종독인의 머리 중 절반이 날아갔다. 비틀거리며 쓰러지는 사종독인을 보며 서린은 당무결의 곁에 내려섰다.

휘이익!

"가주님, 괜찮으십니까?"

"크으, 모든 것이 음모였네. 자네는 습격을 받지 않았는가?"

"받기는 했습니다만, 간신히 물리칠 수 있었습니다. 그런데 오늘 사단이 어떻게 일어난 겁니까?"

"그보다는 어서 이 어른을 모시고 탈출하게 이분이 죽는다면 강호에 겁풍이 몰아치게 될 것이니 말이야."

당무결은 육대운이 죽는다면 강호에 혈겁이 불 것이 명확하기에 그를 데리고 피신하도록 했다.

"그것도 쉽지 않겠군요. 저들은 구파일방에 숨어든 혈교의 간자들입니까?"

주변을 어느새 복면인들이 포위하고 있었다. 서린이 사종독인을 처리하는 것을 본 탓인지 내력을 잔뜩 끌어 올린 채 서서히 다가들고 있던 것이다.

"그렇다네. 그가 혈교의 간자라는 것이 아직도 믿을 수 없지만, 파산검 어르신께서는 화산 장문인의 손에 저렇게 된 것이네. 어르신이 쓰러지자마자 혈교의 간자로 스며들어 있던 자들이 각파의 장문인을 암습했네. 나 또한 미리 대비하고 있지 않았다면 당했을 것이네. 장문인들을 암습하고 나서 저들은 천무전에 있던 각파의 명숙들을 참살하기 시작했네. 내가 암기를 뿌린 후 어르신을 모시고 간신히 도망쳤지만, 밖에는 저 괴물들이 대기하고 있었네. 그런 뒤에 저자들이 복면을 뒤집어쓰고는 쫓아온 것이지."

"저자들은 당문을 완전히 멸문시키려는 생각이군요. 복면을 쓴 자들을 제외한 모든 무림인들을 사종독인이 죽이고 있는 것을 보면, 이번 일의 흉수를 당문으로 몰아가려는 것이 확실합니다. 아마 우리가 살아서 빠져나간다 해도 저들이 하나같이 입을 맞춘다면 우리의 말을 믿어줄 사람이 별로 없을 것 같습니다. 세인들은 사종독인을 제련할 수 있는 것은 오직 당문뿐이라고 알고 있으니 말입니다."

"내 대에 이르러 이런 일이 일어나다니. 나 또한 참담할 지경이네. 이를 어찌하면 좋다는 말인가."

당무결은 서린이 무슨 뜻으로 그런 말을 하는지 알아들을 수 있었다. 혈교의 간자들은 당문의 몰락과 함께 각파의 수장들을 없애고 자신들이 문파를 장악하려는 음모를 꾸민 것이 분명해 보였기 때문이다.

'일단 시간을 벌어야 한다. 삼걸 형을 위해서라도 당가의 명맥은 유지시켜야 하니까.'

서린은 일단 자신을 향해 달려들고 있는 복면인들을 없애기로 했다. 상대가 혈교의 간자라면 손을 쓰는 것에 주저할 이유가 없었다. 서린은 품에서 천우신경을 꺼냈다.

지이이잉!

천우신경이 검신을 따라 검면에 맺히자 검명이 토해졌다.

휘이이익!

검첨에서 천우신경이 돌기 시작했다. 사종독인을 상대할 때와 같이 붉은 강기가 천우신경을 따라 흘러나오기 시작했다. 복면인들은 생전 처음 보는 무공에 모두들 흠칫하며 걸음을 멈췄다.

그리고 격전으로 인해 흘러내린 머리카락 사이로 보이는 서린의 얼굴을 확인한 복면인들의 눈에는 불신의 빛이 떠올랐다. 그는 이곳에 있어서는 안 될 자였기 때문이다.

"무림맹이 그동안 유명무실했다고는 하나 혈교가 이토록 깊이 파고들 줄은 몰랐군. 거기다 명문정파를 일거에 장악하다니. 이제는 전면전으로 갈 생각인가?"

"후후후, 용케도 살아 나왔구나. 하지만 네 운도 이것으로 끝이다."

"그건 네놈들에게나 해당되는 이야기다. 차앗!"

파파파팟!

기합성과 함께 천우신경에서 붉은색의 강기가 복면인들을 향해 몰아쳤다. 마치 우산이 펼쳐지는 것처럼 자신들을 향해 몰아치는 강기의 파편을 보며 복면인들의 눈은 경악으로 물들었다. 탄강의 경지에 이른 고수는 그들이 알고 있는 한 삼성이 유일했기 때문이다.

콰콰콰쾅!!

사종독인을 없애는 것을 보며 검강을 구사할 수 있는 고수라 여겨 충분히 대비했으나 그것은 일대일의 상황만을 염두에 둔 것이었다. 그런데 이렇게 일 대 다수를 상대로 강기를 날리며 공격해 올 줄을 몰랐기에 복면인들의 피해는 상당했다. 탄강은 그들에게 꿈에서나 가능한 경지였기 때문이다. 삼성 중 하나를 제거하기 위해 음모를 꾸민 이유도 그만큼 삼성이 강했기 때문이다.

"크윽!"

"으윽!"

몇 사람을 제외하고는 비명도 지르지 못하고 신형을 바닥에 뉘어야 했다. 전신으로 피를 뿜으며 쓰러지는 모습은 섬뜩할 정도였다. 거의 금강불괴에 가까운 사종독인들도 한 수에 박살 낸 서린의 공격을 인간의 몸으로 막아낸다는 것은 불가능한 것이었기 때문이다. 그렇지만 쓰러지지 않는 자들도 있었다. 강기를 구사할 수 있는 초절정의 고수들은 호신강기를 일으켜 서린의 공격을 막아냈다. 요혈만을 지킨 탓으로 몇 군데 상처를 입었지만, 예상치 못한 공격에 비하면 그리 큰 타격이 아니었다.

지이이잉!

서린의 눈에 혈광이 번득이며 다시금 천우신경이 돌기 시작했다. 복면인들은 긴장하기 시작했다.

"차앗!"

"타앗!"

전면과 후면에서 두 명이 서린과 당무결을 향해 달려들었다.

휘이익!

서린은 자신을 향해 다가오는 복면인을 향해 검을 뿌리

고는 보법을 밟으며 뒤쪽으로 신형을 이동시켰다. 신형을 틀고 뒤로 돌아가는 모습이 보이기는 했으나 일순 서린의 모습이 자취를 감추듯 사라져 버렸다. 사밀야혼을 펼친 것이다. 서린을 향해 다가들던 복면인은 자신을 도외시한 채 당무결 쪽으로 신형을 튼 서린이 의아했으나, 자신에게 날아오는 천우신경을 본 순간 몸을 피해야 했다. 그로서는 회전하며 강기를 뿜어내는 천우신경을 막아낼 수 없기 때문이었다.

"차앗!"

복면인은 기합성과 함께 천우신경을 피하기 위해 신형을 비튼 후, 재차 누워 있는 파산검에게 다가가려 했다.

"조심!!"

픽!

"끄억!"

의도는 좋았으나 그는 천우신경에 담긴 힘을 과소평가했다. 이미 영적으로 연결되어 있는 천우신경은 서린의 의지대로 회선하여 그의 명문혈을 파고들었다. 조심하라는 말에 신형을 피할 틈도 없이 일순간에 당한 것이었다.

쐐애액!

당무결에게 달려들던 복면인은 자신의 정수리로 태산을 쪼개는 것 같은 기운이 쇄도함을 느꼈다. 아무것도 보이지 않는 가운데 강렬한 기운을 느낀 그는 강기를 주입한 검을 들어 올리며 신형을 회전시켰다.

쾅!

쩡!!

폭음과 함께 복면인의 검이 갈라지는 소리가 흘러나왔다.

"푸우!"

복면인의 입에서 피가 뿜어져 나왔다.

퍽!

비틀거리는 복면인의 가슴에 장풍이 꽂혔다. 서린의 공격에 타격을 입은 복면인을 향해 당무결이 적련신장(赤蓮神掌)을 날린 것이다.

"끄르르륵!"

복면인은 입으로 피를 게워내며 그대로 앞으로 쓰러졌다. 서린의 공격에 타격을 받아 내상을 입은 상태에서 당무결의 적련신장이 그의 내부를 파열시켰기 때문이다. 서린은 공격을 마치고 어느새 다시금 제자리로 돌아와 있었다. 처음 비산하는 강기의 폭풍에 희생된 자들과 이번 공격으로 두 명을 잃었기에 서있는 자들은 겨우 다섯에 불과했다.

"네, 네놈이!!"

복면인 중 수장으로 보이는 자의 입에서 분노의 외침이 튀어나왔다.

지이이잉!

검첨으로 다시 돌아온 천우신경이 돌기 시작했다. 복면

인들은 자신이 없어졌다. 당무결은 물론, 파산검의 제자도 만만치 않은 자였다. 거기다 사종독인은 저리 가라고 할 정도로 강기를 쳐내는 서린을 보며 질리지 않을 수 없었다.

—더 이상 희생이 난다면 이번 일은 실패한 것이나 마찬가지다. 이미 목적을 달성했으니 퇴각한다.

단전이 파괴되고 무형지독에 당한 이상 파산검이 살아날 가망성은 없기에 혈교의 일좌인 천혼자(天魂子)는 복면인들에 전음을 보냈다. 오늘 당문에서 벌인 일 말고도 더욱 큰일이 남아 있기 때문이었다.

"네놈에 대한 원한은 반드시 갚으마."

천혼자는 신형을 날렸다. 그의 뒤를 쫓아 다른 복면인들도 퇴각하기 시작했다.

삐이익!

기이한 소성이 장내로 흘러나왔다. 동시에 무림인들과 전전을 벌이던 복면인과 사종독인들이 일제히 퇴각하기 시작했다. 거의 전멸에 가까운 타격을 입은 무림인들은 퇴각하는 그들을 쫓을 여력이 없었다.

"으윽!"

복면인들이 완전히 퇴각하자 서린은 신음을 흘리며 피를 토해냈다. 연이어 무리하게 혈왕기를 담은 공력을 운용하다 내상을 입은 것이다.

"괜찮은가?"

"그리 큰 상처는 아닙니다."

서린은 말을 마친 후 복면인들에게 다가가 복면을 벗겨냈다. 그들은 비무 당시 참관을 위해 대 위에 있던 정파의 명숙들의 모습이었다.

"역시, 정파의 명숙들이군. 이들이 어째서? 자네가 이야기해 준 혈루비의 인물들이 바로 이들인가?"

당무결은 서린이 벗겨낸 복면인의 얼굴을 보며 서린이 말해 준 혈루비의 인물들임을 확신했다.

"아닙니다."

"아니라니, 무슨 말인가?"

"보면 아실 겁니다."

잠시 후, 메케한 독연을 흘리며 쓰러져 있는 복면인들의 몸이 녹아내리기 시작했다. 육체가 죽자 잠복해 있던 고독이 깨어난 탓이었다. 복면인들의 얼굴은 녹아내리려는지 이내 흐물흐물해졌다.

"이런!!"

당무결은 얼굴은 꺼져 가는데 유독 가죽만 남아 있는 것을 볼 수 있었다. 인피면구였다.

"목소리를 낮추십시오. 저들이 듣습니다."

서린은 당무결이 놀라 경호성을 터트리자 주의를 주었다. 각파의 제자들도 자신을 공격한 자들의 복면을 벗기고 있었기 때문이다.

"크윽! 이럴 수가!! 사숙께서 어찌 이러실 수가 있다는 말인가!"

"사, 사부님!!"

격전에서 살아남은 각파의 제자들은 복면인들의 복면을 벗겨 얼굴을 확인하고는 망연자실한 표정이 되어버렸다. 믿고 의지하던 스승과 사숙들이 이번 사건의 원흉이라는 사실이 그들을 허탈하게 만든 것이다. 복면을 벗긴 지 얼마 지나지 않아 죽어 있는 시체들은 빠르게 녹아내리기 시작했다. 서린과 당무결이 상대했던 자들과는 달리 그들은 인피면구를 한 자들이 아니었다. 메케한 독연이 풍기자 모두가 시체를 피해 자리를 피했다.

"화산의 장문인을 비롯해 중요한 자들이 보이지 않는 것을 보니 도망간 자들 중에 있는 것 같네."

"그런 것 같습니다."

"가주님, 빨리 부상자들을 수습해야 할 것 같습니다. 그리고 당문의 문인들을 수습한 후 한곳으로 모이게 해주십시오. 자세한 이야기는 모이면 말씀을 드리겠습니다."

"알았네."

심각한 표정으로 자신에게 부탁을 하자 당무결은 서린이 무엇인가 중요한 사실을 알아냈다는 것을 알 수 있었다. 빠르게 당문의 무인들을 모이도록 하는 한편, 부상자들을 수습했다. 부상자들을 수습하는 것은 그리 오래 걸리지 않았다. 대부분이 죽었기에 부상자가 얼마 없던 탓도 있지만, 밖에서 접전을 벌이던 금수주와 장민석을 비롯한 사람들이 당가로 들어선 후 빠르게 부상자를 수습했던 것이다.

'저건!'

부상자를 수습하는 과정에서 서린은 녹아내린 복면인들의 옷에서 굴러 나온 하나의 패를 볼 수 있었다. 자신들을 공격한 자들에게는 없었지만, 무림인들을 공격했던 자들 중 몇몇의 품에서 몸이 녹아내리는 바람에 신분패가 흘러나왔던 것이다. 그것은 오직 한 곳에서만 사용하는 패였다. 바로 당고란이 거느린 천화혈대의 대원들이 가지고 다니던 신분패였던 것이다. 서린은 패를 보는 순간, 자신의 생각하고 있는 것에 어느 정도 확신을 가질 수 있었다.

"가주님, 저 패에 대해서 알고 계십니까?"

"저건, 대고모님이 거느리는 천화혈대의……."

당가주의 표정은 경악으로 물들었다. 혹시나 하는 생각이 맞았던 것이다.

"가주님, 혹시 당가 내에 한동안 사람들의 시선을 피할 만한 곳이 있습니까? 밖으로 빠져나갈 수 있는 비밀 통로 같은 것이 이어진 곳으로 말입니다."

당무결의 표정을 통해 자신의 생각이 맞았음을 확인한 서린은 사람들이 피할 만한 곳이 있는지 물었다. 누군가 당가와 자신들을 올가미로 한데 엮어 이번 사건의 원흉으로 몰아넣으려 한다는 생각이 들었기 때문이다.

"비령전(秘靈殿)이라면 가능하네."

비령전은 연무를 위해 만들어놓은 비밀 공간이었다. 당가의 암기와 독을 보관해 놓은 곳으로, 오직 가주만이 출입할 수 있는 곳이었다. 또한 안쪽에 암기를 시험할 수 있는 연무장이 마련되어 있어 임시로 피하기에는 그만한 곳이 없음을 기억해 낸 것이다.

"그럼 무인들 이외에 남아 있는 당가의 식솔들을 그곳으로 조용히 모으도록 하십시오. 일단 그리로 피해야겠습니다. 얼마간 상황을 지켜보는 것이 좋을 것 같습니다. 지금은 저들이 경황이 없어 이 패를 발견하지 못했지만, 알게된다면 문제가 될 것입니다."

당가가 흉수로 지목될 수도 있다는 생각 때문이라는 것을 알지만, 당무결은 차라리 이곳에서 음모를 파헤치는 것이 낫겠다는 생각이 들었다.

"그것보다는 저것들을 회수하는 것이 낫지 않겠나? 저들이 정신이 없으니 일단 쉬도록 한 후, 우리끼리 수습을 한다면 시간을 벌 수도 있지 않겠나?"

"그것도 방법입니다만, 놈들이 노리는 것은 당문의 멸문같습니다. 그것도 철저하게 당문을 노리는 것이 틀림없습니다. 분명 날이 밝으면 무림인들이 몰려들고 저들이 정신을 차린다면 당문은 변명할 여지도 없이 흉수로 몰리고 맙니다. 만약 저분이 깨어나신다면 어느 정도 희망이 있을 것입니다만, 그렇지 않다면 당문는 무림에서 영원히 지워질지도 모릅니다. 진실을 밝히기도 전에 말입니다. 사종독인은 오직 당문에서만 만들 수 있다는 사실을 정파의 원로들이 모를 리 없으니 말입니다."

서린은 상태가 위중하긴 하나 파산검이 깨어난다면 당가를 위해 변호해 줄 수도 있다는 생각에 숨기를 권유했다. 사종독인이라는 변할 수 없는 증거가 당가를 흉수로 옭아맬 수도 있기 때문이었다.

"무슨 말인지 알겠네. 놈들이 무엇을 노리는지 모르는 이상 비록 잠시 오명을 쓴다 하더라도 숨는 것이 나을 것 같군. 자네 말대로 하겠네."

당무결 또한 서린의 말에서 진한 음모의 냄새를 맡을 수 있었다. 이런 상태라면 음모를 파헤치기도 전에 당가가 멸문하는 것은 시간문제일 뿐이었다. 당무결은 살아남은 당가의 문인들을 은밀히 모으기 시작했다. 당가를 철저히 노린 듯 무공을 모르는 문인 중에도 살아남은 자들이 얼마 되지 않았다. 명문정파의 제자들이 살아남은 것에 비하면 정말 너무도 큰 피해였다. 당무결이 모은 제자와 문인들은 모두 오십여 명이었다. 어제만 하더라도 천여 명이 넘는 제자와 문인들이 넘쳐 나던 당문에 그 십분지 일도 안 되는 사람들만이 살아남은 것이었다.

당무결이 당문의 문인들을 모으는 동안 서린은 윤상호와 함께 비무 대회에 참가하기 위해 당문에 머물던 자들 중 살아남은 자들을 모았다. 지혼자와 인혼자의 술법에 걸린 자들 중 살아남은 자들이었다. 삼가진권 허인중을 감시하기 위해 부탁을 했던 육모곤 백거준을 비롯하여 비산자 육대운, 초씨세가의 남매 등 십여 명의 무림인들이 살아남아 있었다. 모두 피를 흠뻑 뒤집어쓰고 있어 격전이 얼마나 치열했는지를 말해주는 듯했다.

"이렇게 모이라고 한 것은 혈교의 음모가 아직 끝이 아님을 말해주기 위함입니다."

"아직 끝난 것이 아니라는 말입니까?"

초일민은 사종독인과 복면인들을 어렵게 막아냈음에도 음모가 끝난 것이 아니라는 서린의 말에 의문을 표시했다. 그것은 다른 이들도 마찬가지였다.

"그렇습니다. 이대로 여기에 머물다간 여러분도 흉수로 지목될 수 있습니다."

"아니, 그게 무슨 말이오? 내 당신의 말에 협조하기는 했지만, 우리가 흉수라니?"

자신이 당문을 기습한 자들과 치열한 격전을 벌였다는 것은 각파의 제자들도 보아 알기에 비무 대회에 참가했던 자 중 하나가 의문을 표시했다.

"자세한 설명을 드릴 시간은 없습니다만, 일단 몸을 피하시는 것이 좋을 겁니다. 제 말을 명심하시기 바랍니다. 이곳에 남아 있다면 변명할 여지도 없이 여러분은 흉수로 몰릴 것입니다."

자신들에게까지 여파가 미치지는 못하리라 생각한 사람들이었다. 하지만 서린의 심각한 표정에서 사실일 수도 있다는 생각이 들었다. 지금의 상황을 보면 치밀한 음모가 진행 중이라는 것을 느낄 수 있었다.

"어떻게 하면 좋겠습니까?"

초쌍쌍은 서린이 상당히 많은 사실을 알고 있다는 생각에 자신들의 거취를 물었다.

"일단 당가주와 함께 피하는 것이 좋을 겁니다. 시간을 봐서 놈들이 노리는 것이 무엇인지 알아내는 것이 무엇보다 중요한 일이니 말입니다."

"으음, 일단 그러는 것이 좋을 것 같군요. 아직 아무것도 파악이 되지 않는 지금, 가만히 있다가 당하는 것보다는 나을 테니까 말이에요."

초쌍쌍은 서린이 도착하고 난 후부터 죽 그를 지켜보고 있었다. 당가의 가주와 심각한 대화를 나눈 것과 녹아내린 자들을 보고 놀라는 모습 등을 보면서 자신이 알지 못하는 음모가 진행 중인 것을 알아차린 것이다. 비무 대회 참가자들은 모두 서린의 의견에 따르기로 했다. 초쌍쌍의 말처럼 싸우다 죽는 것은 몰라도 앉아서 당하는 것은 무인의 자존

심상 용납되지 않았다.

"모두들 당가주를 따라 각파의 제자들이 모르게 은밀히 피하십시오. 그리고 육 대협은 저 좀 잠깐만 보시기 바랍니다."

서린은 초쌍쌍을 비롯해 사람들을 당가주와 함께 행동하도록 했다. 다른 사람들이 당가의 문인들 곁으로 가고 난 뒤, 자리에 남은 육대운은 서린의 다음 말을 기다렸다.

"당가주께 말씀을 들었습니다."

"사람들이 있어 아까는 묻지 못했지만, 어떻게 된 일이오?"

"혈교가 노리는 것은 당가의 멸문인 것 같습니다. 그 외에 다른 것도 노리는 것 같지만, 아직 알아낸 것은 없습니다. 그보다 육 대협께 부탁을 드릴 일이 있습니다."

"어떤 것이오?"

"장백파의 장령 제자이신 윤 대협과 함께 이곳에 남아 상황을 살펴주십시오. 모두들 피신하고 난 뒤, 돌아가는 상황을 알아야 다음 일에 대처를 할 수 있을 테니 말입니다."

"알았소. 그것은 걱정하지 마시오."

"고맙습니다."

"아니오. 이건 사부님의 일이기도 하니 나또한 해야할 일이오. 그런데 저들이 음모를 꾸미고 있다면 천겁만도를 익히고 있는 나도 의심할 것이 불을 보듯 뻔한데,

괜찮겠소?"

"상관없습니다. 윤 대협과 같이 계신다면 놈들은 육 대협을 건드리지는 못할 겁니다. 그리고 당운성 님의 일을 이야기하신다면 피해갈 수도 있을 것이고 말입니다."

"그 어른의 일을 이야기하란 말이오?"

"그 어른의 생전에 비밀리에 거둔 제자의 후예라 하십시오. 이번에 비무 대회에 참가한 것은 지난날 당운성 어른이 돌아가신 연유를 묻기 위한 것이라고 둘러대면 당분간은 아무 일이 없을 겁니다."

"알겠소."

대화를 마친 후 서린은 윤상호에게도 같은 부탁을 했다. 장백파의 장령 제자라면 함부로 건드릴 사람이 없기에 부탁을 한 것이었다. 아울러 저량의 행방을 찾아줄 것도 부탁했다. 지금은 정보가 필요한 시기라 아직 완벽하게 준비가 되지 않았지만, 삼도회의 힘이 어느 때보다 필요한 탓이었다. 장문인들이 머물고 있던 천무전으로 각파의 제자들이 몰려가고 죽은 동료들을 수습하고 있을 때, 당가의 사람들은 은밀히 자리를 이탈했다. 비령전으로 향하는 것이었다.

천무전 안에는 각파의 장문인들이 쓰러져 있었다. 졸지에 기습을 당한 듯 모두들 반항한 흔적이 없었다. 살아남은 제자들은 망연자실할 수밖에 없었다. 문파의 기둥이 졸지에 불귀의 객이 된 지금, 문파의 존립마저도 위태로운 상황이

된 것이었다.

"으으!!"

한구석에서 신음성이 흘러나왔다. 누군가 살아 있던 것이다.

"여기! 살아 있는 분이 계시다!"

각파의 제자들은 살아 있는 사람이 있다는 말에 목소리가 들린 곳으로 몰려들었다. 신음을 흘리며 쓰러져 있는 사람은 소림의 굉운(宏芸)이었다. 오른쪽 가슴에 깊숙한 검상을 입은 그는 피를 쏟으며 신음을 흘리고 있었다.

"선사, 정신을 차리십시오!"

살아남은 제자 중 하나가 혈도를 짚어 지혈을 시킨 후, 굉운 선사를 깨웠다.

"크으, 무림맹과 각파에 알려…….."

간신히 정신을 차린 굉운은 무림맹과 각파에 이 사실을 알리라는 말을 힘겹게 내뱉은 후 정신을 잃었다.

"무림맹 총단에 비합전서를 날려라. 그리고 어서 각자의 문파에 이 상황을 보고하도록 해라. 어서!!"

살아남은 자들 중 정신을 수습한 자의 목소리가 천무전을 울렸다. 그의 말에 정신을 차린 각파의 제자들은 자신의 처소로 돌아가 비합전서를 날리는 등 부산을 떨었다.

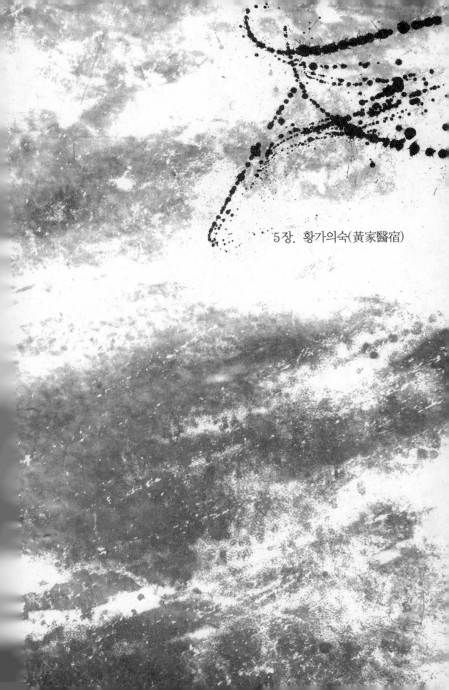

5장. 황가의숙(黃家醫宿)

내원 깊숙이 위치한 곳이 바로 비령전이다. 대나무 숲으로 둘러싸여 있어 안이 보이지 않을 뿐만 아니라 대나무 숲 주변으로 천독대진이라는 당가 비전의 진법이 펼쳐져 있어 누구도 접근이 곤란한, 그야말로 당가의 금역이었다. 당가 내에서도 가주가 수련하는 장소로만 알려져 있을 뿐, 이곳에 당가의 모든 것이 보관되어 있는 비령전이 존재한다는 것은 오직 가주만이 알고 있는 사실이었다.

대나무 숲으로 들어가 은밀히 비령전으로 향한 당가의 사람들과 무인들은 불안한 기색이 역력했다. 그것은 비무대회에 참가했던 무인들 또한 마찬가지였다. 강호 전체가 진동할 대참사가 벌어졌건만, 아무것도 모른 채 몸을 피해야만 하는 자신들의 처지가 불안했던 것이다.

"여기요."

당무결은 대나무 숲 안쪽의 바위 근처에서 발걸음을 멈추었다. 집채만 한 만 근 거석이 대나무 숲 안쪽에 있었다. 당무결은 품 안에서 무엇인가를 꺼내 바위를 향해 날렸다.

파파파팟!

순간, 수십 개의 암기가 바위 안으로 파고들었다. 정확히 말하자면, 바위에 있는 조그마한 틈으로 암기들이 파고든 것이었다.

그르르릉!

곧 바위의 한쪽이 아래로 꺼지기 시작했다. 그러고는 사람 하나가 지나갈 만한 통로가 나타났다.

"이리로 들어가면 된다. 모두들 안으로 들어가라."

사람들이 불안한 기색으로 당무결을 따라 통로로 들어갔다.

그르릉!

모두가 들어서자 만 근 거석이 원래의 모습을 찾았다. 그와 동시에 대나무 숲에는 살벌한 살기가 돌기 시작했다. 대나무 숲에 펼쳐져 있던 천독대진이 완전히 발동한 것이었다.

"대단한 기관이군요."

"오직 만천화우를 익힌 당가의 가주만이 열 수 있는 기관이라네. 들어갈 때 만천화우를 펼쳐 기관을 열어야 하지만, 나올 때는 발출한 암기들이 같은 수법으로 날아오기에 가주가 아니라면 들어가거나 나올 수도 없는 곳이지."

"그렇군요."

통로는 아래를 향해 있었다. 한 시진이 넘게 걸리는, 긴 거리였다. 야명주가 군데군데 박혀 있는 통로를 지나는 동안 말소리는 하나도 들리지 않았다. 모두가 불안한 마음에 입을 굳게 다물고 있는 탓이었다. 한 시진이 넘는 거리를 걸어 다다른 곳에는 커다란 석문이 가로막고 있었다. 비령전의 입구였다. 구름 문양이 새겨져 있는 석문은 십 척이 넘는 커다란 크기였다. 당무결은 기관을 작동시켜 문을 열었다.

그르르릉!

"손을 대는 순간 암기가 발출되어 생사를 장담할 수 없으니, 들어가면 안에 있는 물건에는 함부로 손대지 마라."

사람들에게 당부를 끝낸 당무결은 먼저 안으로 들어갔다. 사람들도 모두 안으로 따라 들어갔다.

그르릉!

기관이 작동하는 소리와 함께 문이 닫혔다. 문이 닫히고 난 뒤에 대나무 숲과 마찬가지로 통로 안에는 살벌한 살기가 흘렀다. 기관을 이용해 침입자를 상대하는 살관이 발동된 것이다. 석문의 안쪽에는 돌로 만든 서가가 석실의 벽을 따라 빙 둘러져 있었다. 서가 안에는 당가에서 내려오는 무공 비급과 함께 암기로 보이는 것과 약병들이 들어 있었다. 당무결은 그런 것들을 지나쳐 한쪽으로 향했다. 그러고는 또다시 기관을 작동시켰다.

그르릉!

서가 한쪽이 밀려나며 조그마한 통로가 나타났다. 당가의 가주들이 연무하는 석실이었다. 연무장은 상당한 크기였다. 암기라는 공부가 원거리에서 적을 향해 암기를 떨쳐 내는 것이라 상당한 크기를 필요로 하는 탓이었다.

"상당히 큰 연무장이군요."

"이곳은 천연동굴을 개조해 만든 곳이네. 벽곡단이 준비되어 있고 샘이 있으니, 이 정도 사람들이라면 적어도 한 달은 이곳에서 버틸 수 있을 것이네."

"우선 사람들을 쉬도록 하고 파산검 어른을 살펴보도록 하세. 응급처치는 해놓았지만 워낙 상세가 중하니 빨리 치료하지 않으면 안 될 걸세."

"그러시는 것이 좋겠군요."

"심장을 살짝 비껴가기는 했지만, 검을 통해 검기가 침습했네. 이 어른의 화후가 조금이라도 낮았다면 생명을 잃을 만큼 중상이지. 난 어르신을 치료할 테니, 자네는 당문의 사람들에게 이번 일을 설명해 주게나. 불안해하는 것보다는 모든 것을 알 고 난 뒤에 대처하는 것이 좋지 않겠나?"

"알겠습니다. 가주님 말씀대로 그렇게 하는 편이 좋을 것 같군요. 이제는 한 배를 탄 운명이니 말입니다."

당무결은 파산검을 업고 있는 자신의 손자에게 치료를 위해 내려놓도록 했다. 검상이 깊어 생명이 위독하기는 하지만, 자신의 의술이라면 어느 정도 치료할 수 있기에 서두르는 것이었다. 서린은 당가주의 말에 불안해하고 있는 당문 사람들을 보았다. 당가주의 말을 들은 터라 그들뿐 아니라 초쌍쌍을 비롯한 무인들의 시선도 서린을 주목하고 있었다.

"여러분도 알다시피 오늘 당문은 참담한 지경에 이르렀습니다. 당가의 가주님과 제가 노력은 했지만, 이토록 놈들이 전격적으로 움직일 줄은 몰랐습니다."

"도대체 놈들이 누구라는 겁니까?"

분노에 찬 음성이 들려왔다. 당무결의 둘째 아들인 청화린(淸火瞵) 당추민(唐秋旻)이었다. 그도 여기저기 상처를 입은 모습이었다. 당삼결과 같이 다닌다는 이유로 별로 마음에 들지는 않지만, 그래도 자신의 아버지가 존중해 주었기에 그는 서린에게 존대를 했다.

"그들은 지난날 멸망했다고 여겨지던 혈교입니다."

"혈교요? 그럴 리가. 오백여 년 전, 분명 혈교는 무림인들 손에 멸문을 당하지 않았습니까? 본 가도 당시 혁혁한 활약을 한 것으로 알고 있는데, 그들이라니… 그 말이 정말입니까?"

"그렇습니다. 그들은……."

서린은 좌중을 돌아본 뒤, 혈교에 관한 설명을 하기 시작했다. 무림맹에서 암약하고 있는 혈루비라는 존재에 대해서도 설명을 해주었다. 그들이 원하는 것은 사천당가의 완전한 멸문이라는 사실을 주지시켰다.

"어찌… 무림맹에 그런 자들이 있을 수 있다는 말입니까? 믿을 수가 없는 이야기입니다."

이번에 말을 꺼낸 사람은 초일민이었다. 구파일방 같은 대문파에서는 입문할 사람을 선발하는 데 상당히 까다로운 편이었다.

자질이나 인성은 물론, 전대의 인연 때문에 문파가 위험에 처할 수도 있기에 가계까지 자세히 조사하는 것이 상례였다. 또한 대부분 입문 시기가 어릴 때이기에 혈루비라는 존재를 믿을 수가 없던 것이다.

"무슨 뜻으로 말씀하시는 것인지는 압니다만, 그들은 백년첩자입니다. 처음부터 혈교가 잠입시킨 자들이라는 뜻입니다."

"각 문파의 정보망은 그리 허술하지가 않습니다. 그런데 어떻게 그럴 수가 있다는 말입니까?"

초일민의 말대로 각파가 운용하고 있는 정보망은 결코

허술한 것이 아니었다.

"그것은 그들이 진짜와 완전히 같은 존재로 변신했기에 가능했습니다."

"그것은 또 무슨 말씀입니까? 변장을 했다면 들통이 나도 벌써 들통이 나야 정상이 아닙니까?"

"그들은 변장이 아니라 완전히 바뀐 것입니다. 모습 자체가 진짜와 다름없으니 각파에서도 의심을 할 수 없었습니다."

"도대체 어떤 변장을 했기에 그럴 수가 있다는 말입니까?"

모두가 궁금한 사항이었는지 서린의 입만 쳐다보았다. 서린은 파산검을 치료하고 있는 당가주를 보았다. 당가주는 서린의 뜻을 알고는 머리를 끄덕여 당가의 치부를 말해도 됨을 승낙해 주었다.

─당가와 관련이 있는 것인가?

당추민은 당무결이 서린에게 무언의 허락을 보내자 자신의 가문과 관련이 있음을 알 수 있었다.

"이십여 년 전, 당가주께서는 여동생 한 분을 잃어버리신 적이 있습니다. 그리고 얼마 안 있어 삼문협(三門峽)이 가까운 하현(夏縣)에서 화산파의 젊은 제자 몇 사람이 자결을 하는 사건이 벌어졌습니다. 그들은 하나같이 젊은 여인을 겁간하고 스스로 목을 베었는데……."

서린은 당무결의 막냇동생인 날수천매(捹手千魅) 당가인(唐佳蘭)과 관련한 사건에 대해 설명을 하기 시작했다.

　"혈루비와 그것하고 무엇이 관련이 있다는 이야기인가요?"

　사건에 대한 설명을 듣고 초쌍쌍이 질문을 던졌다.

　"화산 제자들이 남긴 유서에는 천하절색의 미녀를 자신들이 겁간했다고 써 있었습니다. 그리고 나중에 시체를 회수해 사건을 조사한 결과, 그 미녀는 누군가의 화신이었습니다."

　"그 여인이 누군가요?"

　"그 미녀는 바로 당가주의 동생분이신 당가인이라는 분이었습니다."

　"그럴 리가 없습니다. 고모님은 누구나 알아주는 추녀였는데, 그럴 리가 없습니다."

　당추민은 고개를 저으며 서린의 말을 부정했다.

　"추민아, 천 공자의 말은 사실이다."

　당무결의 음성이 장내에 들썩였다. 서린의 말이 사실임을 확신시켜 준 탓이었다.

　"그분이 실종된 곳은 서안 인근이었습니다."

　"서안 인근이라면 혹시 그들과……."

　초쌍쌍은 무엇인가 생각난 듯 서린을 바라보았다. 모습이 완전히 바뀌었다면 생각할 수 있는 것은 오직 한 가지뿐이기 때문이었다. 그녀는 무림과는 전혀 다른 곳을 떠올렸다.

"맞습니다. 당시 그분은 황가의숙과 관련이 있었습니다. 그분이 그토록 모습이 변한 것은 부술을 사용해 모습이 바뀌었기 때문입니다. 인피면구를 사용하는 것과는 달리, 사람의 피부를 자르고 붙여 완전히 다른 사람의 모습으로 바꾸는 것입니다."

"정말 그것이 가능하다는 말입니까? 그러면 황가의숙이 이번 혈겁과 관련이 있다는 것입니까?"

"가능합니다. 그리고 얼마 전 황가의숙이 혈교와 관련이 있다는 사실을 알아냈습니다. 아마도 각파의 명숙들로 자리 잡고 있는 혈루비들은 어린 시절 부술로 얼굴을 바꾼 후 각파에 입문했거나, 중도에 바꿔치기 당한 것이 분명합니다."

"으음!"

"어찌 그럴 수가!!"

혈교의 집요함에 치를 떨며 사람들은 신음을 삼켰다. 그 오랜 세월을 준비해 온 혈교의 치밀함이 더욱 소름 끼치게 했다.

"그럼 우리를 피하게 한 것은 그들에게 허무하게 당하지 않도록 하기 위해서군요?"

"맞습니다. 쓰러져 있던 복면인들 중에는 혈교에 소속되어 비무 대회에 참가한 자들도 있었으니까요. 그러니 각파에 소속되어 있지 않고 관문을 통과한 자들이 의심을 받을 것은 자명한 일입니다."

백거준을 비롯한 무인들이 고개를 끄덕였다. 자신들을 비호해 줄 만한 세력이 없는 이상 서린의 말대로 앉아서 당할 것이 뻔했기 때문이다.

"그럼 앞으로 어떻게 해야 하나요?"

예리한 초쌍쌍의 지적이었다. 자리를 피한다고 해결될 일이 아니었기 때문이다.

"암도진창(暗道眞槍)."

"놈들의 목적이 당가의 멸문만이 아니라는 뜻이군요. 그건 저분하고도 관련이 있는 것 같고요."

"맞습니다. 저분은 무림맹의 삼성 중 한 분이신 파산검 육 대협이십니다."

"육 대협이요?"

꼬리만 보이는 신룡처럼 무림에 모습을 잘 드러내지 않지만, 삼성이 지니는 여파는 상당히 컸기에 다들 놀라고 말았다. 신화경에 근접한 무공을 가졌다는 파산검이 중상을 입은 채 의식을 잃고 있는 모습은 그들에게도 충격이었던 것이다.

"그렇습니다. 놈들의 목적이 당가의 멸문인지, 아니면 무림맹인지는 아직 파악이 되고 있지 않습니다. 우리가 숨은 이상 놈들은 자신들의 목적을 위해 나설 것이 분명하니다. 놈들의 목적이 무엇인지 지켜보기 위해 잠시 자리를 피한 것입니다. 그래야 대처를 할 수 있을 테니까 말입니다."

"그럼 아까 당가에 남으신 분들이?"

"그렇습니다. 장백파의 장령 제자이신 윤상호 대협과 당가와 은원이 있는 것으로 알려진 육 대협이라면 밖의 상황을 살펴 우리에게 알려줄 수 있을 겁니다. 이제 모두들 어느 정도 사태의 전말을 아셨으니 쉬도록 하십시오."

격전으로 인해 지쳐 있는 사람들을 쉬게 하고 서린은 당무결이 있는 곳으로 다가갔다.

"어떻습니까?"

"워낙 내력이 웅혼한 분이라 일단 고비는 넘긴 것 같네. 하지만 의식을 차리지 않으시니 걱정이네. 아마도 아끼던 화산의 장문인이 자신을 찌른 것에 대해 심적인 충격이 크신 것 때문인 듯싶네."

"빨리 깨어나셔야 앞으로의 일이 순조로울 텐데, 걱정입니다."

"그러게 말이네. 당가가 살려면 이분이 유일한 희망인데, 걱정이네. 그건 그렇고, 내가 미처 소개를 안 했군. 이 사람이 파산검 어르신의 손자인 육소운(陸小運)이라네."

"육소운? 그렇다면!"

"그렇다네. 대운이의 막냇동생이지. 인사하게."

"천서린이라고 하네."

자신보다 나이가 어리기에 서린은 말을 놓았다. 육소운
또한 그런 서린에게 거부감이 없는 듯 감사의 표정을 지으
며 포권을 했다.

"할아버님이 말씀하시길 대단한 고수라고 했을 때 믿지
않았는데, 덕분에 할아버지와 제가 목숨을 구명할 수 있었
습니다."

육소운은 진심으로 서린에게 감사를 표했다. 그가 아니
었다면 자신들 두 사람의 목숨은 없는 것이나 마찬가지였기
때문이다.

"별말을 다 하네. 누구나 위기에 처한 사람이 있으면 구
하는 법이라네."

"그래도 사종독인을 상대한다는 것은 아무나 할 수 있는
일은 아니지. 나 또한 자네가 나서준 것에 감사하네."

"별말씀을 다하십니다."

"그런데 파산검 어르신과는 어떤 인연으로……."

"세상 사람들은 모르지만, 한때 내가 파산검 어르신 밑
에서 수학했었네. 제자는 아니고, 몇 가지 가르침을 받았
지. 사실 어르신이 다른 분을 대신해 이곳에 오신 것은 나
때문이네. 원래는 소림의 공혜 선사(空慧禪師)께서 오시기
로 되어 있었지만, 본 가의 암운에 대해 내가 소식을 보냈
기에 자청해서 오신 것이네. 그런데 이런 꼴을 당하다니,
참으로 답답하네."

"그랬군요. 걱정하지 마십시오. 어르신께서는 반드시 쾌차하실 테니 말입니다. 그보다, 이곳에 가주님과 밀담을 나눌 만한 안전한 장소가 있습니까?"

"있긴 하네만……."

"그곳으로 가시지요. 파산검 어르신도 모셔갔으면 합니다."

"알았네. 그럼 저리로 가세나."

서린은 육기운을 안아 들었다. 그리고 멀리서 자신을 지켜보고 있는 두 사람에게 전음을 보냈다.

―삼걸 형과 금 영주님은 저를 따라오세요.

당삼걸과 금수주는 서린의 지시로 면포를 씌운 당고란과 당무인을 업고 있었다. 두 사람은 서린을 따라 나섰다. 당무결이 그들을 안내한 곳은 수련용 암기를 보관하고 있는 조그마한 석실이었다. 당무결은 자신들을 따라오는 두 사람이 면포를 씌운 사람을 업고 있는 것을 보며 흠칫 놀랐지만, 서린이 아무런 제재를 하지 않자 이유가 있음을 짐작하고 암기고의 문을 열었다.

"들어가세."

육소운을 비롯해 일행이 암기고 안으로 들어갔다. 다른 이들이 지켜보고 있었지만, 오직 한 사람을 제외하고는 아무도 그들의 행동에 의문을 품는 이가 없었다.

'저 사람, 도저히 보통 사람이라고는 볼 수 없다. 전에

아버님이 말씀하신 그곳에서 나온 사람인가? 보이지 않는 중원의 하늘이라는 곳에서 말이야.'

초쌍쌍은 아버지가 자신에게 해준 말을 기억해 냈다. 초씨세가가 마교와의 대립하고도 무사할 수 있던 것은 멸망하기 직전에 보이지 않는 하늘로부터 도움을 받았기 때문이라는 사실을 들은 것이다.

'대륙천안이라고 했던가? 세상을 지배하는, 보이지 않는 하늘이라는 곳이. 오로지 초인만이 그 품에 들 수 있다는……'

초쌍쌍은 머리에서 대륙천안이라는 이름을 애써 지웠다. 그 이름을 기억하는 자는 반드시 생명을 버릴 각오를 해야 한다는 말이 뇌리에 맴돌았기 때문이다. 자신뿐만 아니라 가문의 명운도 그대로 끝날 수 있다는 것을 잘 알기 때문이기도 했다.

서린이 당고란과 당무인에 대해 당가주와 의논을 하기 위해 암기고로 향했을 때, 당가의 하늘 위로는 서서히 해가 떠오르고 있었다. 피비린내와 독향이 자욱한 당가 내부에 남아 있던 각파의 제자들은 이상한 점을 느낄 수 있었다. 당가의 사람들이 하나도 보이지 않은 것이다.

얼마 안 있어 독향이 가시고 난 뒤, 그들은 죽은 자들의 품에서 나온 신분패를 확인할 수 있었다. 당가의 천화혈대만이 가지고 있는 패임을 확인한 각파의 제자들은 의혹이 들었다. 당가의 가주 또한 자신들과 함께 사종독인과 복면 인들을 상대로 격전을 벌인 것은 물론, 지금 마당에 쓰러져 있는 자들 중 대부분이 당가의 식솔들이기 때문이었다. 이 번 일에 음모가 개입되어 있음을 느낀 각파의 제자들은 시 체들을 수습할 생각을 접고는 현장을 보존하기로 의견을 모 았다. 자신들의 선에서 처리할 일이 아니기 때문이었다.

무림맹의 사람들이 도착한 것은 오시가 지날 무렵이었다. 무림맹이 자랑하는 무력의 주축 중 하나인 사자무적단이 당 도했다. 사자무적단의 검주 네 명은 눈앞의 참상을 보고 경 악하지 않을 수 없었다. 당가에 모인 사람들이라면 구파일 방 중 서너 개는 합친 전력에 해당되기 때문이었다.

"이게 어찌 된 일입니까?"

지연자 제갈미는 참상을 보다 못해 이름은 모르지만 낯 이 익은 자신의 가문 사람에게 연유를 물었다.

"참사가 일어난 것은 어젯밤 해시가 넘어설 때 즈음이었 습니다. 앞으로의 비무 방식을 놓고 천무전에서 각파의 명 숙들과 장문인들이 의논을 하고 계셨는데, 갑자기 비명이 터지고 싸우는 소리가 들렸습니다. 각파의 제자들은 갑작스 러운 소란에 모두들 뛰쳐나온 후 악마를 보아야 했습니다. 일 수에 사람들을 녹여 버리는 그것은 전설에서나 전해지는 독인이었습니다. 놈들로 인해 장문인과 명숙들이 비참하게 쓰러졌습니다. 그리고…….”

제갈세가의 문인은 지난밤의 상황과 자신들이 알아낸 사실을 모두 고했다.

“으음… 그래, 굉오 선사께서는 어디에 계십니까?”

남궁호(南宮浩)는 일단 이번 혈겁의 실마리를 제공해 줄 수 있는 굉오 선사를 만나보기로 했다.

“따라오십시오. 검상이 중해 다른 곳으로 모시지 못하고 천무전에 계십니다.”

“너희들은 성도 인근을 철저히 수색해라. 그리고 수상한 자가 있으면 모두 잡아들여라. 그것이 누가 됐든 모두 잡아들여야 한다.”

제갈미의 말에 남궁호 또한 고개를 끄덕였다.

“가지요.”

제갈미의 재촉에 제갈세가의 문인이 앞장을 섰다. 그 뒤로 침중한 안색으로 남궁호와 황보혜령(皇甫慧翎), 그리고 서문인(西門仁)이 뒤를 따랐다. 지난날 서린과 운남에서 인연을 맺은 자들이었다.

사천당가에서 개최하는 이번 비무 대회를 축하하기 위해 온 것이건만, 난데없는 혈겁에 모두들 앞으로의 일이 걱정이 된 것이다. 이번 혈겁이 어쩌면 난세로 향하는 전조일지도 모른다는 생각이 그들의 뇌리에 자리 잡았다.

*　　　　*　　　　*

　서안은 고도다. 서안이라 불리던 시절에는 동서 교역의 중심지로서 수많은 사람들로 북적였던 도시다. 명대에 이르러 그 성세가 많이 쇠락하기는 했지만, 그래도 아직까지 번화한 성 중에 하나였다. 대안탑이 멀리 보이는 객잔의 이층 누각에는 문사 차림의 사내가 차를 마시며 어딘가를 유심히 살피고 있었다. 황가의숙의 발자취를 쫓아 서안까지 온 저량이었다.

　당가가 혈사에 휩싸일 무렵, 저량은 황가의숙을 살피고 있었다. 모든 음모의 시발점인 황가의숙에 대해 확실히 알아내기 위해서였다. 아직 돌아가지 못하는 것은 황가의숙의 역할을 정확히 알아내야 서린의 행보에 도움이 될 것 같기 때문이었다.

　저량이 황가의숙으로 온 것은 나름대로 이유가 있었다. 당가의 대표적인 고수라 할 수 있는 당가십이수와 전대의 장로들의 행보가 삼도회에 포착된 탓이었다. 애당초 삼도회의 촉각에 잡힌 것은 의문의 무리들이 중소 문파를 괴멸시키거나 수뇌부들을 몰살시키는 사건이 은밀하게 진행되고 있다는 것이었다.

　당가십이수와 당가의 전대 장로들은 산서와 섬서에 이르는 전역을 돌아다니며 중소 문파를 공격하여 그들의 수뇌부를 비밀리에 없애고 있었다. 그들이 살겁을 일으키고 다니는 것도 의문이지만, 더욱 의아한 것은 혈겁을 당한 문파들의 행보였다. 완전히 멸문당한 문파들은 모르겠지만, 수뇌부들만 당한 문파에서는 혈겁에 대한 이야기가 흘러나올 법도 하건만, 그들은 자신들이 당한 혈겁에 대해 일체 함구하고 있었다.

사천에서 벌어지는 음모의 중심에 사천당가가 있다는 것을 알고 있는 삼도회로서는 그런 점을 주목하지 않을 수 없었다. 당가십이수에 의해 멸문한 문파 대부분이 삼도회에서 혈교의 끄나풀일 것이라 짐작하고 있는 곳이었기 때문이다. 하지만 이미 혈교에 의해 하오문의 전력이 파악되었기에 삼도회는 대부분의 전력을 운남으로 이동시킨 상태였다.

인원이 없기에 황가의숙을 감시하려면 저량 자신이 바삐 움직일 수밖에 없었다. 그러다 밝혀진 것이 당가십이수와 전대 장로들의 최종 목표가 황가의숙이라는 것이었다.

'연락할 길도 막막하고… 걱정이로군. 하지만 능력이 있는 분이니 잘 처리하시겠지. 그나저나 서안의 중심에 있는지라 감시하기도 쉽지 않군. 이미 삼 개 성에 있는 하오문의 기반을 잃어버린 터라 지금 삼도회를 투입한다는 것은 섶을 지고 불에 뛰는 격이니… 답답하구나.'

황가의숙을 바라보는 저량의 심사는 못내 편하지가 않았다. 심상치 않은 기세에 자신이 움직이기 쉽지 않을뿐더러

다른 이를 통해 연락을 취하려 해도 혈교의 이목을 피해 서린에게 연락을 취한다는 것이 어렵기 때문이었다.

'응? 저자는?'

지난 이틀간 별다른 이상이 없었지만, 오늘은 특이한 자가 황가의숙을 방문하고 있었다. 전형적인 무인으로 보이는 자였다. 또한 상당히 지쳐 보이는 얼굴로 황가의숙에 들어서는 무인을 추적하는 자도 있었다. 날이 어두워 분간하기는 힘들지만, 저량의 눈을 피하기는 힘들었다.

스르르르!

저량의 신형이 자리에서 사라졌다. 탁자 위에 남겨진 찻잔과 은자만이 이곳에 사람이 있었음을 말해주고 있었다.

*　　　　*　　　　*

"육좌께서 어인 일이시오?"

황만승은 연락도 없이 찾아 온 광염패존 갈천호(葛遷湖)의 방문이 달갑지 않았다. 황가의숙은 절대로 노출되어서는 안 되는 곳이기 때문이었다.

"대륙천안의 이목이 이곳으로 쏠리는 것 같다는 전언이오."

"대륙천안이? 어떻게 그들이 우리에 대해 안다는 말이오."

"십좌가 대륙천안에서 나온 놈에게 붙잡혔다가 얼마 전 탈출했소. 놈들은 사천에서 벌이고 있는 우리의 계획을 어느 정도 눈치채고 있는 것 같다는 것이 십좌의 판단이오. 해서 상부에서는 이곳의 근거지를 옮기라는 명령을 내렸소."

"이곳에 들인 공이 어느 정도인지 육좌도 잘 알 것이오. 한데 도대체 어떤 놈이기에 십좌가 붙잡혔다는 말이오?"

"아직 정체가 완전히 밝혀진 것은 아닌 것 같소. 하지만 일좌께서 대책을 마련한다고 했으니, 그리 염려할 것은 못 될 것이오. 이미 우리의 계획은 어느 정도 성공한 셈이오. 무림맹을 혼란으로 빠트리고 사천당가를 멸문시키는 계획 말이오. 지금 사천당가에는 파산검이 있을 텐데, 그는 오늘 밤이 지나기 전에 제거될 것이오. 그때부터 무림맹은 활발한 움직임을 보일 것이니, 완벽하게 당가를 몰락시키려면 혈루비의 움직임이 중요하오. 그리고 이곳에 남아 있는 흔적을 완전히 지우는 것도 그 못지않게 중요한 일이오. 놈들을 제거하기 위해 나선 자들의 정체가 알려진다면 사천에서의 일뿐만 아니라 섬서와 산서에도 무림맹의 조사가 진행될 테니, 완벽을 기해야 하오."

근거지를 옮기라는 갈천호의 말이 이해가 되지 않는 것은 아니었으나 황만승은 지금까지 쌓아놓은 기반이 아까웠다. 그러나 명령은 명령이었다.

"어떻게 하면 되오?"

"당가에서도 손을 쓰기 시작한 모양이오. 당가십이수와 전대 장로들이 나섰으니 말이오. 그들에 의해 산서와 섬서에 있는 우리의 협력 문파들이 사라지고 있소. 아마도 놈들은 이곳까지 파고들 것이 분명하오. 당가의 주축이랄 수 있는 놈들에게 올가미를 씌우고 전력을 전부 이동시키는 것이 비주의 일이오. 그에 대해서는 내일 별도의 조치가 있을 것이오."

"알겠소."

"놈들은……."

갈천호의 조용한 음성이 이어졌다. 이들도 당가에서 자신들을 노린다는 것을 알고 있는지 그에 대한 대책을 세우기에 바빴다.

스스스…….

흐릿한 음영!

언뜻 보기에는 달빛에 비친 그림자 같았으나 흐릿한 음영은 분명 움직이고 있었다. 황만승과 갈천호가 대화를 나누고 있는 창 주변에 있던 음영은 안의 말소리가 더 이상 들리지 않자 조용히 자리를 떠났다. 기척도 없이 자리를 이동한 그림자는 황가의숙을 빠져나와 대안탑이 있는 곳으로 신형을 옮겼다. 그가 알아낼 소식을 기다리고 있는 사람들이 그곳에 있기 때문이었다.

'분명 주군과 관련이 있는 사람이다.'

그림자가 담벽을 넘어 대안탑으로 향하자 저량은 눈빛을 빛내며 그의 뒤를 쫓았다. 대안탑을 향해 가는 자의 몸에서 느껴지는 기운이 서린에게서 느꼈던 것과 동류의 것임을 알아차렸기 때문이다. 현장 법사가 남긴 장경이 보관되어 있다는 칠 층 높이의 대안탑에 가까이 이르자 검은 인영은 소리 없이 대안탑을 올랐다. 어둠이 짙게 내린 시간이라 그런지 다른 사람들은 보이지 않았다.

검은 인영은 대안탑으로 들어선 후 황가의숙이 제일 잘 보이는 맨 꼭대기 층으로 향했다. 그곳에는 세 사람이 황가의숙을 바라보고 있었다. 검은 인영이 탑 꼭대기로 올라오자 가운데 서서 황가의숙을 바라보고 있던 검절(劍絕) 장호기(張豪奇)가 그를 바라보며 황가의숙의 상황을 물었다.

"어찌 되었나?"

"역시 예상대로입니다. 놈들은 무림맹을 혼란으로 몰아넣고 그 와중에 사천당가를 멸문시키려는 것이 분명합니다."

복면을 벗고 대답하는 이는 광절(狂絕) 철무정(鐵無情)이었다. 그가 방금 전 황가의숙에서 황만승과 갈천호의 대화를 듣고 온 것이었다.

"그럼 연락을 해야 하지 않겠나?"

"연락이 닿을지 모르겠습니다. 이미 놈들의 움직임이 시작된 것 같은데 말입니다."

"안에 들어간 놈을 뒤쫓으며 알아낸 사실들을 빨리 전해
줘야 할 텐데, 걱정이로군."

"우리가 직접 연락을 취할 수는 없을 겁니다. 태령야의
눈길이 서린이에게 머물러 있는 이상, 우리가 접촉하는 것
은 위험합니다. 제 뒤를 밟고 온 놈이 있으니, 그놈에게 맡
기면 될 겁니다."

"뒤를?"

"어서 나오너라. 날 따라온 것을 알고 있다."

이미 자신을 따라온 것을 알고 있던 철무정은 허공을 향
해 저량을 불렀다.

스으윽!

"어쩐지 쉽다 했습니다."

은잠술을 푼 저량이 자리에 나타났다.

"오랜만이군."

"네 분 모두 오랜만에 뵙겠습니다."

"우리의 이야기는 모두 들었나?"

"네, 들었습니다."

휘이익!

저량의 대답이 떨어지자 장호기는 품에서 서찰 하나를
꺼내 저량에게 던졌다.

틱!

"이것은 무엇입니까?"

"지금까지 우리가 조사한 것이다. 너는 서린이에게 그것을 최대한 빨리 전해라. 황가의숙을 감시하는 일은 우리에게 맡기고 말이야."

"알겠습니다. 그런데 당가십이수와 전대 장로들이 황가의숙을 치기 위해 이곳으로 오고 있는 것은 아십니까?"

"그들이? 그들은 지금 산서에 있지 않나?"

장호기는 저량의 말에 놀랐다. 자신들이 파악하고 있는 바로는 저량이 말한 것과는 달랐기 때문이다.

"얼마 전까지 산서성에 있는 것이 확인됐습니다. 분명 사흘 전 산서에서 그들의 움직임이 포착되었으니까요. 그런데 황가의숙을 노리고 오다니, 큰일이군요. 아마도 그들은 황가의숙을 치기 위해 성동격서의 계책을 사용한 것 같습니다. 그들이 황가의숙을 친다면 놈들의 계책에 완전히 빠지는 것이 될 텐데 말입니다. 일단 그들이 황가의숙을 치는 것을 막아야 합니다."

"그래, 시간이 얼마나 걸릴 것 같은가?"

준비를 할 시간이 필요했기에 철무정은 저량에게 당가의 공격 시기를 물었다.

"대략 이틀 전후가 될 것 같습니다. 그들도 혈교의 이목을 속이고 움직이는 중이라서 말입니다."

"그럼 준비를 해야겠군."

"삼영에게 연락을 취하도록 하겠습니다, 대형."

준비를 해야 한다는 장호기의 말에 철무정은 사사묵련의 삼영을 동원할 생각이었다. 혈교가 사사밀교와 관계가 있는 이상 사사묵련의 일이었기 때문이다.

"누구냐!"

삼영에게 연락할 방도를 생각하던 철무정은 누군가 대안탑으로 다가온 것을 느끼고는 소리를 질렀다.

"접니다."

스스슥.

"무슨 일이냐?"

대답과 함께 나타난 이는 밀혼영 소속의 영자였다. 검은 복면을 쓰고 있는 이는 급한 일이 있는 듯 황급히 부복하며 찾아 온 용무를 말했다.

"큰일입니다. 황가의숙을 정체불명의 복면인들이 공격하고 있습니다."

"이런!!"

사밀혼과 저량은 황가의숙에 대한 사천당가의 공격이 시작됐다는 것을 알 수 있었다.

"빨리 가보도록 하세!"

장호기의 재촉에 사람들은 창문을 통해 대안탑에서 뛰어내렸다. 일이 급해진 탓이었다. 혈교에서는 당가의 멸문을 위해 함정을 파놓고 있었다. 사천에서는 혈교의 음모가 진

행되고 있고, 게다가 황가의숙에 대한 사천당가의 공격이
세상에 밝혀진다면 무림맹은 물론 일반 백성들에게조차 경
원시될 것이 분명했기에 황가의숙으로 달려가는 사람들의
마음은 초조하기 그지없었다.

차차창!
채챙!
"으아아악!"
"커윽!"
황가의숙에는 화광이 충천하고 있었다. 환자들은 한구석
에 몰려 겁에 질린 채 떨려 있었고, 검은 복면을 한 이들에
맞서 일단의 무리들이 격전을 벌이고 있었다.

'젠장, 이미 이놈들은 우리가 공격해 올 줄 알고 있었
다!'

당가십이수의 맏형인 당민호는 자신들과 맞서고 있는 자
들이 한낱 의원을 지키는 호원무사가 아님을 알 수 있었다.
흔적을 남기지 않기 위해 암기 사용을 자제하고 있지만, 자
신을 비롯한 당가십이수의 무공은 일류 고수를 상회하는 것
이었다. 그럼에도 일개 호원무사들이 자신들의 실력을 앞서
고 있던 것이다.

'장로님들께서 명단을 빼 와야 하는데…….'

당가의 전대 장로들은 이미 이곳에 침투해 있었다. 오랜

조사 끝에 부술을 이용해 무림맹으로 숨어든 간자들의 명단이 이곳에 있음을 알고는 그것을 찾아내기 위해서였다. 호원무사들의 실력이 상당한 탓에 계속해서 버틴다는 것은 무리였다. 자신들과는 달리 호원무사들은 계속해서 나타나고 있기 때문이었다.

—최대한 시간을 끈다. 물러날 곳이 없으면 마지막에는 암기를 써서라도 놈들이 내원 쪽으로 시선을 돌리지 못하도록 해라.

당민호는 전음을 보내 당가십이수를 독려했다. 강호에 명망이 드높은 황가의숙이기에 명단을 빼내 무림맹에 숨어든 간자들의 정체를 밝혀내지 못한다면 그야말로 당가의 멸문은 시간문제였기에 처절할 수밖에 없었다.

호원무사들이 당가십이수를 상대하기 위해 몰려들고 있는 사이, 당가의 전대 장로들은 내원 깊숙한 곳으로 진입하고 있었다. 암중에 숨어 있는 자들은 극독을 이용해 처리하며 내원 전각에 이르렀을 때, 자신들의 예상과는 달리 기다리고 있는 자들이 있었다. 황만승을 비롯해 호원무사들로 보이는 자들이었다.

"네놈들은 누구기에 무슨 일로 본 숙을 이토록 유린하는 것이냐?"

황만승은 분노에 찬 목소리로 복면을 뒤집어쓰고 있는 당가의 전대 장로들을 질책했다. 하지만 그의 속마음은 달랐다. 얼마 전 갈천호가 떠나고 난 뒤, 의숙에 남아 있는 자들은 그의 직속 수하들뿐이었다.

'큰일이다. 나를 비롯해 이곳에 있는 자들은 저들을 감당하지 못한다. 육좌가 준비를 끝내려면 내일이나 가능한 것을……'

사천당가의 전대 장로들과 당가십이수가 황가의숙을 치려 한다는 것은 이미 알고 있었지만, 이토록 빨리 결행을 하리라고는 생각도 하지 못했다. 당가를 함정으로 빠트리기 위해 갈천호가 준비를 하러 떠난 이때에 자신의 예상보다 빨리 공격해 오자 당황한 것이었다.

"황만승, 잘 알 텐데……."

"무슨 소리를 하는지 모르겠구나. 이곳은 민초들의 병을 돌보는 곳이다. 관에 고해 경을 치기 전에 썩 물러나지 못할까!"

상대가 되지 않는 전력이었다. 내원 쪽으로 이르는 길에 숨겨놓은 수하들은 이미 전멸한 것 같았다. 황만승은 자신의 일생에서 최대의 위기가 찾아왔음을 느낄 수 있었다.

"명단을 넘겨주면 깨끗하게 죽여주마!"

일견천수(一見千手) 당화정(唐華町)은 황만승에게 제의를 했다. 어차피 죽일 자였지만, 혈루비의 명단을 넘겨주면 고문 없이 깨끗이 죽여줄 생각이었다.

"으음!"

—비주, 걱정하지 마시오.

침음성을 흘리는 황만승의 귓가로 전음이 날아들었다. 갈천호였다.

"어떤 놈들인지는 모르나 네놈들이 정녕 혈겁을 일으키려 하다니. 하늘의 천벌이 있을 것이다."

"벌주를 자초하는군. 할 수 없다. 빨리 끝내고 빠져나가야 한다."

당화정의 지시에 천독오로는 일제히 손을 뿌렸다. 그들의 손에서 날아간 것은 검편이었다. 당가의 무공을 감추기 위해 일반 검을 부순 검편을 호원무사들을 향해 날린 것이다.

슈슈슈슉!

퍼퍼퍼퍽!

호원무사들이 일제히 쓰러졌다. 평생을 도과 암기에 바쳐 온 천독오로의 손속을 막아내는 이들은 아무도 없었다.

타타타탕!

그때였다. 천지를 진동하는 소리와 함께 화포가 터지는 소리가 울려 퍼졌다.

퍼퍼퍼퍽!

"크으윽!"

"컥!"

"윽!"

"억!"

천독오로 중 네 사람이 가슴에서 피를 흘리며 쓰러졌다.

"이럴 수가!!"

삼수사 당문호의 눈이 커졌다. 천하의 천독오로가 막아내기는커녕 모두들 피를 뿌리고 쓰러졌다.

'이것은 무슨 암기라는 말인가? 혹시! 화포?'

화포는 아니었다. 당화정을 비롯한 자신의 형들은 가슴에 조그마한 구멍이 뚫려 그곳으로 피를 분수처럼 쏟아내고 있었다. 화약 냄새가 진동을 했지만, 분명 화포는 아니었다.

"하하하! 네놈들이 이곳에 찾아들다니, 조금만 늦었으면 큰일 날 뻔했구나. 감히 황가의숙을 공격하다니……."

웃는 소리와 함께 누군가 내원에 나타났다. 갈천호였다. 예상보다 빨리 그가 나타난 것이었다. 갈천호는 경공을 발휘해 황만승의 앞에 내려서며 혼자 서 있는 당문호를 노려보았다.

'큰일이다. 놈들은 이미 준비하고 있었다. 저놈의 품에 분명 명단이 있을 터인데, 도대체 방금 그게 어떤 암기라는 말인가.'

이미 내원을 겹겹이 포위하고 있는 것이 느껴졌다. 무공을 익히지 않는 자들 같지만, 화약 냄새가 그들로부터 흘러나오고 있었다. 어쩐 일인지 다시금 공격이 이어지지 않았지만, 불안한 마음이 당문호의 가슴을 지배했다.

타타타탕!

사람들을 치료하는 의방 쪽에서 조금 전과 같이 커다란 굉음이 연이어 들려왔다. 분명 당가십이수가 호원무사들을 유인한 곳이 분명했다.

"으음!"

"네놈들과 같이 들어온 놈들이다. 순순히 항복해라. 어서!!"

'아이들이 당한 모양이로구나. 가문을 이끌어 나갈 정영들이거늘…….'

갈천호의 입에서 자신이 생각하는 일이 일어났음을 확인한 당문호는 절망하지 않을 수 없었다. 하지만 항복을 할 수는 없는 일이었다. 자신의 정체가 밝혀지면 당문은 나락으로 떨어지는 것이나 다름없기 때문이었다.

―크으, 막내야! 내가 폭우이화침을 발사할 테니, 노, 놈에게서 명단을 빼내 이곳을 탈출하거라. 그래야만 본 가가 산다.

당화정의 전음이 귓가에 들려왔다. 이미 그른 일이라고 생각 했건만, 당화정의 목숨이 아직 끊어지지 않은 것이었다. 당화정은 목숨이 다하기 전, 한 번의 기회를 노리는 것이 분명했다. 당문호는 결심하지 않을 수 없었다. 이미 자신의 형들은 구할 수 없다는 것을 인식하고 있었다. 그렇다면 이곳에 온 목적은 반드시 달성해야 했다.

―크윽! 형님, 죄송합니다.

―으으, 시간이 없다. 준비하거라.

쓰러져 있는 당화정의 손이 품속으로 들어가는 것을 확인한 당문호는 황만승에게 다다를 수 있는 최단 거리를 계산했다. 그러고는 자리를 벗어나 황가의숙을 벗어날 도주로를 그렸다.

쾅!

쓰러져 있던 당화정의 품에서 손이 빠져나오며 굉음이 들렸다. 폭우이화침이 발사된 것이다. 갈천호와 황만승은 기겁하지 않을 수 없었다. 화승총에 직격되었는데도 살아 있는 것에 놀란 것이다. 빛무리처럼 날아오는 암기들을 피할 방법은 없었다. 갈천호는 호신강기를 두르며 급격히 물러났다. 하지만 황만승은 앞에 서 있는 갈천호로 인해 날아오는 암기들을 보지 못했다.

퍼퍼퍼퍽!

검푸른 독이 발라진 암기들이 황만승의 몸에 연이어 꽂혔다.

"컥!"

암기에 발라진 독으로 인해 경련이 이는 듯 황만승의 몸이 연신 떨렸다.

휘이익!

당문호는 폭우이화침의 발사와 함께 어느새 황만승의 앞에 이르러 있었다.

촤아아악!

당문호의 두 손에 의해 황만승의 장포가 찢어졌다.

툭!

품에서 비단으로 싸인 것이 떨어지자 당문호는 그것을 잽싸게 낚아채고는 전력을 다해 신형을 날렸다.

"놈을 잡아라!!"

타타타탕!

콩을 볶는 듯한 화승총 소리가 연이어 울려 퍼졌다. 하지만 빠른 속도로 움직이는 당문호를 맞출 수는 없었다.

"노, 놈을 잡아… 혈루… 명…단……."

툭!

황만승은 사력을 다해 말을 하고는 이내 숨이 끊어진 듯 바닥으로 쓰러졌다. 갈천호는 황만승이 말하고자 하는 내용이 무엇인지 알 수 있었다. 방금 전 당문호가 낚아채 가지고 간 것은 혈루비를 이루고 있는 자들의 명단이었던 것이다.

타타타탕!

수하들에게 당문호를 쫓도록 말하려는 찰나, 의방이 있는 곳에서 화승총이 발사되는 소리가 들렸다. 이미 당가 십이수가 모두 처리됐다고 생각했는데 그것이 아닌 모양이었다.

"어서 놈을 쫓아라! 어서!!"

수하들에게 당문호를 쫓도록 명한 갈천호는 서둘러 의방 쪽으로 향했다.

차차차창!

"크아아악!"

"으악!"

의방에 당도한 갈천호는 사방으로 뛰어다니며 숨어 있는 사수와 호원무사들을 무참히 도살하고 있는 다섯 사람을 볼 수 있었다. 복면을 하고 있었으나 당가의 인물들과는 다른 인원 같았다.

"저, 저놈들은 또 누구냐?"

신출귀몰했다. 상대할 자들도 없었다. 세 명은 담장을 돌며 연신 사수들을 죽였고, 두 명은 피를 흘리고 있는 당가 십이수 중 두 명을 들쳐 업고는 호원무사들을 죽이고 있었다.

"이제 그만 철수해라!!"

화승총의 장전 시간이 다 됐음을 느낀 장호기가 소리를 질렀다. 그의 고함 소리에 맞춰 사밀혼과 저량은 일제히 의숙을 빠져나가기 시작했다.

"네 이놈들!! 게 서라!!"

파파팟!

갈천호가 도주하는 사밀혼들을 향해 달려들었다. 이대로 놓친다면 자신들의 계획이 모두 틀어지기 때문이었다. 갈천호가 따라붙자 저량은 뒤를 향해 손을 저었다. 갈천호를 향해 장풍을 쳐낸 것이다.

휘이익!

강력한 경풍이 자신에게 이르자 갈천호는 다급히 경력을 끌어 올리며 날아오는 장풍을 맞았다.

쾅!!

"으윽!"

뒤로 그냥 내젓듯 뻗은 장풍임에도 갈천호의 기혈이 진동했다. 자신으로서는 상대할 수 없는 고수라는 것을 짐작할 수 있었다.

"퉤!! 전서구를 띄워라! 그리고 추적대는 놈들을 쫓아라! 놈들이 도주하면 모든 것이 끝장이다! 어서!!"

목을 타고 넘어오는 피를 내뱉으며 갈천호가 소리쳤다. 혈루비의 명단이 탈취당하고 당가의 인물들이 도주한 이상 계획에 차질이 생길 것은 분명했다.

이십여 명이나 되는 자들이 갈천호의 명령에 다급히 사밀혼과 저량을 추적하기 시작했다.

"그놈들은 또 누구라는 말인가. 분명 당가와는 관계가 없는 자들이다. 혹, 대륙천안 놈들이……."

갈천호는 마음이 다급해졌다.

대륙천안이 깊숙이 개입되어 있다면 이번 사천지계(四川
之計)는 실패가 명약관화한 일이었다.

"전서구에 사밀령을 그려 넣어라."

"사밀령을 말입니까?"

"그렇다. 지금이다. 놈들을 잡지 못한다면 이번 계획은
전부 실패. 어서! 그리고 이곳에 있는 흔적을 모두 지워
라. 의방에 있는 환자들은 물론, 부상을 입은 자들까지 모
두!"

"알겠습니다."

지시를 받은 갈천호의 수하들은 자신들의 품에서 녹수피
와 주머니를 하나씩 꺼냈다. 녹수피를 낀 이들은 주머니를
조심스럽게 열었다. 주머니 안에서 갖가지 암기가 그들의
손에 의해 들려 나왔다. 추혼연미표(追魂燕尾鏢), 구독갈
미(九毒蝎尾), 자모표(子母鏢), 배심정(背心釘) 등 당가에
서만 쓰이는 수많은 암기들이 모습을 드러냈다.

"으아아!!"

"모두 도망가! 어서!"

치료를 받던 환자들은 장내에 도는 심각한 분위기를 느
낀 것인지 비명을 지르며 도망가기 시작했다. 하지만 그들
의 발걸음은 얼마 가지 못했다.

슈슈슈슉!

퍼퍼퍽!

암기들이 일제히 허공을 날며 도망가는 자들의 등에 꽂혔다. 극독이 발라져 있는 듯 모두들 비명도 지르지 못하고 그 자리에서 절명했다. 도망가는 환자들을 모두 처리한 갈천호의 수하들은 움직이지 못하는 환자들에게로 다가갔다. 의방 안에 누워 있는 환자들은 반항 한 번 해보지 못하고 모두 죽음을 맞았다. 갈천호의 수하들이 의방을 돌며 누워 있는 환자들의 목을 발로 밟아 으스러트렸던 것이다.

"모두 황가의숙을 떠난다. 황가의숙의 일은 사천당가의 소행이라 알려질 것이다. 이제는 놈들을 추적한다. 곧 지원이 올 것이다. 무슨 일이 있어도 놈들을 모두 죽여야 한다."

만에 하나의 경우가 있기에 갈천호는 초조한 마음으로 당문호가 사라진 방향으로 수하들을 이끌고 사라져 갔다. 사밀혼 일행을 잡는 것도 중요하지만, 당문호가 탈취해 간 명단이 더 문제였기에 자신이 직접 쫓는 것이었다.

갈천호를 비롯한 그의 수하들이 황가의숙을 떠났다. 장내에는 시체들만이 즐비했다. 당가에 씌울 올가미가 완성된 것이다. 비록 도주하는 자들이 있었지만, 사밀령이 발동된 이상 섬서성을 벗어나지는 못할 터였다.

6장. 종화지사(終華之事)

저량의 등에 업힌 당가십이수는 당휘운(唐揮澐)이었다. 황가의숙을 벗어나서 얼마 지나지 않아 자신이 구함을 받았다는 것을 느꼈는지 비몽사몽간에 입을 열었다.

"크윽, 종남(終南)으로, 종남으로……."

상처가 중한 데도 불구하고 계속 종남으로 갈 것을 되뇌자 저량이 사밀혼을 돌아보며 전음을 보냈다.

—어떻게 합니까?

—중상을 입고도 종남으로 가려는 것을 보면, 이들이 해 놓은 안배가 있을 것이다. 일단 너는 막내와 함께 그리로 가라. 등 제는 두 사람을 호위하고, 난 곽 제와 함께 뒤를 끊겠다.

─대형, 괜찮으시겠습니까?

─놈들이 화승총을 사용하기는 하지만, 걱정 마라. 화승총을 사용하기 위해서는 시간이 필요하니, 충분히 놈들을 저지할 수 있을 것이다. 우리는 놈들의 눈을 돌린 후 종남으로 갈 것이다. 아무래도 저자가 종남으로 가려 하는 것은 황가의숙의 내원으로 들어간 사람을 만나기 위한 것 같으니 말이다.

─알겠습니다. 그럼 조심하십시오.

화승총에 의해 배를 뚫려 의식을 잃은 당정휴(唐整休)를 등에 업은 철무정은 남아서 뒤를 끊겠다는 두 사람을 믿었다. 이미 무공이 화경을 넘어서고 있기에 충분히 추적을 뿌리칠 수 있을 것이 분명했기 때문이다.

등섭인의 호위 아래 저량과 철무정은 급히 종남으로 방향을 틀었다. 남아 있는 두 사람은 각자의 무기를 꺼내 들고 쫓아올 적들을 맞이하기 위해 준비하기 시작했다. 장호기는 검을, 곽인창은 도를 꺼내 들고는 적을 맞을 준비를 했다. 자신들을 쫓는 무리들을 처리할 필요가 있었다. 종남으로 가기는 하겠지만, 혈교의 추적자들을 처리하고 난 뒤, 다른 곳으로 방향을 틀어 추적자들의 혼란을 야기해야 했다.

자신들이 혈교의 이목을 끄는 사이, 철무정은 삼영을 동원해 당가의 인물들을 안전한 곳으로 이동할 것이다. 그러기 위해 무엇보다 필요한 것은 시간이었다. 내원에 침입한 것으로 보이는 당가의 천독오로는 분명 무엇인가 혈교의 중요한 것을 노렸던 것이 분명했다.

당가십이수 중 한 명이 생사지경에 놓여 있으면서도 종남으로 향하려는 것은 분명 천독오로와 만나기로 한 것이 틀림없다. 당가의 인물들이 위험을 무릅쓰고 얻으려 했다면 상당히 중요한 것이 분명했다. 장호기는 앞으로의 일을 위해서라도 그것이 필요하리라는 판단이 들었기에 자신들의 정체가 탄로나더라도 추적하는 혈교 무리들을 저지할 필요가 있었다.

"왔다. 조심해라."

"알겠습니다, 대형."

장호기의 음성에 곽인창은 도를 잡은 손아귀에 힘을 주었다.

'이제부터 시작이다.'

이번 일로 인해 본격적으로 혈교와 전쟁이 시작되었다. 사사밀교의 하수인이라 할 수 있는 혈교와의 전쟁이 시작되면 자신들의 정체는 밝혀질 것이 분명했다.

그것은 곧 사사밀교와 사사묵련과의 전면전을 의미했다. 대륙천안에서 허락하지 않는 바지만, 자신들의 목적을 위해서는 어쩔 수 없는 선택이었다. 서린이라는 희망을 택한 이상 이제는 자신들이 가지고 있는 것을 전부 던질 때였다.

타타탁!

인영들이 하나둘 보이기 시작했다. 기다란 화승총을 등 뒤로 두르고 도검을 쥐어 잡은 채 자신들을 쫓는 혈교의 무리들이 도착한 것이다.

스윽!

장호기의 신형이 소리 없이 떠올랐다. 구름 위를 걷는다는 비상운(飛上雲)이었다. 짙은 색깔의 흑의를 입고 있는 데다가 복면까지 하고 있어 혈교의 추적자들은 장호기가 자신들의 머리위에서 떨어져 내리는 것을 볼 수 없었다.

서걱!

맨 앞에서 쫓던 자의 수급이 비명도 없이 바닥을 굴렀다. 어느새 내려선 것인지, 장호기는 자신의 검을 휘두르며 주변의 추적자들을 주살하기 시작했다.

서걱!

"크악!!"

"으으윽!!"

검기를 씌운 장호기의 검은 순식간에 세 명의 추적자를 베어버렸다.

"적이다!!"

세 명의 동료를 잃고 나서야 장호기의 존재를 알아본 추적자 중에 누군가가 다급하게 소리를 질렀다. 훈련을 잘 받은 듯 그들은 일제히 산개해 장호기의 검세 속에서 벗어났다.

휘이익!

혈교의 추적자들은 자신들의 중앙으로 파고든 장호기만 파악했지, 곽인창이 도를 들고 자신들에게 소리 없이 다가온다는 것은 알지 못했다.

서걱!

"크아악!"

퍽!

뒤에서 다가온 곽인창은 전면에 있는 자의 허리를 도로 가른 후, 발을 뻗어 머리를 차올렸다. 비명 소리와 함께 혈교의 추적자가 허리가 잘려진 채 바닥에 쓰러지고, 머리가 산산이 부서진 자는 뇌수를 흩뿌리며 그대로 몸을 뉘었다.

서걱!

"다른 놈이 있… 크억!"

곽인창의 출현을 눈치챘지만 장호기의 검이 더 빨랐다. 오랜 세월 동안 손발을 맞추어온 두 사람의 공격은 잘 짜인 합격진이나 마찬가지였다.

서걱!

퍽!

"크윽!"

"윽!"

연이어 비명이 터져 나왔다. 산중의 호랑이가 뛰어든 것처럼 한 점 망설임도 없이 두 사람의 공격이 이어졌다. 손한 번 제대로 쓰지 못하고 쓰러지는 혈교의 무리들은 제대로 대적하지 못했다. 추적해 온 무리들이 이십여 명이나 되었지만, 일각도 되지 못해 모두 두 사람의 손속에 모두 쓰러졌다.

스윽!

스르릉!

장호기는 쓰러진 자의 옷으로 검에 묻은 피를 닦고는 검을 갈무리했다.

"최대한 이목을 흐려야 한다. 당가의 인물들이 얻은 것이 중요한 것 같으니 말이다."

"알겠습니다, 대형."

"이제부터 화산으로 향한다. 그곳에 삼영의 아이들이 있으니 좋은 상대가 될 거다."

"그렇겠지요. 그런데 서린이는 잘해낼까요?"

"그 정도의 시련도 견디지 못한다면 앞으로의 일은 장담 못한다. 그 아이가 이겨내지 못하면 우리는 절대 대륙천안의 그늘에서 벗어날 수 없는 상황이다. 그러니 잘 이겨내야겠지. 태령야 양영과 맞서 대등함을 보여줘야만 삼영의 아이들도 그 아이를 진심으로 따를 테니까."

"알겠습니다, 대형!"

"자, 흔적을 남겨야 하니까 한 놈씩 들쳐 업도록 해라."

"알겠습니다."

파파팟!

쓰러져 있는 자들 중 하나를 들쳐 업고 장호기가 신형을 띄웠다. 뒤를 이어 곽인창 또한 신형을 날렸다. 그들이 가는 방향은 화산 쪽이었다.

*   *   *

파파파팟!

장호기와 곽인창이 화산으로 추적자들을 유인하는 사이, 저량 일행은 빠른 속도로 종남을 향하고 있었다.

"이제는 어느 정도 거리를 벌린 것 같으니 멈추게."

등섭인은 저량과 철무정을 멈추게 했다. 두 사람이 업고 있는 당휘운과 당정휴의 상세가 심상치 않기 때문이었다.

"왜 그러십니까?"

"일단 이들을 치료해야 할 것 같다. 화승총의 탄환이 몸에 박힌 상태로는 이자들도 얼마 살지 못한다."

"알겠습니다. 이들을 치료할 곳을 찾아보겠습니다."

철무정은 등섭인의 말이 일리가 있음을 깨닫고는 당정휴를 내려놓았다. 그리고 근방을 뒤지기 시작했다. 산세가 있는 곳이라 동굴 같은 곳을 찾고자 한 것이었다. 철무정이 떠나자 저량은 자신이 업고 있던 당휘운을 내려놓았다. 두 사람의 상세를 살피기 위해서였다. 두 사람을 살피던 저량은 품에서 무엇인가를 꺼냈다.

"무엇인가?"

"요상단입니다. 지혈은 어느 정도 됐지만, 내기가 많이 상한 상태라서 그렇습니다."

"지금은 소용없네. 오히려 독이 될 수 있으니 말이야. 요상단을 먹이려면 우선 이들의 몸에 박혀 있는 화승총의 탄환들을 꺼내야 하네. 자칫 약력이 폭주하면 간신히 막아 놓은 혈들이 다시 터져 나갈 걸세."

"무슨 말씀이신지 알겠습니다."

지금은 탄환들이 중요한 혈들을 막고 있었다. 약효가 돌기 시작하면 점혈을 해놓은 혈도들을 열어야 할 것이고, 그러면 출혈이 시작될 것이다. 탄환으로 인해 중요 혈도가 막혀 약효를 보기도 전에 과다출혈로 죽을 것이 분명했다.

"치료할 곳을 찾았습니다."

철무정이 돌아왔다. 근방에 당가십이수를 치료할 만한 동굴을 발견한 모양이었다.

"그래, 빨리 이들을 데려다 치료를 해야겠다."

등섭인의 말에 저량과 철무정이 두 사람을 들쳐 업고는 동굴로 향했다. 두 사람이 동굴로 향하자 등섭인은 주변 흔적을 지우기 시작했다. 땅 위에 조금 묻어 있는 핏자국을 지우고 품에서 뭔가를 꺼내 사방에 뿌렸다. 그러고는 주변의 낙엽들을 흩뿌려 흔적을 완전히 지웠다.

동굴로 들어온 세 사람은 일단 불을 피웠다. 출혈로 인해 체온이 떨어져 있는 두 사람을 위해서였다. 모닥불로 화기가 돌자 철무정은 탄환을 빼내기 위해 두 사람의 옷을 벗겼다.

스릉!

철무정은 예리한 단검을 꺼내 들었다. 보통의 칼보다 검폭이 적은 것으로, 마치 날만 있는 것 같았다.

스윽!

철무정은 거침없이 당휘운의 오른쪽 가슴을 갈랐다. 피가 솟아 나왔지만 철무정의 손속은 거침이 없었다. 당휘운의 가슴에 박힌 탄환은 다행히 갈비뼈에 걸려 있었다. 갈비뼈가 충격으로 부러져 나갔지만, 다행히 폐에 박히지는 않았다. 탄환을 재빠르게 제거한 후 금창약을 뿌렸다. 연이어 허벅지와 견갑골에 박힌 탄환까지 제거하고 금창약을 뿌렸다.

"여기 요상단입니다."

치료를 끝내자 저량이 요상단을 내밀었다.

"고맙네."

철무정은 당휘운의 아혈을 문지르며 요상단을 먹이고는 이어 당정휴를 치료하기 시작했다. 당정휴는 복부에 탄환을 맞은 상태였다. 배를 가르고 탄환을 꺼냈지만, 내장이 상해 있었다. 철무정은 바늘로 당정휴의 머리카락을 뽑아 내장을 꿰맨 뒤, 가지고 다니던 술로 소독을 한 후 이어 복부마저 꿰맨 후 금창약을 발라주었다. 그렇게 치료가 끝나자 저량이 다시 요상단을 내밀었다.

"아니네. 이 사람에게는 요상단을 지금 먹이면 안 되네. 일단 어느 정도 꿰매진 내장이 아물어야 하네."

"알겠습니다."

저량은 요상단을 갈무리한 후 품에 넣었다.

"그런데 저자의 상세가 많이 회복된 것을 보면 좋은 요상단인가 보군."

"황제에게 쓰이는 것이니 당연하지요."

"황제?"

"공자님을 따라나서면서 챙긴 것입니다."

"그래서 저자의 호흡이 저리 좋아진 거군."

"그런데 이제는 어떻게 하실 작정입니까? 종남으로 가자고 한 것을 보면, 이들이 가려 한 곳은 종남이 분명한데 말입니다."

"혈교의 간자들이 각 문파에 잠입한 이상 종남에도 놈들의 간자들이 있을 테지만, 뭔가 이유가 있겠지. 하지만 한숨을 돌렸으니 급히 갈 이유는 없을 것 같네. 우리를 쫓는 놈들의 시선은 얼마간 대형이 돌릴 것이니, 우선 저들이 깨어날 때를 기다려야 할 것이네. 자세한 사정을 알아야 우리도 움직이는 방향을 정할 수 있을 테니 말이야."

"그렇겠군요. 그런데 얼마나 있어야 할까요?"

방금 전 보여준 것으로 봐서는 철무정의 의술이 상당한 수준이었기에 저량은 두 사람이 언제 깨어날지를 물었다.

"처음 치료한 자는 반 시진 정도면 정신을 차릴 것이네. 모두 자네의 요상단 덕분이지. 그렇지만 저 사람은 아직 모르겠네."

"그럼 기다려야겠군요."

"그래야겠지."

시간이 촉박하지만 두 사람은 누워 있는 이들의 상세를 살피며 깨어나기를 기다렸다.

당휘운이 정신을 차린 것은 반 시진을 넘어서 한 시진에 가까울 무렵이었다.

"정신이 듭니까?"

"으으음……."

당휘운은 눈을 떠 주변을 둘러보았다. 옆자리에 당정휴가 누워 있었다. 의식이 없는 것 같았다. 복부에 천을 감고 있는 것이, 다행히 치료를 한 듯 보였다.

'크으, 형제들 중 살아남은 것은 나와 휴아뿐이로구나. 놈들의 암기가 무엇이기에…….'

꿍음과 함께 형제들이 쓰러지던 것이 기억났다. 당휘운

의 눈에서 한 줄기 눈물이 흘러내렸다. 이번 기습에 어느 정도 희생이 있을 것은 예상했지만, 열두 명 중 두 명만이 살아남은 것이다. 저량과 사밀혼은 당휘운의 마음을 아는 듯 조용히 지켜보았다.

"다, 당신들은 누구요?"

당휘운은 자신을 바라보고 있는 저량 일행에게 적의가 없는 것 같기에 정체를 물었다.

"우리들은 혈교를 쫓는 사람들입니다."

'어떤 사람들인지는 모르겠지만, 놀라운 일이다. 당금 강호에서 혈교에 대해 아는 자들은 없다고 해도 과언이 아닌데……'

"당신들이 혈교를 쫓고 있다는 말이 사실이오?"

"그렇소. 나는 천잔도문의 소문주를 모시는 사람이오."

"천잔도문? 북경의 그 천잔도문 말이오?"

천잔도문에 대해서는 당휘운도 명성을 들어 알고 있었다. 그런데 이 먼 섬서 땅에서 천잔도문의 문도를 자처하는 자를 만났다는 것이 의아스러웠다.

"그렇소. 소문주님을 모시고 사천 비무 대회에 참가 중이었소. 그러다가 우연히 혈교의 움직임을 알게 됐소. 소문주님의 명으로 혈교의 끄나풀이라 여겨지는 자를 추적하다 황가의숙이 그들의 근거지임을 알고 몰래 감시 중이었소."

"그랬군요."

"그런데 당신들은 어떤 사람들이기에 황가의숙을 공격한 것이오?"

저량은 짐짓 당가의 일을 모르는 척 우회적으로 물었다.

'정신을 잃기 전 나를 구한 것이 이들이로구나.'

당휘운은 황가의숙에서 위기에 처한 자신들을 구해낸 것이 저량 등임을 알 수 있었다. 비록 복면을 썼지만 혈교 무리들을 주살하며 자신들을 돕던 이의 눈빛과 같다는 것을 알아차린 것이다.

"나와 휴아를 구해주신 은혜에 감사드리오. 난 당가십이수의 맏형인 당휘운이라 하오."

"당가십이수의 당휘운이라니, 그런데 어찌!"

"우리 또한 혈교의 음모를 부수기 위해 황가의숙을 기습한 것이오. 정확히는 놈들이 각파에 잠입시켜 놓은 간자들의 명단을 탈취하기 위함이었소."

"혈교가 각파로 침입시킨 간자들의 명단이 있었다는 말이오?"

놀라는 척하는 저량의 음색에 당휘운이 대답했다. 믿어도 좋을 것 같았기 때문이다.

"그렇소. 황가의숙의 숙주인 황만승이라는 자는 정파에 간자들을 잠입시키는 것을 총괄하던 자요. 우리는 놈에게 간자들의 명단이 있다는 사실을 어렵게 알 수 있었고, 탈취할 작정이었소. 그렇지만 놈들의 전력이 그 정도일 줄은 생각도 못했소. 또한 그런 암기를 가지고 있었다니…….”

“그런데 명단은 탈취한 것이오?”

중요한 일이기에 저량은 명단의 행방을 물었다.

“모르겠소. 전대 장로님들인 천독오로께서 황만승을 기습했지만, 어떻게 됐는지는 나도 모르오.”

“으음, 명단만 손에 넣을 수 있다면 혈교의 음모를 어느 정도 막을 수 있을 텐데…….”

천독오로의 움직임까지는 알지 못했다. 저량은 간자들의 명단이 있었다는 사실에 안타까울 뿐이었다. 그런 것이 있다는 것을 알았다면 지난 며칠 동안 자신이 허송세월하지는 않았을 것이기 때문이었다.

“분명 손에 넣었을 것이오. 이번 일을 위해 들인 노력이 헛되지 않았다면 말이오. 간신히 명단의 위치를 알아냈건만, 이토록 희생이 클 줄은 몰랐소. 놈들에게 그런 암기가 있지 않았다면 형제들이 이토록 허무하게 죽지는 않았을 텐데…….”

예상치 못한 희생에 자책하는 당휘운이었다.

“그런데 종남으로 가자고 한 이유는 무엇이오?”

“만약 명단을 탈취하면 우리와 뜻을 같이하는 종남의 문인들과 만나기로 되어 있는 곳이 있소. 장로님들이 명단을 탈취했다면 분명 우리가 만나기로 했던 곳으로 가셨을 것이 분명하오. 섬서성에서 놈들의 힘과 맞설 수 있는 곳은 오직 종남밖에는 없으니 말이오."

"그랬던 거로군요. 그런데 종남에도 놈들의 간자가 있을 터인데, 그것이 가능하겠습니까?"

저량은 종남에도 혈교의 간자가 있다면 문제가 될 것이기에 종남으로 향하는 것에는 문제가 있음을 상기시켰다.

"종남의 간자들은 얼마 전에 모두 색출했소. 아직 때가 이르지 않아 기다리고 있는 중이지만, 명단에서 확인이 된다면 놈들은 제일 먼저 죽을 것이오."

"종남에 있는 간자들이 모두 색출됐다는 말입니까?"

뜻밖의 말이었다. 사람의 얼굴에 칼을 대 완전히 바꾸는 등 철저하게 준비하고 잠입시킨 자들이기에 색출해 낸다는 것은 여간 어려운 일이 아니었을 것이다. 다른 문파에서는 간자들의 존재조차 모르는데 구파일방 중 제일 말석이라 여기지는 종남에서 간자들을 모두 색출했다는 것이 믿겨지지 않았다.

"그렇소. 종남에 한 분 신인이 있어 놈들을 모두 색출할 수 있었소. 그래서 우리는 혈교에 방조하는 세력들을 잠재우는 당초 목적과는 달리 성동격서의 계책으로 이번 일을 꾸민 것이오. 장로님들이라면 분명 명단을 탈취했을 것이오."

"그럼 빨리 종남으로 가야 하겠군요."

"그렇소. 빨리 가야 하오."

“움직일 수 있겠습니까?”

저량은 철무정에게 당휘운과 당정휴의 상세를 물었다.

“움직일 수는 있겠지만, 상세가 악화될 수도 있네. 종남까지 가려면 놈들의 이목을 속여야 하는데, 어떻게 할 생각인가?”

“일단 출발하지요. 간자들의 명단을 얻는 것이 무엇보다 중요합니다. 남아 있는 분들이 추적하는 놈들의 이목을 속이는 동안 빨리 종남으로 가 다음 일을 준비해야 합니다. 놈들에게서 정말로 명단을 탈취했다면, 천라지망이 펼쳐질 것이 분명하니 말입니다. 일단 명단을 확보한 다음에 앞으로의 일을 생각해 봐야 합니다. 아무리 종남이라도 놈들이 전력으로 손을 쓴다면 위험하니까 말입니다.”

“알겠네. 일단 요상단을 줘보게. 조금 위험하더라도 저 사람의 상세를 어느 정도 회복시켜야겠네.”

“여기 있습니다.”

철무정은 저량에게서 요상단을 받아 들고는 당정휴에게 향했다. 요상단을 복용시키고는 자신의 진기로 약효가 도는 것을 도왔다. 삼 각 정도의 시간이 지나자 얼굴이 붉어진 것이, 어느 정도 상세를 회복한 듯했다.

“고맙습니다. 많이 좋아졌습니다.”

“다행이네. 괜찮다면 바로 출발하도록 하세.”

“바로 말입니까?”

"놈들의 추적을 벗어나 움직이려면 시간이 중요하네. 놈들이 섬서 일대에 완벽한 천라지망을 펼치기 전에 빠져나가야 하니 말이네. 자네는 이 사람을 업게."

철무정의 말에 저량은 당휘운에게 등을 댔다. 아직은 움직일 수 없기에 업고 가려는 것이었다. 철무정도 등섭인의 도움을 받아 당정휴를 업었다. 두 사람은 장포 자락을 찢어 만든 끈으로 떨어지지 않도록 단단히 동여맨 후 동굴을 나섰다.

파파팟!

환자들에게 최대한 충격이 가지 않도록 배려하면서 세 사람은 종남을 향해 전속력으로 경공을 전개하기 시작했다.

*   *   *

섬서성 남부 종남산.

과거 전진도가(全眞道家)가 일어났던 곳으로, 이곳에는 수백 년 전통을 이어온 종남파가 있었다. 처음은 도가(道家)에서 시작하였으나 나중에는 속가(俗家)적인 성향이 강하게 된 종남파는 우주류(宇宙流)라는 독창적인 무학의 한 갈래를 창시한 문파였다.

타타탁!

종남산으로 이르는 산길 위에 당휘운과 당정휴를 업은

저량과 사밀혼의 경공을 발휘해 움직이고 있었다.

"얼마나 더 가야 하나?"

"조, 조금만 더 가면 됩니다."

저량의 등 뒤에 업혀 있는 당휘운은 자신들이 약속한 장소로 일행을 인도하고 있었다. 종남산의 한 골짜기에 마련된 비밀 거처였다.

"잠깐!"

옆에서 경공을 발휘하던 등섭인이 일행을 멈추게 했다.

"왜 그러십니까?"

"기문진이 펼쳐져 있다."

등섭인의 말에 일행은 골짜기의 입구를 쳐다보았다.

"그렇군요."

흐릿한 안개와 함께 기이한 기운이 흐르고 있는 것이, 등섭인의 말대로 분명 기문진이 펼쳐져 있는 것이 틀림없었다.

"걱정하지 말고 조금만 기다리십시오. 저를 보았다면 사람이 나올 것입니다."

스스슷!

당휘운의 말대로 조금 후 누군가 안개를 뚫고 나타났다. 흑단 같은 머리에 차가운 안광을 지닌 젊은 여인이 그들의 앞에 나타났다.

"오셨군요."

"오랜만에 뵙소이다, 관 소저!"

"당 대협께서 그런 모습으로 이곳까지 오신 것을 보면 황가의숙의 일이 실패한 것이로군요. 그런데 이자들은 누구지요?"

당금 종남의 장문인인 관후량(關厚樑)의 딸 관주련(關珠璉)은 당휘운과 함께 온 저량 일행을 의심의 눈초리로 바라보았다. 무림맹은 물론, 구대문파 안에 혈교의 손길이 뻗치지 않은 곳이 없었다. 종남의 정기를 다시 되살릴 근거지가 바로 이곳이기에 노출을 꺼려하는 게 당연했다. 혈교의 눈에 노출된다면 그동안 해온 준비가 허사가 될지도 모르기에 신원이 확실하지 않은 이들에 대해서 의심의 눈초리를 보낼 수밖에 없다는 것을 당휘운도 잘 알고 있었다.

"괜찮으니 마음을 놓으셔도 됩니다. 이분들은 북경 천잔도문의 사람들입니다."

"천잔도문이요?"

"그렇습니다. 이분들은……."

당휘운은 그간의 사정을 설명했다.

"천만다행입니다."

"이분들이 아니었다면 나와 휴아는 죽은 목숨이었을 것이오. 전대 장로님들께서 명단을 탈취했다면 이곳으로 오실 것이기에 서둘러 올 수밖에 없었소."

"그랬군요."

당휘운의 설명을 들은 관주련은 어느 정도 의심이 가셨지만, 여전히 경계를 풀지 않으며 대답을 했다.

"그나저나 상세가 위중한 것 같은데, 빨리 들어가서 치료를 해야 할 것 같습니다. 절 따라오세요."

"알겠소."

관주련은 자신이 나온 곳으로 발걸음을 옮겼다. 저량과 사밀혼들도 그녀의 뒤를 따랐다.

"모두들 제가 디딘 걸음대로만 따라오도록 하세요. 그렇지 않으면 곤란을 겪으실지도 모릅니다."

안개 속으로 접어들며 관주련은 일행을 안내했다. 기문진이 펼쳐져 자욱한 안개 속임에도 일 장 정도는 가늠할 수 있는 상태였다. 반 각 정도를 걸어 들어가자 뿌옇던 안개가 걷혔다. 커다란 골짜기에는 나무로 만들어진 목책과 전각들이 있고, 종남의 문인들이 보였다.

"이쪽이에요. 따라오세요."

관주련은 일행을 목책 안으로 이끌었다.

주변을 경계하는 종남 문인들의 안광이 형형한 것이, 상당한 수련을 쌓은 자들로 보였다.

'구대문파의 말석이라고 하더니만, 모두 헛소문이로구나.'

하나같이 일류 고수에 손색이 없을 만큼 잘 다듬어진 예기를 발산하는 종남파의 문인들을 보며 저량과 사밀혼들은 종남파의 힘을 새삼 느낄 수 있었다. 아직 의식을 잃고 있어 치료가 필요한 상태였기에 관주련은 길을 가는 동안 사람들을 시켜 당정휴를 약당으로 옮기도록 했다.

"아버님, 당휘운 대협이 오셨습니다."

목책 안을 가로질러 커다란 전각에 이르자 관주련은 당휘운이 왔음을 고했다.

"들어오시도록 해라."

"들어가시지요."

전각 안에서 대답이 있자 관주련은 일행을 안내했다.

─상당한 고수로군요.

─거의 나와 비견될 정도의 고수가 분명하네.

철무정은 들려오는 목소리에서 강한 힘을 느낄 수 있었다.

"당가의 휘운이 장문인을 오랜만에 뵙습니다."

이제는 어느 정도 운신을 할 수 있게 된 당휘운은 방 안으로 들어선 후 관후량에게 인사를 했다.

'장문인이라니……'

저량과 사밀혼은 눈앞의 인물이 종남의 장문인이라는 말에 놀라지 않을 수 없었다. 종남의 본산도 아니고, 외진 곳에 숨어 있다는 것이 이해가 가지 않은 것이다.

'당휘운이 이곳에 대해 다 말해주지 않은 것은 뭔가 사연이 있겠구나.'

종남의 밑자락에 이토록 은밀한 곳을 만들어놨다는 것은 분명 종남파에서도 심상치 않은 일이 진행되고 있음을 뜻했기에 저량은 잠자코 있었다.

"네 모습을 보니 황가의숙을 치러 갔던 일이 잘 안 된 모양이로구나. 너희 둘만 돌아온 것을 보니……."

"그렇습니다. 놈들이 알 수 없는 암기를 사용하는지라 형제들 중 저희만 살아 돌아왔습니다."

"알 수 없는 암기?"

"그게……."

당휘운이 머뭇거리자 철무정이 대답을 했다.

"화승총이라는 것이오."

'휘운의 휘하가 아니었나?'

철무정의 대답에 관후량은 저량 일행에 대해 관심이 생겼다. 들어올 때부터 범상치 않은 사람들이라 여기고 있었지만, 당휘운의 일이 급해 신경을 덜 쓰고 있었다. 그런데 당가십이수를 거의 전멸시키다시피 한 암기의 정체에 대해 알고 있자 새삼 관심을 가진 것이다.

'하나같이 내 아래가 아니다.'

안으로 감추어진 내기며 풍기는 기운이 결코 자신의 아래가 아니라는 것을 알 수 있었다. 어느 문파에 이토록 강한 자들이 있는지 궁금하지 않을 수 없었다.

"그런데 이분들은 누구신가?"

"저분들은 천잔도문의 사람들이라고 합니다. 황가의숙에서 곤란을 겪으신 당가분들을 도와주셨다고 합니다."

관주련이 경계를 늦추지 않으면 대답을 했다.

"으음, 천잔도문이라……."

관후량도 천잔도문에 대해 알고 있었다. 장백파의 속가로서 욱일승천하는 기세가 남쪽까지 알려져 있었다. 정갈한 눈빛을 보니 속이는 것 같지는 않았다.

"고맙소. 사질들이 이 정도 살아 돌아온 것도 모두 여러분 덕분인 것 같소. 천잔도문이 장백파의 속가로서 광명정대하다는 위명은 누차 듣고 있었소. 그런데 화승총이라니, 그것은 어떤 것이오?"

"화포의 일종이오. 화약을 이용해 쇠구슬을 발사하는 것으로, 서역에서 전래된 것이오. 아마 명의 군부에도 몇 자루 없는 물건일 것이오. 그것은……."

철무정은 화승총에 대해 상세히 설명해 주었다.

"그런 것을 놈들이 사용했다는 말이오? 일류 고수도 감당할 수 없는 것이라니……."

"그렇습니다."

철무정이 고개를 끄덕이자 당휘운이 입을 열었다.

"한둘이 아니었습니다. 놈들은 우리를 포위한 채 무자비하게 그것을 발사했습니다. 당가의 대들보라는 우리들이 제대로 손 한 번 써보지 못했습니다."

"으음, 그런 것이 놈들의 수중에 있다니, 큰일이로구나."

"오면서 이분들에게 설명을 듣자하니, 화승총을 사용하려면 시간이 제법 걸린다고 합니다. 한 번 쏘고 나서 장전한 후 불을 붙이고 조준을 해야 한다니 말입니다."

"어쩌면 그것이 약점이겠구나. 놈들이 화승총이라는 것을 발사하기 전에 손을 쓰면 될 테니 말이다. 그런데 형님들은 어떻게 됐느냐?"

"아직 생사를 모르고 있습니다. 저희가 이목을 끌고 있는 동안 황가의숙의 내원으로 들어가셨는데 말입니다. 저희가 있던 곳뿐만 아니라 장로님들이 간 곳에서도 화승총 소리가 들린 것을 보면 위험에 처하셨을 것이 분명합니다. 만약 살아 계신다면 분명히 이곳으로 오실 터인데……."

"아직 아무도 안 오셨다. 그런데 형님들께서 명단을 탈취하는 것은 성공한 것이냐?"

"간자들의 명단을 탈취하셨는지는 아직 모르고 있습니다."

"큰일이로구나."

실패를 했다는 생각에 관후량의 얼굴이 굳어졌다.

"한 말씀 드려도 되겠소?"

철무정이 나섰다.

"무슨 말씀이신지요?"

"우리가 두 사람을 구하러 간 시점에 내원 쪽에서도 소란이 있었소. 처음 화승총이 발사된 소리를 들은 후 화승총과는 다른 폭발음이 들렸소."

"이화폭우침!"

철무정의 말에 당휘운이 부지불식간 탄성을 터트렸다.

"그것이 당가의 유명한 암기인 이화폭우침인지는 모르겠으나, 폭발 소리가 끝난 후 놈들에게서 소란스러운 움직임을 느낄 수 있었소. 그것은 분명 누군가를 추격하는 움직임이었소. 그렇지 않았다면 우리가 있던 곳에 더 많은 혈교의 무리들이 나타났을 것이오."

철무정의 말에 관후량의 얼굴이 급격히 펴졌다.

"저분의 말을 들어보니 형님들 중 살아남은 분이 계신 것 같구나. 화승총 소리가 들리고 난 후 이화폭우침이 사용됐다면, 분명 살아 계신 분이 있을 것이다."

"그러면 이곳으로 오시지 않겠습니까?"

"아니, 이곳으로 오시지는 않을 것이다. 추격을 받고 있다는 것을 아실 테니, 아마도 다른 곳으로 움직였겠지. 이곳이 놈들에게 발각되면 혈교 놈들을 일망타진하려는 번천의 계는 시작도 못할 것이니 말이다."

"그렇겠군요. 그럼 어디로 가셨을까요?"

"등하불명이라……. 아마도 살아 계시다면 그분들은 분명 화산으로 향했을 것이다."

"화산이요? 하지만 화산은······."

"놈들의 소굴이지. 혈교 놈들을 부리는 수괴 중 한 놈이 그곳에 있으니 말이다. 그러니 놈들은 그곳에 대한 천라지망은 별로 신경을 쓰지 않을 것이다. 그리고 숨을 만한 곳도 있고."

"그럴 확률이 높겠군요."

"아무래도 우리 중 몇은 화산으로 가야 할 것 같구나. 그분들이 명단을 탈취했다면, 우리에게는 무엇보다 그것을 확보하는 것이 급한 일이니 말이다."

"반드시 얻어야 합니다. 우리 당가는 놈들의 음모를 분쇄하기 위해 멸문까지 각오하고 있습니다. 만약 그 명단을 얻지 못한 다면 죽은 형제들이 지하에서도 원통해할 겁니다."

"그렇겠지. 일단 나를 포함해서 사람을 몇 추려보겠다. 놈들의 전력이 만만치 않으니 상당한 실력자가 아니라면 가봐야 소용이 없을 테니 말이야."

"고맙습니다."

당휘운은 자신 못지않게 혈교의 일에 관심을 써주는 관후량에게 고마움을 느꼈다.

"큰일 났습니다!"

그때, 누군가 안으로 뛰어 들어오며 소리를 질렀다. 다급한 기색이 역력했다. 모두의 시선이 그에게로 쏠렸다.

"장문인, 큰일 났습니다!"

안으로 뛰어 들어온 자는 종남삼검 중 하나로, 천강검(天剛劍) 고중철(高重徹)이라는 자였다.

"무슨 일이기에 이리 호들갑이냐?"

"장문인, 사천에서 사단이 일어났다고 합니다."

"사천에서?"

모두의 눈이 고중철에게 쏠렸다. 저량과 사밀혼은 물론 당휘운에게도 사천에서의 일은 매우 중요한 일이기 때문이었다.

"사천당가가 무림맹의 주요 인사와 각 문파의 명숙들을 암살했다는 전서구가 방금 들어왔습니다. 여기!"

관후량은 고중철이 건넨 편지를 읽어 나갔다. 편지를 읽는 동안 안색이 침중하게 변했다.

"으음, 놈들이 본격적으로 움직인 모양이로군. 사천당가가 피로 물들었다니……."

"놈들이 움직이기 시작했다는 말입니까?"

"그렇다. 읽어봐라."

관후량은 고중철이 가지고 온 서신을 내밀었다. 당휘운은 서신을 받아 들었다.

"이, 이럴 수가!!"

당휘운은 놀라지 않을 수 없었다. 서신의 내용대로라면 사천당가가 흉수로 지목될 것이 뻔한 상황이기 때문이었다.

그야말로 철저한 올가미에 걸려든 것이나 진배없었다.

"이대로라면 흑백이 가려지기도 전에 당가는 멸문하고 맙니다. 장문인, 어떻게 해서든지 놈들의 명단을 반드시 손에 넣어야 합니다. 어떻게 해서든지 말입니다."

혈교의 간자들이 기록되어 있는 명단이 더욱 중요해지는 순간이었다.

"그래야지. 명단을 손에 넣지 못한다면 당가는 영원히 재기할 수 없을지도 모르니 말이야. 다행히 당가주와 파산검 어르신의 행방을 찾을 수 없다는 것을 보면 아직 기회는 있을 것이다. 내 당장 화산으로 사람들을 보낼 테니, 너무 걱정하지 마라."

"하오면?"

"나는 가지 못할 것 같다. 당가에서 그런 일이 벌어졌다면 종남에서 기생하고 있는 버러지 같은 놈들도 분명 움직일 테니 말이야."

"그렇겠지요. 그래도 이렇게까지 신경을 써주시니 고맙습니다, 장문인."

당휘운은 진심으로 감사를 표했다. 관후량의 말대로 종남에서도 놈들의 움직임이 있을 것이 분명했다. 전력을 기울여야 하는 것임을 잘 알기에 그 와중에도 힘을 나누어 준 처사가 고맙기 그지없었다.

"그리고 너는 여기에 남는 것이 좋겠다."

"제가 말입니까?"

"종남에 숨어 있는 놈들을 피해 없이 잡으려면 네 독술이 필요할 것 같으니 말이다. 화산의 일은 주련이와 태영이가 맡을 것이다."

"알겠습니다, 장문인."

관주련과 감태영이 있다면 화산으로 가는 인물들은 보지 않아도 종남의 정영 중 최고의 고수들일 것이 분명했다. 관후량의 말이 어떤 뜻인지 알기에 당휘운은 순순히 그 뜻을 따랐다.

"저희들도 화산으로 갔으면 합니다만."

두 사람의 대화에 저량이 끼어들었다. 혈교의 간자들인 혈루비의 명단은 저량에게도 중요했다. 어차피 무림맹에 넘길 것이지만, 종남의 힘으로서는 혈교의 이목을 피해 명단을 가져온다는 것이 힘들지도 몰랐기에 동행을 자처한 것이었다.

"당신들이 말이오?"

관후량이 심유한 눈빛으로 저량을 주목했다. 어떤 이유로 이번 일에 합류하고자 하는지 알고 싶은 것이었다. 비록 당휘운과 당정휴를 구했다고는 하지만, 아직 저량 일행에 믿음이 가지 않는 관후량이었다.

"그렇습니다. 이건 무림 전체의 일입니다. 저희가 상대를 해봐서 느낀 것이지만, 혈교의 힘은 호락호락하지 않습니다. 무엇보다 우리는 나름대로 오랜 동안 혈교를 추적해 왔습니다."

"당신들이 말이오?"

관후량이 흥미로운 눈빛을 보냈다. 자신이 알기로 혈교의 세력이 움직이는 곳은 산서와 섬서, 그리고 사천 일대였다. 멀리 북경에 있는 천잔도문과는 별 관련이 없는 일이었다. 그런데 저량의 눈빛을 보니 상당히 깊숙이 개입되어 있다는 느낌을 지울 수가 없었다.

"저는 천잔도문 말고 다른 곳에도 적을 담고 있습니다."

"다른 곳?"

"삼도회라고 아시는지요?"

"삼도회라면!!"

관후량은 삼도회에 대해서 어느 정도 알고 있었다. 무림에서 천하게 여기는 하오문의 비밀 세력으로, 무시 못할 전력을 가지고 있다는 사실을 전대 장문인으로부터 들어 알고 있던 것이다.

"그렇습니다. 산서와 섬서, 그리고 사천의 하오문도들이 씨 몰살을 당했습니다. 가만히 있을 수가 없는 일이지요."

저량은 일부러 살기를 담아 기세를 일으켰다. 관후량에게 믿음을 주기 위해서였다.

"음……."

"사실 우리 역시 황가의숙을 감시하고 있었습니다. 혈교

놈들의 연락이 그곳으로 몰리고 있었으니까요. 놈들을 감시하다가 당휘운 대협을 구할 수 있었던 겁니다."

"그랬군. 그런데 내가 당신들이 삼도회에 적을 두고 있다는 것을 어떻게 믿을 수가 있겠소?"

"삼도회는 아직 노하구(老河口)의 인연을 잊지 않았다고 하면 믿으시겠는지요?"

"으음!"

관후량은 침음성을 흘렸다. 전전대 장문인과 무당파의 악연으로 말미암아 하오문과 맺어졌던 인연에 대해 이야기하자 이제는 저량의 말이 사실이라는 것을 알 수 있었던 것이다.

"알겠소. 이제는 그대들을 믿을 수 있을 것 같소. 이제는 당신들이 진정을 알았으니 한 가지 부탁을 하고 싶소."

"무엇입니까?"

"당가의 혈사에 독인도 나타났다고 하오. 본 파의 일로 내가 직접 나설 수 없는 만큼 여러분이 그에 대해 조사를 해주었으면 하오."

사천당가에서 혈교가 무림맹을 대상으로 일을 벌였다면 종남에서도 조만간 변고가 생길 확률이 컸기에 관후량은 이곳을 떠날 수 없었다. 이미 간자들을 색출하기는 했지만, 발견하지 못한 자들도 있을 수 있기에 남아 있어야 하는 것이다.

"그렇게 하도록 하지요."

"독인에 대해 알아낼 수만 있다면 큰 도움이 될 것이오."

"반드시 알아내도록 하지요."

"주련이는 떠날 준비를 서두르거라."

"알겠습니다, 아버님."

행장은 급히 꾸며졌다. 시간이 급박하다는 것을 알기에 사람들은 반 시진이 되기도 전에 떠날 준비를 마칠 수 있었다.

"이번 일은 매우 중요하오. 무림맹과 각 문파에 있는 간자들의 명단인 만큼 놈들도 찾기 위해 혈안이 되어 있을 것이오. 여러분이 그것을 회수해야만 무림의 정기가 살아날 것이오."

관후량은 떠나는 사람들을 향해 당부를 잊지 않았다.

"걱정하지 마세요, 아버님. 반드시 명단을 가지고 오도록 하겠습니다."

"그래, 너만 믿는다. 하지만 명단을 회수하면 이곳으로 오지 말고 곧바로 소림으로 가거라. 나 또한 본 파에 잠입해 있는 간자들을 제압한 후 소림으로 갈 것이니 말이다."

"알겠습니다. 확보하는 대로 그리로 가도록 하겠습니다."

"이제는 떠나거라. 무운을 빈다."

관주련을 비롯한 종남의 무인 십여 명과 저량 일행은 관후량의 배웅을 받으며 골짜기를 나섰다.

　"어르신, 저자들과 힘을 합쳐도 되는 것입니까?"
　배웅을 마친 관후량은 자신의 처소로 돌아와 조그마한 목소리로 누군가에게 물었다.
　스스슥!
　관후량의 눈앞에 누군가가 나타났다. 희끗한 귀밑머리에 어디서나 볼 수 있는 초로의 모습이지만, 풍기는 기운은 관후량을 압도하고도 남았다.
　"괜찮을 것이다. 우리의 전력을 감출 수도 있을 테니. 저들은 사천과 산서, 그리고 섬서에서 흙탕물을 일으키고 있는 혈교의 아이들과는 천적일 테니까."
　"천적이요?"
　"그리만 알면 된다. 그래, 본 파는 언제 정리할 생각이더냐?"
　"내일 결행할 예정입니다. 준아가 잘해주고 있으니 별다른 피해 없이 끝낼 수 있을 겁니다."
　"그렇겠지. 육진자와 공혜가 이번 일을 어떻게 처리할지 자못 기대되는구나."
　"그분들이 나선다는 말입니까?"
　"무림맹으로서도 피해를 감수해야 할 판이니, 그들도 어쩔 수 없이 나서게 될 것이다."

"그렇겠지요. 그들이 무림맹의 피해를 어느 정도 수습하느냐에 따라 우리가 어떻게 나아갈지 결정이 되겠지요."

"그나저나 개방이 움직이고 있지 않으니 신경이 쓰이는구나. 나서도 벌써 나설 자들인데 조용한 것을 보면, 무엇인가 꾸미고 있는 것이 틀림없다. 그러니 매사 각별히 신경을 쓰도록 해라. 괜히 천하제일방이 아니니 말이다."

"알겠습니다, 어르신!"

"그만 가보도록 하겠다. 일이 있으면 연락을 하도록 하고."

"예!"

스스스스!

초로인의 신형이 소리 없이 사라졌다. 관후량은 사라진 그를 향해 조용히 포권을 취했다. 홀로 남게 되자 그의 눈이 빛났다. 이제부터 종남의 비상이 시작되려 하는 순간이기 때문이었다.

*   *   *

골짜기를 나서자마자 관주련 일행은 경공을 시전해 화산으로 치달리기 시작했다. 다들 상당한 수련을 거친 듯 빠른 속도임에도 지쳐 보이는 기색이 없이 경공을 시전하는 모습을 보며 저량은 속으로 놀라지 않을 수 없었다.

'상당히 강한 자들이다. 종남에서는 오래전부터 준비를 해온 모양이로구나.'

조석지간으로 배출할 수 있는 고수들이 아니었다. 적어도 십여 년 이상 고련을 거친 것 같았다. 특히 앞장서서 일행을 이끌고 있는 관주련은 거의 삼영의 영주들에 버금갈 정도로 보였다.

종남에서 화산까지 가는 길은 무척이나 빨랐다. 관도를 피해 가파른 산야를 가로지르는 길이지만, 이틀이 지나지 않아 화산 인근에 당도할 수 있었다. 관도를 피해 산야로만 길을 달려온 탓인지 혈교의 촉수에 걸리는 일은 없었다. 화산으로 향하는 길은 혈교의 천라지망이 다른 곳보다 느슨했기 때문이다. 그들은 화산 인근에 이르러서야 달리는 걸음을 멈추었다.

"이제는 어떻게 할 생각이오?"

당가의 전대 장로들이 어디로 피했는지도 모르고 무작정 달려온 길이었다.

저량은 이곳까지 거침없이 달려온 관주련에게 무슨 생각이 있음을 짐작할 수 있었기에 앞으로의 행보를 물었다.

"연락을 취할 곳이 있어요. 당가의 전대 장로님들 중 살아 계신 분이 있다면 분명 그들과 연락이 닿았을 겁니다."

"그들이라니요?"

"화산의 사람들입니다."

화산의 사람들과 연계를 가지고 있다는 말이 놀라웠다. 관후량의 이야기대로라면 화산파는 이미 혈교의 지배하에 놓인 것이나 마찬가지였기 때문이다.

"화산파 제자 중에 혈교의 존재에 대해 알고 있는 사람들이 있습니다. 아직 문파 내의 간자들이 누구인지 몰라 손을 쓰고 있지 못하지만, 우리와 연계를 가지고 있지요. 당가의 어르신들이 알고 계시니 만약 화산 쪽으로 탈출하셨다면 그들과 만났을 가능성이 큽니다. 감 사형은 화음(華陰)에 가서 그들과 연락을 취해보세요."

관주련은 종남삼검(終南三劍) 중 분광검(分光劍) 감태영(城台瀯)에게 화음에서 당가의 전대 장로들의 행방을 알아보도록 했다.

"알았다."

"우리는 변복한 후 화음현으로 숨어듭니다. 그리고 감 사형의 연락에 따라 행동을 하도록 하겠습니다. 놈들의 감시망이 펼쳐져 있을지 모르니, 이곳부터는 각자 화음현으로 들어가도록 해야 합니다."

감태영이 먼저 떠나고 나머지 사람들은 각자 변복을 한 후 길을 떠났다. 평범한 장포에 어디서나 쉽게 구할 수 있는 장검을 들고 왔기에 종남파의 인물들이라는 것을 쉽게 짐작할 수 없는데도 세밀하게 준비를 취했다.

7장. 화신출현(火神出現)

천화객잔(天華客棧)은 화음현에서 큰 편에 속하는 객잔
이다. 화산을 찾는 향화객들이 많아 성업 중인 곳으로, 객
잔 안은 늘 분주했다.

　'혹시 모르니 준비를 해야겠군.'

　저량을 비롯한 사밀혼은 관주련과 함께 감태영에게서 소
식이 오기를 기다리고 있었다. 천화객잔에 온 지 벌써 반
시진이 넘은 상태라 불안이 밀려왔다.

　'오는군.'

　얼마 안 있어 분주히 오가는 점소이들 사이로 객잔 입구
에 누군가가 나타났다. 소식을 알아보러 간 감태영이었다.
감태영은 일행을 모르는 척 짐짓 옆자리에 앉아 간단한 음

식을 시킨 후 전음을 보냈다.

─사매, 사람들이 은거해 있는 곳에는 아무도 없었다. 하루 전 화음 인근에서 큰 격전이 있었다고 하는데, 아무래도 발각이 된 것 같다.

─큰일이로군요. 그럼 일단 옥녀봉으로 가야겠군요. 만약 그들에게 문제가 있었다면 옥녀봉으로 피신했을 겁니다.

─화산파의 움직임도 파악을 해야 할 것이다.

─그러세요. 이곳에도 화산의 눈들이 있습니다. 비록 변복을 하고 있지만 내 눈은 틀림없어요. 적어도 일대 제자들이 화음현 일대에 천라지망을 펼치고 있는 것 같으니 조심하세요.

─조심하고 있으니 걱정하지 마라. 화산파의 소식을 알아본 후 바로 옥녀봉으로 가도록 하마.

감태영은 전음을 끝내고는 점소이가 가져온 음식을 급히 먹더니 이내 자리에서 일어섰다. 감태영이 나가자 누군가 그의 뒤를 쫓듯 따라 나갔다. 저량은 감태영의 안위가 걱정되어 자리에서 일어섰다. 뒤를 따라붙어 보호할 작정이었다.

─그냥 앉아 계십시오. 그리 호락호락한 분이 아닙니다.

저량은 멋쩍게 앉을 수밖에 없었다.

─혼자 괜찮겠소?

─충분합니다. 감 사형은 태을분광검(太乙分光劍)을 이

미 극성으로 터득한 분입니다. 그러니 놈들에게 그리 호락호락 당하지 않을 겁니다. 우리는 빨리 식사를 마치고 옥녀봉으로 가야 합니다. 어쩌면 자리를 피한 분들이 위험에 빠져 있을지도 모르니 말입니다.

초조하지만 주위의 눈을 의식해 네 사람은 천천히 식사를 마쳤다. 그리고 자리에서 일어나 화산으로 향했다.

"따라붙어라. 수상한 자들이다."

저량 일행이 객잔을 나서자 이층에서 관주련을 지켜보고 있던 자가 수하로 보이는 자에게 명령을 내렸다.

'사천혈사와 관련된 자들이 섬서로 숨어들었다더니, 화산이 만만하게 보였나 보군.'

이십사수매화검을 익히고 매화검수를 이끄는 수장에 오른 오매검(澳梅劍) 조천상(曺穿尙)은 사천혈사와 관련하여 장문인의 명을 수행 중이었다. 사천혈사를 일으킨 당가의 인물이 섬서성으로 숨어들었다는 사실과 함께 추살하라는 명령이었다. 아침부터 천화객잔에서 오가는 사람들을 감시하다 고수로 보이는 자들이 그의 촉각에 걸려들었다. 자신의 사제를 먼저 내보낸 후 조천상도 그들의 뒤를 따랐다.

'느낌이 좋지 않구나. 하지만 장문령을 받은 이상 깨끗이 처리를 해야겠지.'

먼저 자리를 떠난 자는 아무래도 연락책 같았기에 저량

일행을 쫓기로 했다. 경공을 발휘해 움직이면서 자신의 사제가 남긴 밀마를 보며 저량 일행이 옥녀봉으로 향한다는 것을 알 수 있었다.

"모를 일이로군. 옥녀봉으로 향하다니. 그곳은 령아가 수련하는 곳이거늘. 잘못하면 령아가 다친다."

조천상은 신형을 빨리했다. 옥녀봉에서 그의 하나밖에 없는 동생인 화산비연(華山飛燕) 조혜령(曺慧玲)이 수련하고 있는 중이라 괜히 시비에 휩싸이면 위험하기 때문이었다.

"응?"

옥녀봉 초입에 이르러 흔적이 끊겼다.

밀마가 사라졌지만 옥녀봉으로 향하는 방향을 벗어나 수풀 속으로 향한 흔적이 있었다. 조천상은 흔적을 따라 수풀 속으로 들어갔다.

"당했군."

사제가 쓰러져 있었다. 황급히 달려가 혈도를 짚어보았다. 다행히 목숨이 끊어진 것은 아니었다. 혈도를 제압당한 듯 의식을 잃고 쓰러져 있던 것이다.

타탁!

혈도를 짚었다. 그러나 정신을 차리지 못했다. 웬만한 점혈법은 해혈할 수 있는데도 정신을 차리지 못하자 조천상은 맥문을 잡고 진기를 흘려 넣었다.

"엇!"

자신의 진기가 들어가는 순간, 반탄지기가 밀려들었다.

"할 수 없다. 예상외의 자들이다. 본산에 연락을 해야겠지만, 일단은 놈들의 뒤를 쫓아야겠다. 전서구를 가지고 나오지 않은 것이 후회스럽군."

자신으로서는 해혈할 수 없다는 것을 인식한 조천상은 흔적을 쫓아 경공을 발휘했다. 자신의 진기를 반탄시킬 정도라면 상당한 실력자들이라는 것을 알 수 있었기에 그의 마음이 급해졌다. 화산은 오악 중 서악이라 불리는 험준한 암산이었다. 화산을 뛰어다니며 경공을 익힌 조천상은 저량 일행이 남긴 조그마한 흔적 하나 놓치지 않았다.

"이자들은 곧장 령아가 있는 곳으로 향하고 있다. 혹시 령아에게……."

자신의 동생이 수련하고 있는 곳이라 수색에서도 제외한 곳이었다. 그런데 알 수 없는 인물들이 곧장 동생이 수련하고 있는 곳으로 향하고 있자 조천상은 전력을 다해 경공을 펼쳤다. 화산은 기암절벽이 많고 깎아지른 듯한 봉우리가 즐비하여 세인의 발길을 거부하는 곳이 많았다. 옥녀봉 또한 그중 하나로, 그곳에는 화산의 선인들이 수련을 위해 거처하던 동굴이 꽤 있었다.

파파팟!

암벽을 박차고 오르던 관주련은 한곳에 멈추어 섰다. 뒤를 이어 저량과 사밀혼들도 따라 내려섰다. 그들이 멈추어 선 곳은 깎아지른 듯한 암벽 두 개가 맞물려 있는 곳이었다. 거대한 암벽 두 개가 서 있는, 반 장 정도의 평평한 공간이었다.

"아까 우리 뒤를 따라온 화산 제자를 점혈해 놓기는 했지만, 이상이 없을지 모르겠소, 관 소저."

"흔적을 최대한 지우기는 했지만, 혹시 뒤를 따르는 자들이 있을지도 모릅니다. 하지만 걱정하지 마십시오. 아무리 우리 뒤를 따르려고 해도 이곳을 지나가면 따라올 수 없을 겁니다."

"이곳에 도대체 무엇이 있기에 그러는 것이오?"

"잠시만 기다리십시오."

관주련은 품에서 조그마한 영패 같은 것을 꺼냈다. 그러고는 절벽이 맞닿아 있는 공간 사이로 그것을 던졌다.

그르르르!

"됐습니다. 저리로 가시지요."

관주련이 가리킨 곳은 절벽이었다. 아무것도 없던 곳에 무엇인가 나타났다. 절벽에는 조그마한 쇠막대기로 보이는 것이 반 장 간격으로 튀어 나와 있었다. 그것은 마치 계단처럼 절벽을 따라 올라갈 수 있도록 되어 있었다.

타타탁!

관주련은 쇠막대기를 밟고 절벽 위로 오르기 시작했다. 저량과 사밀혼 또한 관주련의 뒤를 따랐다. 절벽의 높이는 대략 이백여 장. 아무리 날고 기는 고수라도 쇠막대기의 도움 없이는 오르기 힘든 곳이었다. 안에 기관장치가 되어 있는 듯 영패를 통해 절벽 위로 오르는 쇠막대기가 빠져나오도록 되어 있는 것이 틀림없었다.

이백여 장을 오르자 그곳에는 허리를 구부리고 들어가야 겨우 들어갈 수 있는 작은 동굴이 하나 있었다. 암반에 뿌리를 박고 있는 나무들이 교묘히 입구를 가린, 작은 동굴이었다.

네 사람은 동굴로 들어갔다. 허리를 접고 동굴을 따라 오장여를 지나자 밑으로 내려가는 쇠막대기가 꽂혀 있는 것이 보였다. 올라올 때와는 달리 비스듬히 꽂혀 있는 쇠막대기를 밟으며 관주련이 밑으로 내려가기 시작했다. 밑으로 내려갈수록 동굴이 점점 더 커졌다. 그리고 윗부분이 서서히 갈라지기 시작하더니, 햇살이 내리비치기 시작했다. 한참을 내려가자 그윽한 매화 향기가 일행의 코를 간질였다.

"이곳은 어디요?"

"매화곡이란 곳입니다. 화산에서도 알고 있는 이가 거의 없는 곳입니다. 이곳이 아니면 절대로 들어올 수 없는 곳입니다. 저기 햇살이 비추는 곳엔 기문진이 펼쳐져 있어 입구를 찾을 수도 없고, 아까 서 계시던 곳과 이곳은 십 장 두

께의 암벽이 막고 있어 뚫고 들어올 수도 없는 곳이지요. 자, 가시지요."

관주련은 저량 일행을 인도해 암벽을 돌기 시작했다. 그러자 얼마 안 있어 커다란 공터가 나타났다. 화산 안에서 쉽게 볼 수 없는 공터였다. 가운데는 제법 큰 움막이 하나 있고, 주변 곳곳에 매화나무가 심어져 있었다. 주변에 만개한 매화나무에서는 그윽한 향기가 흘러나왔다. 매화가 필 시기가 아니건만 이토록 흐드러지게 핀 것을 보면, 매화나무와 상생하는 기문진이 펼쳐져 있는 것이 분명했다.

"무슨 일인가 있군요."

저량은 매화향 속에 섞여 있는 피 냄새를 맡을 수 있었다. 피를 흘린 지 얼마 되지 않은 듯했다.

파파팟!

네 사람은 매화 숲 속에 있는 움막으로 향했다.

"저를 따라오세요. 다른 곳을 밟으셔서는 안 됩니다."

매화 숲 앞에 이르자 관주련은 기이하게 방위를 밟으며 이동하기 시작했다.

기문진의 생로를 찾아 안으로 들어가는 것이었다. 세 사람도 그녀의 뒤를 따라 같은 방위를 밟으며 안으로 들어갔다. 움막에 이르자 피 냄새가 진동했다. 상당한 피를 흘린 듯 움막 주변이 온통 피 냄새였다. 움막의 마당에는 누군가가 피를 토한 듯 붉은 핏자국이 여기저기 나 있었다.

"누구냐?"

날카로운 음성이 움막 안에서 흘러나왔다.

"조 동생, 나야."

"주련 언니? 정말 주련 언니야?"

"그래, 당휘운 대협의 말을 듣고 이곳으로 왔다. 이곳으로 당문의 어르신들이 피신한 것 같아서."

"방문을 열 테니 들어와요. 바닥 조심하구요."

"바닥?"

"세혼침(細魂針)이 바닥에 깔려 있어요."

관주련은 세혼침이 당가의 전대 장로 중 당문호의 암기라는 것을 잘 알고 있었다. 눈에 보이지도 않는 세혼침이 바닥에 깔려 있다면 조심해야 했다. 멋모르고 들어섰다가는 황천길임을 알기에 조심하지 않을 수 없는 상황이었다.

"알았다. 안에 삼수사 어르신이 계신 것이냐?"

"예, 언니. 지금 위중하세요."

"알았다. 문을 열어라."

덜컥!

문이 열리자 안색이 창백한 조혜령이 방 안에서 사람들을 쳐다보고 있었다.

휘이익!

관주련이 몸을 날려 방 안으로 뛰어들었다. 저량과 사밀혼 또한 신형을 날려 방 안으로 들어섰다.

"으음, 저 두 분이 어쩌다가?"

방 안에는 창백한 안색의 조혜령과 완전히 의식을 잃고 쓰러져 있는 당문호, 그리고 장호기와 곽인창이 있었다. 장호기와 곽인창은 운기조식을 하는 중이었다. 여기저기 옷이 찢어지고 핏자국이 비치는 것이, 상당한 격전을 치른 듯 보였다.

"언니, 저분들은 누구시지요?"

"천잔도문에서 우리를 도와주기 위해 오신 분들이시다."

"그럼 저분들과 같은……."

조혜령은 자신과 당문호를 죽음의 위기에서 구한 장호기 등과 저량 일행이 같은 문파 출신이라는 것에 안심이 되었다.

"어찌 된 일이냐?"

"어제 당 어르신께서 전서구로 연락을 보내왔어요. 이곳으로 직접 올 수 없으니 도와달라고 말입니다. 급한 마음에 나섰는데, 누군가에게 쫓기고 계시더군요. 도와드리려 했지만 불가항력이었습니다. 그들의 무공은 정말…… 한 번도 본 적이 없는 것이지만, 위력만큼은 무척이나 가공했어요. 만약 저기 계시는 두 분이 아니었다면 어르신과 저는 이곳에 있지 못했을 거예요, 언니."

"천만다행이로구나. 그들이 대체 누구기에 어르신과 너를 곤란으로 몰아넣었더란 말이냐? 혈교의 무리들이라면 그리 곤란을 겪지 않았을 터인데……."

"아니에요. 그들은 중원인들이 아니었어요."

중원인이 아니라는 조혜령의 말에 관주련은 한 가지 사실을 기억해 낼 수 있었다. 혈교의 원래 뿌리가 중원이 아니라는 사실이었다.

"중원인이 아니라고?"

"서역 쪽 사람들이었어요. 그리고 본 파와도 관련이 있는 것 같았어요. 복면을 하고 정체를 숨기려 했지만, 저분들이 나섰을 때 화산의 검세를 본 것 같으니까 말이에요."

"놈들이 이제야 본색을 드러내는 모양이로구나. 용케도 무사했구나."

조혜령이 위기를 잘 넘긴 것을 기뻐하며 관주련은 당문호를 바라보았다. 어느새 철무정이 그의 상세를 살피고 있었다.

"어떠신가요?"

"여기저기 검상이 입었지만, 큰 위험은 없을 것 같소."

"다행이군요."

"요상단을 좀 주거라."

저량이 요상단을 내밀었다. 철무정은 당문호의 입을 열어 요상단을 넣어주고는 아혈을 문질렀다. 침이 닿으면 바로 녹는 것이라 금방 식도를 타고 넘어갔다.

"조금 있으면 깨어날 것이오. 걱정하지 마시오."

근심 어린 눈빛을 보이는 관주련을 향해 저량이 위로의
말을 던졌다.

"여러분께 큰 신세를 졌군요. 당문을 대신해 여러분께
감사드려요."

"별말씀을 다 합니다. 우리도 혈교와 대적하고 있으니
동지나 마찬가지입니다. 그나저나 저분들께서 빨리 깨어나
셔야 할 텐데, 걱정이군요."

"상세가 심각하신 건가요?"

"내상을 입으신 것 같습니다만, 위험하지는 않은 상태
요."

"그렇다면 다행입니다."

"다행스러운 일이 아닙니다."

"예? 그게 무슨 말씀입니까?"

"전 저분들에게 내상을 입힌 자들이 걱정입니다. 저분들
을 저렇게 만들었다면 보통 고수들이 아닐 테니 말입니다.
거기다 화산파까지. 이곳에서 무사히 벗어날 수 있을지 걱
정이 드는군요."

저량은 사밀혼이 어떤 사람들인지 누구보다 잘 알고 있
었다. 제약으로 인해 생사경을 이룩하지는 못했지만, 그에
못지않은 능력을 보유하고 있는 이들이었다. 그런데 그런
두 사람이 내상을 입고 운기조식을 취하고 있었다. 그것도
깊은 내상을 입은 채였다.

지이잉!

저량이 근심 어린 표정으로 장호기와 곽인창을 바라보고 있을 때, 기이한 소리가 움막에 울렸다.

"큰일입니다. 누군가 진을 뚫었어요."

"진을 말입니까?"

"들어오는 입구의 기관이 작동 중일 텐데 열리는 소리조차 없었어요. 그런데 진이 뚫리고 있다는 것은 무척이나 강한 존재가 들어왔다는 이야기입니다."

"나가시죠."

저량이 철무정과 등섭인을 보며 말했다. 운기조식을 취하고 있는 이상 침입자가 있다면 이곳에서 맞을 수는 없는 일이었다.

"소저는 이곳을 지키고 계시오. 침입한 자들은 우리가 막을 터이니."

저량을 비롯해 세 사람이 밖으로 나섰다. 암기가 설치되어 있기에 문을 열고는 바로 경신법을 시전해 안전하게 바닥에 내려앉았다. 초옥을 호위하는 형태로 자리한 세 사람은 매화나무가 형성하고 있는 진이 흔들리는 것을 볼 수 있었다. 그곳에는 창천하는 화기가 넘실거리고 있었다.

"제기랄, 아그니다."

철무정의 입에서 다급한 음성이 흘러나왔다. 진을 뚫고 들어오는 자가 누구인지 단숨에 알아볼 수 있었다. 창천하는 화기의 주인은 사사밀교의 십신장 중 하나인 화신(火神) 아그니만이 보일 수 있는 신위였다. 마침내 진을 뚫고 사람의 모습이 보였다. 적색에 화염 무늬가 형형한 옷을 입고 있는 자는 철무정의 외침대로 화신 아그니였다.

"후후후, 여기들 숨어 있었군."

"으음……."

"어젯밤의 두 놈 말고 다른 놈들도 보게 되다니, 뜻밖이로군. 석년의 원한을 갚을 수 있게 되었으니, 이곳 속담처럼 호박이 넝쿨째 굴러 들어온 것인가?"

불길이 타오르고 있는 거대한 창을 전면으로 향하고 있는 아그니는 철무정을 알아보았다.

"사사밀교가 개입되어 있다는 것은 알고 있었지만, 네놈까지 올 줄은 몰랐구나."

"역시, 우리가 개입한 사실을 알고 있었군. 가천호란 자의 뒤를 쫓는 자들이 있다는 쿠베라의 말이 있더니만, 바로 네놈들이었구나."

"오늘 일이 쉽지만은 않을 것이다."

"가소롭군. 당가의 쥐새끼를 순순히 내놔라. 그렇지 않으면 너희들에게는 고통스러운 죽음만이 있을 것이다."

"헛소리하지 마라."

"끝을 보겠다는 소리로군."

화르르르!

화염창에서 불길이 솟아올랐다.

'내공과는 전혀 다른 것이다. 어떻게 저런 것이 가능하단 말이냐!'

화기를 일으키는 열양장에 대해서도 많은 부분 알고 있으나, 아그니가 보여주는 모습은 저량에게는 뜻밖이었다. 놀라운 기세에도 불구하고 내공의 기운이 전혀 느껴지지 않았기 때문이다.

―법술이다. 내공하고는 전혀 상관없는 것이지. 저것 때문에 우리 사사묵련이 존재했던 것이고.

철무정이었다.

―저것을 막으려면 우선 오감을 차단해야 한다. 저건 실재가 환상이고, 환상이 실재인, 불가사의한 무학이니까. 지금 보니 전과는 상상도 할 수 없이 강해졌구나. 대형과 셋째 형이 당한 것도 무리가 아니었어.

강력한 힘을 보유하고 있다는 것은 알고 있지만, 이 정도까지는 아니었다. 일대일로 붙어도 충분하다고 생각했건만, 다시 보니 넷이 한꺼번에 합공을 해도 승부를 점치기 힘들었다.

"두르가가 깨어난 것이냐?"

"네놈들이 함부로 부를 분이 아니다. 그만 목숨을 놓아라."

팟!

화염창에서 불길이 뻗어 올라 철무정을 향했다. 불줄기가 그대로 창으로 화신해 철무정을 덮쳐들었다. 불의 창이 날아오자 철무정의 주변에는 묵색의 강기가 형성되었다.

쾅!

불꽃으로 이루어진 창이 철무정이 만들어낸 호신강기와 부딪쳐 화려한 폭발을 일으키며 화염이 되어 사방으로 산산이 비상했다. 첫 번째 공격을 철무정이 막는 사이, 저량과 등섭인은 빠르게 아그니에게로 다가들었다.

피피핏!

묵색의 지풍이 등섭인의 손에서 연이어 펼쳐졌다. 저량 또한 어느새 꺼내 든 것인지, 청강적필(靑剛赤筆)에서 연신 강기를 뿜어내고 있었다.

퍼퍼펑!

아그니가 화염창을 쥔 손을 휘저었다. 화염창의 불길을 따라 거대한 화륜이 생겨나며 두 사람의 공격을 막아갔다.

콰콰쾅!

연이어지는 폭발음과 함께 저량과 등섭인은 튕기듯 뒤로 물러났다.

"크으."

"음."

강기도 아니면서 강기를 튕겨내는 법술의 힘은 두 사람에게 내상을 입혔다. 간단히 휘젓는 동작만으로 생겨난 화륜의 힘은 그들의 예상을 초월한 것이었다.

"이, 이런 힘이라니……."

등섭인은 놀라지 않을 수 없었다. 자신들에게 보내진 힘은 아그니가 쏘아낸 힘의 일부분이었다. 그가 펼쳐 낸 대부분의 힘은 철무정에게 집중되어 있는 상태였다. 자신들과는 달리 무릎까지 흙에 파묻혀 버린 철무정은 입가로 가느다란 피를 흘리고 있었다.

─크으, 법술이라는 것이 이토록 강할지는 몰랐습니다. 이대로는 승산이 없습니다.

저량은 아그니의 힘을 보면서 무척이나 생소했다. 강기가 아니면서도 그보다 더욱 강한 파괴력을 내는 힘은 그로서도 생소했다.

─마, 맞는 말이다. 전대의 아그니보다 수배는 강한 놈이다. 두르가가 완전히 부활했다는 말인가.

등섭인은 믿을 수가 없었다. 전대의 아그니도 상대해 본 적이 있는 자신인데, 전대의 아그니와는 비교조차 할 수 없는 강함이었던 것이다. 어쩌면 오늘 이 자리가 자신의 무덤이 된다고 해도 하나도 이상할 것이 없을 정도였다.

─사사밀교가 완전히 부활한 것일지도 모른다는 말입니까?

─그럴 수도 있다. 두르가의 날개라는 십신장의 힘이 이 정도라면 두르가가 완전히 부활했다고 봐야겠지.

철무정은 힘겹게 무릎을 뽑아내며 사사밀교가 부활했을 것이라고 단정했다. 그 또한 석년에 아그니와 대적해 본 경험이 있었기 때문이다.

―일단 지금 저자를 막아내고 공자와 합류하는 것이 중요하겠군요. 사사밀교가 완전히 부활했다면 사사묵련 또한 그에 대비해야 하지 않겠습니까?

―그래야 하겠지만, 저놈에게서 벗어난다는 것도 쉬운 일은 아닐 것 같다.

어느새 아그니는 다음 공격을 준비하고 있었다. 이번 격돌에서 아그니 또한 조금의 우위를 차지했을 뿐, 그리 이득을 본 것은 아니었다. 등섭인과 저량의 공격을 막아내느라 사사밀혼심법의 사단계인 사방투(四方鬪)의 초입에 든 철무정의 힘이 그의 상단전에 침습한 탓이었다.

아그니의 화염창은 상단전을 이용한 일종의 정신 무공이었다. 아그니는 철무정의 무공이 일반적인 강기 무공이라고 생각했던 탓에 집중하던 힘을 조금 줄였지만, 사사밀혼심법의 사단계인 사방투도 일종의 정신 무공이었다. 강기와는 다른 힘이 그의 상단전을 어느 정도 흐트려 놓자 내상을 입은 것이다.

아그니는 그저 단순히 중원의 무공을 익힌 놈들이라는 생각이 없어졌다. 조금만 성취가 높았다면 자신이 피해를 볼 뻔했다. 이번의 일격으로 상황을 끝내려는 듯 그는 자신의 힘을 최대한 개방했다.

화륜이 돌았다. 화염창이 도는 것에 따라 거대한 불줄기가 원형을 이루며 사방으로 비산하기 시작했다. 화염창이 만들어낸 불의 줄기들은 내공으로 만들어진 것이 아니었다. 아그니의 의지에 따라 세상에 맴도는 기운 중 극양의 기운이 몰려드는 것이었다.

화르르르!

열기가 사방으로 비산했다. 기문진을 이루던 매화나무 숲도 어느새 화염에 휩싸였다. 아그니는 주변의 모든 것을 불로 소멸시키려 했다.

"형님!! 어서 사사밀혼심법을 극성으로 펼치십시오! 놈을 막을 방법은 그것밖에는 없습니다! 어서!!"

철무정이 소리를 질렀다. 아그니의 화염창을 막을 방법은 현재로서는 그것밖에는 없기 때문이었다.

철무정의 말에 등섭인은 사사밀혼심법의 삼단계인 전이혼(轉移魂)을 극성으로 전개했다. 혼돈의 기운에서 자신이 원하는 기운을 이끌어내는 전이혼을 극성으로 운용하며 음의 기운을 이끌어냈다. 영혼마저 불태울 것 같은 화기를 막기 위해서였다.

철무정도 마찬가지였다. 혼돈의 기운에서 뽑아 올린 음기를 사방투를 통해 뿜어내며 아그니가 뿜어내는 불의 힘에 대항했다.

"크으!"

저량은 아그니가 뿜어내는 불의 힘을 막을 방도가 없었다. 내공을 극성으로 끌어 올려 호신강기를 온몸에 둘렀지만, 지금 아그니가 뿜어내는 힘은 그가 감당할 수준이 아니었던 것이다. 그것은 대자연의 힘이었다. 지심화맥이 폭발하며 뿜어내는 용암의 열기를 능가하는 화기가 연신 몰아닥치자 저량의 입에서는 신음이 절로 흘러나왔다.

"크으, 이대로는 저놈에게 당한다."

저량은 가물거리는 의식을 찾으려 입술을 깨물었다. 자신의 능력이 팔야야에 근접하리라 내심 생각했건만, 그것이 아니었다. 한낱 사사밀교의 십신장 중 하나도 감당하지 못했다. 하지만 그에 반해 자신의 내공으로도 막을 수 없는 힘에 대항하는 사밀혼들이 경이로웠다. 어째서 대륙천안의 팔야야가 사사묵련의 힘을 무시하지 못하는지 이제야 알 수 있었다. 이런 무지막지한 힘을 발휘하는 자들을 그동안 사사묵련에서 막아왔다. 죽음을 담보로 그들의 중원 침공을 음지에서 저지해 왔던 것이다.

이대로는 끝이었다. 철무정이 초옥까지 뻗치는 열기를 막고 있지만, 그것은 언제 무너질지 모르는 둑과 같았다. 넘실거리며 밀려오는 화염의 파도를 막아내지 못할 것처럼 철무정은 힘에 부쳐 하고 있던 것이다.

자신의 힘을 막아내는 모습에 아그니는 화가 치밀어 올

랐다. 지금 발휘하고 있는 힘은 두르가의 날개들이 가지는 진정한 힘이었기에 그의 분노는 더욱 커져 갔다. 한낱 인간이 막을 수 있는 힘이 아니었다. 지난 수백 년 동안 사사묵련에 가로막혀 중원으로 진출하지 못한 것도 따지고 보면 십신장이 진정한 힘을 갖지 못했기 때문이다. 신의 권능이라 칭해지는 힘을 갖지 못했기 때문이다.

그런데 지금 온전한 힘을 찾았음에도 자신의 앞을 가로막는 자들의 힘에 자신의 화염창이 뿜어내는 신의 불길이 가로막히자 그의 입에서는 노성이 터져 나왔다.

"갈!! 마하 데바라자의 위대한 힘이 강림하리니, 천지를 화염의 지옥으로 가두리라!"

쾅!

아그니의 외침과 함께 화려한 불꽃놀이가 시작되었다. 굉렬한 폭발음과 함께 주변을 맴돌던 화영들이 하나로 뭉쳐 세 사람에게 몰려왔다.

화르르르!

모든 것이 불타올랐다. 대지와 하늘이 붉은 화염의 광휘 속에 숨을 죽였다. 철무정의 입에서는 쉴 새 없이 선혈이 뿜어져 나오고, 열기로 인해 입술이 새카맣게 말라갔다. 등섭인 또한 사사밀혼심법이 극한에 달했는지 눈에서 피눈물을 흘리고 있었다.

제일 치명적인 것은 저량이었다. 저량은 상단전을 이용

해 만들어진 신의 불꽃을 감당해 낼 만한 힘이 없었다. 어느새 호신강기는 풀려 있었고, 그가 입고 있던 옷은 어느새 재가 되어버렸다. 저량의 피부가 가공할 열기에 끓어올랐다.

"크으으, 이, 이대로 당하지는 않을 것이다."

마지막 한 올까지 잠력을 짜냈다. 그러나 밀려오는 아그니의 힘은 이미 그의 능력을 넘어서는 미증유의 거력이었다. 잠력이 사그라들며 서서히 그의 생명이 꺼져 가기 시작했다. 그리고 이내 저량은 의식을 잃었다.

"응?"

그러던 차에 아그니는 자신이 가지고 있는 최후의 힘을 뻗다가 기이한 현상을 목격했다. 화염창에서 뿜어내는 힘을 막아내지 못하고 이제 재로 변하는 일만 남은 자의 몸에서 붉은 기운이 솟구치는 것을 목격한 것이다. 저량이었다.

붉은 화염이 몰아치는 가운데 그보다 더욱 선명한 붉은 기운이 저량의 몸에서 피어오르고 있었다. 이미 의식을 잃어 죽음의 강을 한 발자국 넘은 것 같은 저량의 몸에서 피어오르는 알 수 없는 붉은 기운에 아그니는 놀라지 않을 수 없었다.

그 붉은 기운은 서린이 저량의 몸에 심어놓은 혈왕기였다. 저량이 의식을 놓은 찰나, 혈왕기가 일어나 화염창의 열기를 감당하기 시작했던 것이다. 호신강기로도 막지 못하던 화염이 갈라졌다. 마치 천적을 만난 듯 혈왕기와 만나는 화염들이 알아서 자리를 피해갔다. 혈왕기는 꿈틀거리며 아그니를 향해 점차 다가가고 있었다.

'어찌 이런 기운이?'

미지의 기운이 자신에게 다가오고 있지만, 아그니는 막을 수가 없었다. 정신과 의지를 집중해 화염을 일으켜 차단했지만, 거슬러 오르는 혈왕기는 점차 빨라지고 있었다.

"저건 나의 의지를 넘어서는 힘이다. 두르가 님만큼이나 강대한 정신력의 산물이다."

상단전을 열어 천지의 기운으로 화염의 창을 부리는 것은 정신의 산물이다. 하지만 그보다 더 큰 정신력을 만나면 간단히 허물어질 것이 분명했다. 그것은 자신의 죽음과도 일맥상통했다.

'저놈은 힘의 근원을 따라 헤엄치고 있다. 바로 나를 향해서. 이대로 끝날 수는 없다. 이대로는!!'

이대로 죽을 수는 없는 일이었다. 아그니는 최후의 방법을 생각했다. 주변을 온통 화염의 폭발 범위 안에 두는 것이었다. 동굴이 붕괴될 것을 염려해 세 사람에게 폭발의 힘을 집중시키던 것을 멈추고, 이곳 전체를 폭발시켜 버리면 파고드는 혈왕기를 막을 수 있을 것 같았다.

츠즈즈즈!!

끓어오르는 물처럼 주변의 화염이 잔잔히 퍼져 갔다. 아그니로서도 최후의 선택을 한 것이었다.

쾅!! 콰…콰쾅!!

화르르르르!

번쩍!!

혈왕기가 아그니에게 반 장여에 이르렀을 때, 화려한 폭발이 시작되었다. 강력한 폭발음과 함께 불꽃들이 퍼져 나가며 천지사방으로 섬광을 퍼트렸다. 사방을 가득 메운 암석이 녹아내리고, 분지 안에 있던 매화나무 숲은 순식간에 재가 되어버렸다. 분지 안에 있던 모든 것들이 강렬한 섬광과 함께 서서히 사라져 갔다.

*   *   *

성도 전역이 숨을 죽였다. 발 빠른 무림맹의 행보로 인해 혈겁이 일어난 성도 인근에 삼엄한 경계망이 펼쳐졌기 때문이다. 사자무적단은 천라지망을 펼쳐 혈겁을 일으킨 흉수들을 찾기 시작했다. 육대운과 윤상호는 사자무적단의 행보에 관심을 가졌다. 그들이 어떤 판단을 하느냐에 따라 사천당가의 몰락이 결정되기 때문이었다.

서린의 예상대로 복면인들의 품에서 나온 신분패는 얼마 있지 않아 발견이 되었다. 그것은 사자무적단의 수뇌부에게는 충격이었다. 그렇지만 분명 당가의 가주를 비롯한 문인들은 사종독인과 복면인들을 상대로 처절한 혈전을 벌였다는 것이 각파에서 살아남은 제자들의 증언이다 보면 어떻게 된 일인지 도저히 상황을 짐작할 수 없었다.

"흉수들의 품에서는 당가의 인물들이 소지하고 있는 패가 나오지를 않나, 당가의 식솔들은 하나도 남아 있지 않고 어디로 행방을 감춘 것인지 종적이 묘연한 상태니, 도대체 이것이 어떻게 된 일인지 모를 일이오."

사자무적단의 단주인 소요검(逍遙劍) 남궁일산(南宮一霰)은 풀리지 않는 수수께끼에 분통을 터트렸다. 정황으로 봐서는 이번 혈겁에 당가가 관련된 것이 분명하지만, 함부로 속단할 수 없는 일이기 때문이었다.

"단주님, 상황은 세 가지로 요약될 수 있습니다."

사자무적단의 군사라 할 수 있는 제갈미는 눈을 빛내며 좌중을 둘러보았다.

"그게 무엇이오, 군사?"

"첫 번째는 사종독인과 당가의 문인으로 보이는 자들이 이번 혈겁에 가담되었다는 것과, 두 번째는 천무전에서 일어난 혈겁의 흉수가 누구냐 하는 것, 그리고 사라진 당가주와 당가 사람들입니다."

"그걸 몰라서 우리가 이러고 있는 것이 아니지 않소?"

새로운 의견도 아니고, 자신도 알고 있는 상황을 나열하듯 알려주는 제갈미를 향해 남궁일산이 인상을 찌푸렸다.

이번 사건을 해결하는 데 아무런 도움이 되지 않는 것이다.

"모두들 알고 계시니 설명하기 쉽겠군요. 우선 사종독인은 당가가 아니면 무림의 어느 단체도 만들 만한 여력이 없습니다. 마교의 혈강시에 대응하려 당가에서 사종독인을 배출하기 위해 심혈을 기울였다는 것은 여러분도 잘 알고 있을 것입니다. 또한 발견된 신분패는 당가의 최고 고수라고 할 수 있는 일수천화가 직접 키운 천화혈대에 소속된 자들이 지닌 것임이 밝혀진 이상 직간접적으로 당가가 관련되어 있다는 것은 불문가지입니다."

"그럼 당가가 이번 혈겁의 주범이라는 것이오?"

"으음, 증거는 명확하지만, 단언은 할 수가 없습니다. 당가가 혈겁의 흉수라는 것이 맞아떨어지기 위해서는 몇 가지 의문점이 우선 밝혀져야 하니 말입니다."

"의문점이 뭐요?"

"굉운 선사의 증언으로는 천무전에 있던 명숙들 중 몇몇이 갑자기 각파의 장문인과 원로들을 습격했다는 것입니다. 도저히 이해가 가지 않는 일이지요. 그들이 그럴 이유가 전혀 없었으니까 말입니다."

"맞는 말이오."

"그리고 당가가 파산검 어르신을 지키기 위해 사종독인과 복면인들을 상대로 혈전을 벌였다는 증언도 있습니다."

"사실이오?"

"상당수 제자들이 목격한 일입니다. 그렇게 싸웠다면 이번 혈겁과 당가가 관련이 없다는 것이 분명한데, 어째서 파산검 어르신과 함께 모두 사라진 것인지 점점 더 오리무중입니다."

남궁일산은 제갈미의 말에 이번 당가에서의 혈겁이 간단치 않은 사안임을 느낄 수 있었다. 말을 들을수록 점점 더 미궁으로 빠지는 느낌을 지울 수 없었다.

"으음, 그러니까… 우리가 알지 못하는 음모가 이번 혈겁에 있다는 것이오?"

"그렇습니다. 저희가 미처 파악하지 못하는 부분이 있을 확률이 높습니다. 그러니 이번 혈겁의 이면에 감추어진 것이 무엇인지 빨리 찾아내야 할 것입니다. 이대로라면 당가가 멸문하리라는 것은 충분히 예상할 수 있는 일이니까요."

"큰일이로군."

남궁일산은 일의 심각성을 새삼 느낄 수 있었다. 생사가 불분명한 파산검의 일도 큰일이지만, 이번 일이 만약 당가의 소행이라면 무림맹의 근간이 흔들릴 수도 있는 중요한 사안이었다.

"이럴 때 군사의 부친께서 계셨다면 이번 일을 해결하는 데 훨씬 수월할 텐데……."

"아버님께서는 비원각주의 부탁으로 숙부님들과 함께 떠나셨으니 조만간 돌아오시기는 힘들 겁니다."

"그분의 도움을 받을 수는 없지만, 그나마 다행한 일이오. 이곳에 계셨다면 흉측한 일을 당하셨을 수도 있었으니 말이오. 그나저나 비원각주가 제갈가주께 무슨 부탁을 한 것인지……."

"모르지요. 저에게도 아무런 연락도 하시지 않은 것을 보면 비밀을 요하는 일이 분명합니다. 어쩌면 이번 당가의 혈사와 관련이 있는 일일 수도 있고요."

"으음……."

타타탁!

세 사람이 이야기를 나누고 있는 곳으로 누군가가 다급하게 들어왔다. 방문을 열고 들어온 이는 서문인이었다.

"무슨 일인가?"

"가보셔야겠습니다. 영릉으로 향하는 길에 시체들이 발견되었는데, 아무래도 심상치가 않다는 보고입니다."

"영릉으로 가는 길에 시체가?"

"이번 혈겁과 관련이 있는 것 같습니다. 직접 가보시는 것이 좋을 것 같습니다."

"알았네. 가보세."

남궁일산은 서문인의 보고에 서둘러 영릉 방향으로 갔다. 제갈미와 남궁호 또한 서문인의 표정에서 일의 심각함을 느꼈기에 같이 길을 나섰다.

현장에 도착한 네 사람은 놀라움을 금치 못했다. 영릉으로 향하는 관도 변의 한적한 공지에 시체 십여 구가 썩어들어가고 있던 참이었다. 네 사람은 싸늘한 안광을 흘리며 주변을 경계하고 있는 사자무적단을 뒤로하고 시체들을 살피기 시작했다. 더운 날씨에 부패가 시작된 듯 고약한 냄새를 풍겼지만, 네 사람은 인상을 찌푸리면서도 살피는 것을 게을리하지 않았다.

"어떤가?"

"틀림없는 것 같습니다."

남궁일산의 의견에 제갈미는 확신에 찬 어조로 대답을 했다. 이번 일의 실마리가 어느 정도 풀린 것이었다.

"당분간 이 사실은 비밀에 붙이게. 그리고 이분들의 사체를 회수하여 비밀리에 당가로 옮기도록 하고."

"총단에는 어떻게 할까요?"

"연락을 취하게."

"알겠습니다."

제갈미의 지시에 따라 공터에서 발견된 목 없는 시체들은 비밀리에 당가로 옮겨졌다. 은밀히 진행된 이 일은 당가의 명운과도 직결된 일이었다. 남궁일산과 제갈미 일행은 빠르게 당가로 돌아왔다. 한 가지 확인할 일이 있어서였다. 그들이 향한 곳은 천무전이었다. 각파 수뇌들의 시신은 관에 담긴 채 천무전 한쪽에 안치되어 있는 중이었다.

"확인해 보게."

"잠시만 기다리십시오."

남궁호는 남궁일산의 지시에 관을 열고 시체를 살피기 시작했다. 그가 살핀 것은 화산파의 일대 제자 중 하나의 시체였다. 옆에서 지켜보고 있던 화산의 제자들은 인상을 찌푸렸으나, 사건을 조사하는 것임을 알기에 제지하려 나서지는 않았다. 남궁호는 시체의 얼굴을 살피더니, 곧 단검을 꺼내 피부에 상처를 냈다.

스윽!

"으음."

찌이익!

신음을 흘린 남궁호가 상처 부위를 잡아당기자 화산파 제자의 얼굴 가죽이 뜯겨져 나왔다. 그리고 그 안에는 화산파 제자의 얼굴과는 전혀 다른 새로운 얼굴이 나타났다.

"저, 저자는?"

죽은 자는 살아남은 화산파의 제자들도 익히 안면이 익은 자였다.

"아는 자인가?"

남궁일산은 화산파의 제자들이 경호성을 터트리자 누구인지 물었다.

"당가 소속인 천화혈대의 대원입니다. 전에 본 일이 있습니다."

"그렇습니다. 저자의 이름이 아마도 당중호라고 했던 것 같습니다."

남궁일산은 자신의 생각이 맞음을 확신할 수 있었다.

"모두 확인해 보게."

"예."

"알겠습니다."

서문인과 남궁호는 몇몇 관을 열어 시체들을 확인해 나갔다. 똑같이 얼굴 가죽이 벗겨지고 다른 사람의 얼굴이 나타난 시체의 숫자는 공터에서 발견한 시체의 숫자와 같았다.

"지금 이 자리에서 본 일은 모두 함구하라. 모든 것은 총단에서 사람이 오면 밝혀질 것이다."

남궁일산은 천무전에서 시체들을 지키고 있던 각파의 제자들에게 불문에 붙일 것을 지시했다. 일의 여파가 만만치 않은 이상 숙의가 필요했던 것이다.

'도대체 어찌 된 일이지? 단순히 생각할 일이 아니다. 군사의 말대로 음모가 도사리고 있을 확률이 높으니 말이다.'

수백 년 동안 정파의 한 축으로 자리 잡은 당가가 이처럼 혈겁을 일으킬 이유가 전혀 없었다. 생각보다 일이 크게 벌어지자 정확한 상황을 파악하기 위해서는 면밀한 조사가 필요함을 남궁일산은 느꼈다.

"당가뿐만 아니라 움직임이 수상한 자들을 찾아야 한다."

남궁일산은 성도 인근에 퍼져 있는 사자무적단에게 새로운 지시를 내렸다. 수상한 사람을 잡아들이는 것에서 당가의 사람들을 잡아들이라는 명령으로 바뀐 것이다.

"그리 조치하겠습니다."

제갈미는 전령을 통해 빠르게 지시를 하달했고, 사자무적단은 성도 인근에 천라지망을 친 후 수상한 인물들을 찾아 나섰다. 세밀한 감시가 이루어졌지만, 수상한 자들은 발견되지 않았다. 당가의 인물은 물론이고, 비무 대회에 참가했던 자들까지 하나도 보이지 않았다.

사건은 점점 더 오리무중 속으로 빠져들어 갔다. 남궁일산을 비롯한 사자무적단의 수뇌부들은 곤혹스럽기 그지없었다. 살아남은 각파의 제자들이 당가를 범인으로 지목하고 나선 것 때문이었다. 움직일 수 없는 증거와 정황이 그렇게 상황을 몰아가고 있었다. 무엇보다 당가의 가주인 당무결과 당가의 식솔들이 사라진 영향이 컸기에 이번 혈사의 흉수가 당가라는 사실이 굳어져 갔다.

8장. 금제해결(禁制解決)

당무결은 비령전 안에 암기를 보관하고 있는 석실로 들어섰다. 이미 비령전 안에 있는 사람들이 음모의 전말을 알고 있는 마당에 굳이 이런 장소를 원하는 것 자체가 의문스러웠다. 특히나 당삼결과 금수주가 면포로 감싸 업고 들어온 사람들로 인해 의혹은 더욱 증폭됐다.

"이곳은 아주 은밀한 곳이네. 이곳이라면 조용히 이야기할 수 있을 것이네. 나에게 할 이야기라는 것이 무엇인가?"

"그전에 두 사람을 일단 눕히는 것이 좋을 것 같군요. 삼결 형과 금 형께서는 자리에 두 사람을 눕히도록 하세요."

서린의 말에 두 사람은 당고란과 당무인을 눕혔다. 두 사람을 자리에 눕히자 서린은 면포를 벗겨냈다.

"아니!!"

"그렇습니다. 일수천화 님과 가주님의 막냇동생인 당무인이라는 분이지요. 하지만 일수천화 님은 분명히 맞습니다만, 이자는 다른 사람입니다."

찌이익!

서린은 당무인의 얼굴에서 인피면구를 벗겨냈다. 그 안에는 전혀 다른 사람의 얼굴이 들어 있었다.

"무, 무인이가?"

인피면구는 분명 사람의 가죽이 분명했다. 그것도 돈피 같은 것으로 만들어진 것이 아닌, 본래 사람의 얼굴 가죽임을 확인한 당무결은 자신의 막냇동생인 당무인이 죽었다는 사실을 예측할 수 있었다.

"가주님, 이자가 당무인으로 변장하고 있었습니다. 혹시 이자에 대해 아십니까?"

막냇동생의 죽음으로 인해 격동하고 있는 당무결을 일깨우듯 서린은 자신의 음성에 내공을 실었다.

"크으, 전혀 모르는 얼굴이네. 이자가 어째서 무인이의 얼굴 가죽을 뒤집어쓰고 있는 것인지… 이, 이런! 큰일 났네!"

당무결은 급한 듯 소리쳤다.

"무슨 일입니까?"

"어르신들이 위험하네, 어르신들이!"

"그럼……."

서린은 당무결이 말하는 사람들이 누구인지 짐작할 수 있었다. 그들은 모종의 일을 처리하기 위해 당가를 떠난 전대 장로 들이었다.

"그렇다네. 장로님들께서는 혈교의 잔당들을 처리하러 떠나셨네. 가시는 길에 무인이를 따로 불러 무엇인가 지시를 하셨네. 이자가 무인이로 화신했다면, 혈교 놈들도 장로님들이 자신들을 치러 갔다는 것을 알 것일세."

"그렇다면 놈들은 당가가 빠져나올 수 없는 덫을 친 것이로군요."

"무엇이 말인가?"

"그분들이 한 행동으로 인해 당가는 빠져나올 수 없는 덫에 걸려든 것 같습니다."

"그것은 또 무슨 말인가?"

"당가가 이번 혈사의 흉수로 완전히 낙인찍힌다는 뜻입니다. 무림맹의 명숙들을 해친 것은 물론이고, 사천성 일대의 중소 문파들을 상대로 혈겁을 일으켰다는 누명을 쓰게 될 것이 분명하다는 말입니다."

서린은 사천성 곳곳에서 벌어지고 있는 알 수 없는 혈겁이 당가의 전대 장로들에 의해 벌어지고 있음을 짐작할 수 있었다. 그들이 혈교의 잔당이라는 것이 밝혀지면 별문제

없겠지만, 그것은 부질없는 바람이 분명했다. 당무인이 바뀐 이상 혈교가 모든 것을 알고 있을 것이 틀림없기 때문이었다.

"아마도 전대 장로들께서 처리한 중소 문파에서는 증거가 하나도 안 나올 겁니다. 그들이 모든 것을 지울 테니 말입니다. 명숙들에 이어 사천성 내의 중소 문파들까지 당했다면, 이번 혈사의 흉수는 당가라고 완전히 규정지어질 것이 분명합니다."

"으음!"

서린의 말은 당무결의 가슴을 아프게 했다. 수백 년을 이어 온 당가의 운명이 이제 끝나는 것이 아닌가 하는 생각까지 들게 했다.

"그보다 더 급한 일이 있습니다."

"무엇인가?"

"일수천화 어르신을 깨우는 것입니다. 아무래도 놈들이 일수천화 어르신에게 손을 쓴 것 같으니 말입니다."

"그 말은 무슨 뜻인가?"

"일수천화 어르신은 혈교의 제혼대법에 당하신 것 같습니다."

"정말인가?"

"그렇습니다. 다행히 완전히 당하신 것이 아닌 것 같습니다만, 어르신을 깨우는 것이 쉽지만은 않을 것 같아 걱정입니다."

"쉽지가 않다는 말인가?"

"혈교의 제혼대법은 아무리 무공이 강한 사람이라고 해도 쉽게 이겨낼 수 있는 것이 아니기 때문입니다."

"그렇다면 큰일이 아닌가?"

"걱정하지 마십시오. 어렵기는 하지만 제게 방법이 있으니 말입니다."

"자네에게 방법이 있는 것인가?"

"그렇습니다. 일단 파산검 어르신과 일수천화 어르신에 대해서는 이곳에서 치료를 하도록 하겠습니다. 그러니 가주께서는 밖에 있는 사람들에게 이자의 정체를 밝히고 앞으로의 행보를 의논해 주시기 바랍니다. 이곳에 무한정 갇혀 있을 수는 없는 일이니 말입니다."

"알겠네. 그런데 시간이 얼마나 걸리겠나?"

"무한정 있을 수는 없겠지요. 대략 열흘 정도 걸리게 될 것 같습니다."

"알았네. 난 이만 나가보도록 하겠네. 밖에 있는 사람들을 추슬러야 하니 말이네."

"그렇게 하도록 하십시오. 그리고 일수천화 어르신이 제정신을 차리기만 한다면 놈들을 상대할 방법이 있을지도 모르니, 너무 걱정하지 마시고 말입니다."

"고맙네. 너희들은 나를 따라와라."

위로하는 서린에게 감사의 눈빛을 보인 당무결은 당삼결과 함께 당무인을 데리고 나갔다. 석실에는 의식을 잃고 있는 두 사람을 비롯해 서린과 금수주, 그리고 육소운만이 남았다.

"두 분은 호법을 서주시기 바랍니다. 이번 사안이 중요한 만큼 이분이 얼마나 빨리 정신을 차리느냐가 주요한 관건이 될 겁니다."

"알겠습니다, 공자."

"알았습니다."

금수주와 육소운 또한 서린의 말뜻을 짐작할 수 있었다. 당가만이 걸린 문제가 아니라는 것을 잘 아는 까닭이었다.

'이제 이분들을 깨우는 일에 전력을 다해야 한다. 혈왕기를 믿는 수밖에……'

일수천화와 파산검을 치료하기 위해 서린은 혈왕기를 최대한 활용하기로 마음먹었다. 지금 상태에서 이지를 회복시킬 수 있는 유일한 방법이기 때문이었다. 믿었던 자에게 당한 배신감에 마음의 상처를 입어 의식을 회복하지 못하는 파산검과 혈교의 제혼대법에 당한 일수천화를 고치기 위해서는 혈왕기 같은 마음의 공부가 유일한 방법이었다. 금수주와 육소운이 호법을 서는 가운데 서린은 가부좌를 틀고 앉았다. 본격적인 치료를 위해서였다. 서린의 몸에서 붉은 기운이 감도는 것을 느낀 두 사람은 긴장한 채 사방을 경계하기 시작했다.

*   *   *

"예상대로 당가가 흉수로 몰리고 있는 것 같습니다. 어째서 그 시체들이 오래전에 죽은 것처럼 부패한 것인지는 모르겠지만, 완벽한 올가미에 걸려든 것 같습니다. 그리고 천무전에 있던 자들은 바꿔치기된 것이 틀림없습니다. 그자들 중에 원래부터 천무전에 있던 자들은 하나도 없었으니까요."

육대운은 알아온 소식을 토대로 진행되는 사항에 대해 생각해 봤지만, 뾰족한 수가 없다는 사실에 머리가 아플 지경이었다. 당가가 완벽하게 흉수로 몰리고 있던 것이다. 그동안 윤상호와 육대운은 사자무적단의 행보를 모두 지켜보았다. 특히 천무전에서 죽어 있던 각파 명숙들이 천화혈대의 변신이라는 사실은 그들에게도 충격이었다. 육대운은 당무결의 명령으로 천무전을 감시하고 있었기에 발견된 자들이 나중에 천무전으로 옮겨졌음을 알 수 있었다.

"그런 것 같네. 앞으로 어떻게 될지 큰일이군. 당가가 흉수로 몰리면 놈들이 어떤 이득이 있기에 이런 일을 벌이는 것인지 모르겠지만, 최대한 알아내야 할 것이네."

윤상호는 지금 상태에서 자신들이 할 일이 별반 없다는

것을 알 수 있었다. 지금 나서서 당가를 변호해 보았자 흉수로 몰리는 것밖에는 여지가 없기 때문이었다.

"그럼 이제부터 어떻게 행동해야 하는 건가요?"

"천 공자는 당가의 전대 장로들의 행방을 찾으라고 했소. 그리고 저량이라는 사람의 행방도 함께 찾으라고 했소. 그들이라면 이번 일을 파헤치는 데 도움이 될 거라고 말이오."

윤상호는 서린이 알려준 대로 당가를 나가기로 했다. 사무적단에서 당가를 벗어나지 말도록 제지했지만, 금강빈관에 머물 것이라는 말에 어렵게 당가를 벗어날 수 있었다. 비상사태임에도 윤상호가 육대운과 함께 당가 밖으로 나설 수 있던 것은 그가 지금 떠오르고 있는 장백파의 장령 제자라는 이유가 컸다.

금강빈관으로 돌아와 방을 잡은 윤상호는 창문 밖에 표식을 남겼다. 손가락만 한 붉은 천 조각 하나를 창문 틈에 끼워놓은 것이다. 저량을 찾기 위해 서린이 알려준 삼도회의 밀마였다. 윤상호는 사자무적단에서 자신과 육대운을 암암리에 감시하는 것을 알고 있었다. 드러내 놓고 당가의 혈겁을 조사할 수 없음을 느낀 그는 육대운과 의논하여 금강빈관의 유광을 통해 당가에서 벌어지고 있는 일을 확인하기로 했다.

'그자들의 수급을 취한 것은 당가를 막다른 골목으로 몰

기 위해서일 것이다. 일이 점점 어렵게 흘러가는구나.'

유광을 통해 확인한 바로는 모든 것이 당가에 불리하게 돌아가고 있었다. 문제는 영릉으로 가는 길에서 자신들을 막아섰던 자들이 머리 없는 시체로 변한 데서부터였다. 그들 모두는 각파의 명숙들이었고, 그들의 얼굴 가죽을 뒤집어쓴 자들이 천무전에서 죽어 있는 것이 문제였다. 또한 천무전 밖에서 죽은 자들의 품에서 나온 신분패로 인해 이 모든 것이 당가의 음모라는 의견이 지배적이었다.

"당가가 씻을 수 없는 오명을 뒤집어쓴 것 같소. 놈들이 노리는 것이 도대체 무엇이기에 이리도 철저히 당가에 누명을 씌우려는지… 육 형은 어떻게 생각하시오?"

윤상호는 곤혹스러운 안색으로 뭔가를 생각하고 있는 육대운에게 물었다.

"놈들이 당가 하나만을 노리는 것이라고는 생각되지 않습니다. 만약 당가주께서 피하지 않고 그대로 계셨다면 오명을 피할 수 없었을 겁니다. 천 공자가 당가를 피하게 한 것은 잘한 일인 것 같습니다만, 앞으로 어떻게 해야 할지 난감한 일입니다. 아직은 세상에 알려지지 않았지만, 무림맹에서는 분명 이번 혈사가 당가의 음모라고 밝힐 것이 분명합니다. 진정 어찌하면 좋을지 모르겠습니다."

육대운 또한 뾰족한 방법이 없는 것인지 말끝을 흐렸다.

"살아남으신 명숙 중 한 분인 화산파의 광풍자께서 당가에서 그럴 리가 없다고 강변하고 있다고는 하지만, 아마도 그분의 의견은 먹히지 않을 겁니다. 그러니 당가가 음모의 흉수라고 정해지는 것은 시간문제겠지요. 일단 주변의 정세를 파악하는 것이 급선무입니다. 이번 일로 누군가 이익을 얻을 것인지, 그리고 무림맹에서 누가 실권을 잡아 나가는지 살피다 보면 적의 윤곽에 대해서도 드러날 것입니다. 그렇게 하려면 탁월한 정보망이 필요한데, 저량이라는 사람은 어째서 연락이 없는 것인지 걱정입니다."

서린이 찾으라고 한 저량에 대한 소식은 들려오지 않았다. 삼도문의 표식을 밖에 달아놓았지만, 아무런 연락이 없기에 윤상호의 시름은 깊어갔다.

"일단 할 수 있는 것은 최대한 해봅시다."

"뾰족한 수가 있는 것은 아니지만, 지금은 그것이 최선인 것 같습니다."

불리한 상황이지만 포기할 수는 없었다. 두 사람은 당가의 무죄를 밝히기 위해 바쁘게 움직이기 시작했다.

주변 상황을 파악해 나가는 데 시간이 흘러 이윽고 무림맹의 인사들이 사천에 당도했다. 성도 주변을 탐문하던 윤상호는 무림맹의 인물들을 볼 수 있었다.

'쉬지도 않고 달려온 모양이군.'

혈겁이 일어나고 칠 일째였다. 최대한 빠르게 길을 재촉한 듯 그들은 잔뜩 먼지를 뒤집어쓰고 있는 모습이었다.

'부맹주까지 온 것을 보니 무림맹에서도 이번 사안을 심각하게 생각하는 모양이구나.'

무림맹에서 파견된 인원의 선두에 선 자는 부맹주인 천수일권(千手一拳) 황보무강(皇甫婺岡)이었다. 당가 앞에 말을 타고 모습을 드러낸 일행은 하나같이 먼지를 뒤집어쓴 모습에도 형형한 눈빛을 하고 있었다. 전서구를 받고 급파된 이들의 면모는 가히 무림맹의 전부라 해도 과언이 아니었다.

황보무강을 비롯하여 정체가 신비에 싸인 비원각주(秘苑閣主), 그리고 구파의 연합체라고 할 수 있는 은하검룡단(銀河劍龍團)과 세가가 주축인 창궁전륜단(蒼穹轉輪團)이었다. 은하검룡단과 창궁전륜단을 당가 앞에 대기시킨 황보무강은 두 단주와 함께 당가로 들어섰다.

잠시 뒤, 거대한 산악처럼 장대한 체구를 지닌 황보무강과 면사로 얼굴을 가린 비원각주는 객청에서 남궁일산으로부터 그동안 사자무적단이 조사한 사실에 대해 들을 수 있었다. 직접 사건을 조사하게 될 은하검룡단과 창궁전륜단의 두 단주인 매화검(梅花劍) 조천호(曺闡豪)와 태화권(泰火拳) 정무성(鄭霧星) 또한 남궁일산의 설명을 경청했다.

"지금 남궁 단주가 조사한 내용이 사실이라는 말이오?"

당가가 흉수라는 이야기에 대해 황보무강은 어이가 없을

지경이었다. 무엇이 부족해서 당가가 그런 혈사를 일으켰는 지 도저히 이해를 할 수 없던 것이다.

"그렇습니다, 부맹주님. 현재까지 조사한 사실로는 당가가 이번 혈사의 원흉임이 틀림없습니다. 무엇보다 당가에서 꺼릴 것이 없다면 이렇게 사라지지도 않았을 것이고 말입니다."

"으음, 그렇다고는 해도 이상한 점이 한두 가지가 아니군요."

비원각주가 의문을 표시했다. 정황상 의문 나는 것이 한두 가지가 아니었기 때문이다.

"무엇이 말입니까?"

"일단, 당가주가 파산검 어르신을 보호했다는 사실입니다. 사종독인으로 보이는 자들과 복면인들로부터 말입니다. 흉수가 당가라며 당가주가 그런 행동을 할 리 없습니다. 그리고 천화혈대의 신분패 말입니다. 그들의 몸에서 나온 것뿐이지, 독으로 인해 시체들이 다 녹아버려 그들이 천화혈대에 속한 자들이라는 것이 밝혀진 것은 아니지 않습니까? 더욱 의심스러운 것은 다른 자들은 다 녹아내렸는데 천무전에 있던 자들은 그렇지 않았다는 것입니다. 마치 자신들이 범인이라고 시위하는 것 같지 않습니까?"

냉철한 분석이었다. 비원각주의 말을 들어보면 이번 혈사에는 뭔가 말이 맞지 않는 부분이 많았던 것이다.

"저희도 그런 것을 생각하지 않은 것이 아닙니다. 하여 무림에 미칠 여파가 만만치 않기에 두 분이 오실 때까지 아무런 사실도 공표하지 않고 기다리고 있었습니다."

황보무강이 고개를 끄덕였다.

"그것은 잘했다, 남궁 단주. 일단 살아남은 당가 사람들의 행방부터 찾아야 할 것이다. 어찌 됐든 그들이 사건의 중심에 있었으니. 그리고 파산검 어르신의 생사도 중요한 일이다. 이번 혈사에 대한 조사는 여기 두 단주에게 인계하고, 사자무적단은 파산검 어르신을 찾는 일에 전력을 기울이도록 해라."

"알겠습니다, 부맹주님."

"알겠습니다."

"소문이 빠른 속도로 퍼지고 있다. 한시가 급하니 모두 서두르도록 해라."

"명을 받습니다."

비원각주의 지시에 각자의 역할이 정해진 세 사람은 길게 읍한 후 객청을 나섰다. 무림맹이 가지고 있는 무력의 중추인 삼단이 나선 이상 이번 사건에 대해 낱낱이 밝혀질 것이 확실함을 자신한 황보무강은 비원각주를 쳐다보았다.

"각주, 각주는 이번 사태에 대해 어떻게 생각하시오?"

"두 가지예요. 나타난 정황대로 당가가 흉수이거나, 누군가 무림맹을 상대로 음모를 꾸미고 있거나 말이죠. 해서 이번에 본 각에서는 전면적인 감찰을 실시하고자 해요."

"전면적인 감찰을 말이오?"

"물론이죠. 누군가가 당가를 홍수로 몰아가는 것 같아 예감이 안 좋아요. 그리고 무림맹 내에 간세가 스며들어 있다는 생각이 뇌리를 떠나지 않고요. 아무래도 이번 혈사는 당가보다는 무림맹을 와해시키려는 음모가 아닌가 하는 것이 제 일차적인 판단이에요. 그러니 전면적인 감찰이 필요하다고 봐요."

비원각주는 당가보다는 다른 세력이 배후에 있다는 것에 무게를 더 두는 것 같았다.

"으음, 나도 공혜 선사님의 말씀을 듣고 그런 느낌이 들기는 했소."

"공혜 선사님이요?"

"그렇소. 언제부터인가 무림맹 내에 암운이 깃들어 있는 것 같다는 선사님의 말씀이 있었소. 그러니 그 일은 전적으로 비원각주에게 맡기겠소. 나또한 예외가 아닐 터이니 말이오."

황보무강 또한 진한 음모의 냄새를 맡을 수 있었기에 비원각주의 의견에 찬성을 했다. 이곳으로 오기 전 공동 맹주 중에 한사람인 공혜 선사(空慧禪師)로부터 들은 이야기도 있기 때문이었다.

"부맹주님께서는 일단 사라진 당가주와 파산검 어르신을

찾는 것에 주력해 주세요. 그리고 밖으로는 당가가 이번 혈사의 원흉인 것처럼 공표하도록 하고 말입니다."

"당가를 흉수로 공표하자는 말이오?"

"만약 암중에 숨어 있는 자들이 있다면, 그들을 끌어내기 위해서는 어쩔 수가 없어요. 당가가 흉수라면 그것으로 굳어질 테고 말이죠."

"알겠소."

"그럼 굉운 선사를 보러 갈까요? 지금쯤 정신을 차렸을 테니 말입니다."

"그렇게 하도록 합시다."

가장 가까이서 사건의 진상을 지켜본 사람이기에 황보무강은 비원각주가 소림의 굉운 선사부터 조사하려 한다는 것을 알 수 있었다.

'굉운 선사부터 조사를 하다니, 강단이 있군.'

비원각주는 여인으로서 처음으로 맹주들의 추천으로 비원각의 각주가 된 사람이었다. 황보무강도 진정한 정체를 알지는 못했지만, 그녀가 삼성의 공동 전인일 거라는 생각을 하고 있었다. 무림맹 최고의 재녀라는 제갈미를 능가하는 재지와 아직은 한 번도 선보이지 않았지만, 삼성의 공동 전인이라면 가공할 무공까지 가지고 있을 것이라는 것이 그의 판단이었다.

＊　　　＊　　　＊

똑! 똑!

지난 열흘간 아무것도 알아낸 사실이 없어 고민하고 있는 가운데 문을 두드리는 소리가 들렸다. 윤상호와 육대운은 밖에 있는 사람이 당가에서 벌어지고 있는 일을 알아가지고 온 유광임을 알 수 있었다.

"유광이냐?"

"예, 접니다."

짐작대로 돌아가는 사정을 알아보러 떠난 유광이었다.

"들어오너라."

방으로 들어온 유광은 탁자에 앉았다.

"무림맹에서 사람들이 와서 그런지, 당가 쪽은 분위기가 흉흉하기 그지없습니다. 그리고 전에 말씀하신 것처럼 당가가 흉수임을 공표할 모양입니다."

"역시 예상대로구나. 이를 어찌할지……."

정해진 수순처럼 무림맹에서 당가를 흉수로 지목하려 하기에 육대운의 얼굴은 조금도 펴지지 않았다.

"걱정하지 말게. 천 공자가 당가주를 데리고 피신한 것은 이러한 사태까지 예상했기 때문일 걸세. 그 일을 걱정하기보다는 앞으로 사천에서 일어나는 일들을 예의 주시하는 것이 나을 것이네. 무림맹의 행보 또한 마찬가지지. 혈교에서 각 문파로 잠입시킨 혈루비라는 자들이 활동을 시작할 테니 말이네."

"알겠습니다. 광아, 너도 자세히 살펴보거라. 그들의 움직임이 어떠냐에 따라 우리도 대응을 달리해야 하니 말이다."

"알겠습니다, 대사형."

유광은 대화가 끝나자마자 방을 나섰다.

"답답하기 그지없군요. 무림맹의 눈초리가 있어 마음대로 조사할 수도 없고 말입니다."

"그러게 말이네. 북경 근처라면 어떻게 해서든지 이번 일에 대해 알아보았을 텐데……"

사천성 쪽에는 아무런 기반이 없기에 답답한 것은 윤상호도 마찬가지였다. 전서응(傳書鷹)을 통해 북경으로 소식을 보낸 터라 뭔가 대책이 있을 것이라는 기대뿐이었다.

"술이나 한잔하시는 것이 어떻겠습니까? 이번 혈사로 인해 무림인들이 대거 성도로 몰려왔으니, 무림에 흐르는 소문을 들을 수도 있지 않겠습니까?"

"그러세. 나 또한 답답하니 말이야."

두 사람은 방을 나서 금강빈관의 술청으로 갔다. 강호의 돌아가는 소식도 들을 겸, 무림맹의 감시자들에게 보이기 위해서 이기도 했다. 하지만 언제나 사람이 넘쳐 나던 금강빈관의 술청에는 여느 날과는 다르게 한가할 정도로 사람이 없었다. 당가의 혈사로 인해 사람들이 몸을 사리기 때문인 것 같았다.

"상인들은 아무렇지 않은 것 같군."

"그런 것 같습니다. 이익을 위해서라면 목숨도 내놓는 자들이니, 당가의 혈사가 아무리 무섭다고 하더라도 움직여 야겠지요."

비어 있는 탁자가 많지만, 몇몇 상인들로 보이는 자들이 거래를 위해 나온 듯 자리에 앉아 있었다.

"자, 앉으시지요."

"그러세."

두 사람은 술청 안이 잘 보이는 곳에 자리를 잡고 앉았 다. 뒤이어 점소이가 오자 간단하게 술과 안주를 시켰다. 은밀한 눈길이 자신들을 감시하는 것을 느끼기는 했지만, 아무렇지 않은 척 두 사람은 술을 마시며 상인들의 대화를 듣기 시작했다.

"이번 일을 어떻게 생각하나?"

"글쎄, 아무래도 당가가 흉수라면 지각변동이 있을 것이 네. 이번에 어떻게 하느냐에 따라 흥할 수도, 망할 수도 있 으니 모두 몸을 사리고 사태를 주시하게나."

육대운과 윤상호의 옆자리에 앉아 있던 상인들은 의견이 분분했다. 큰일이라도 난 것처럼 작은 소리로 서로 간의 정 보를 전달하고 있었다.

"당가가 무너진 이상 사천성의 상권은 몇몇 자들이 나누어 가질 걸세."

"그럼 어디다 줄을 대야 하나?"

"지금 제일 유력한 곳은 대령상회(大領商會)가 틀림없네. 이미 섬서성과 산서성의 상권을 장악하고 있던 그들이 이번 호기를 그냥 넘길 리가 없네. 당가로 인해 사천에 상권을 형성하지 못했던 그들이니 말이야."

"그러게 말이네. 지금 당가의 휘하에 있던 상단들이 갈피를 잡지 못하고 있네. 당가가 흉수로 지목된 이상 이 넓은 사천 상권이 그야말로 무주공산이니 될 테니 말이야."

"그들은 어떻게 하고 있다고 하든가?"

"앞으로의 일을 의논하느라 분주한 모양이야. 본격적으로 대령상회가 사천 상권을 잠식하려 할 테니, 살아남으려면 어쩔 수 없지."

"그럼 우리는 어떻게 하면 좋은가?"

"당가 휘하에 있던 상단들은 어느 정도는 버틸 것이네. 하지만 구심점이 사라진 이상 하나하나 무너질 수밖에 없네. 자네들도 보았지 않은가, 산서와 섬서의 상단들이 어떻게 무너지는지 말이야."

"하긴, 두 성의 상단들은 보이지 않는 암투로 인해 천천히 무너졌지. 무력을 갖추지 않은 상단은 살아남지 못하는 것이 철칙이니까 말이야. 당가라는 큰 울타리가 사라진 이상 아무래도 당가 휘하에 있던 상단들이 사라지는 것은 시간문제일 뿐이네."

"그럼 대령상회의 움직임에 시선을 맞추어야겠군. 그들이 어떻게 움직이느냐에 따라 사천 상권의 판도가 완전히 변할 테니까 말이야."

"그럴 걸세. 그러니 각자 상단을 잘 단속하고 주변을 잘 살피게나."

"알았네."

상인들은 이야기를 마친 것인지 요리가 남았음에도 자리를 떴다. 사천성 상권에 폭풍이 몰아닥친 이상 살아남기 위해 바삐 움직여야 할 시기였기 때문이다.

"자네는 어떻게 생각하나?"

상인들이 떠나자 윤상호는 육대운을 향해 상인들이 주고받은 말에 대해 의견을 물었다. 대세를 움켜잡기 위해서는 우선 돈줄부터 움켜잡아야 한다는 누군가의 말이 떠올랐기 때문이다.

"무엇을 말입니까?"

"상인들의 움직임 말이네."

"상인들이요?"

"그렇다네. 사천은 주요 물산의 집결지네. 돈이 될 것들이 많다고 알고 있네. 당가가 이만큼 성세를 이룬 것도 사천의 부를 틀어쥔 것 때문이기도 하고."

"그럼 놈들이 당가의 멸문뿐만 아니라 상권을 노리고 그런 것이란 말입니까?"

"아무래도 그런 예감이 드네. 놈들이 진정으로 노리고 있는 것이 어쩌면 상권일 수도 있네. 돈줄을 틀어쥐는 자가 대세를 잡는 것이니까."

"그럴 수도 있겠군요. 하지만 그렇다고 우리가 조사할 수도 있는 것이 아니니, 답답합니다."

"답답한 것은 나도 마찬가지네. 천 공자가 말한 그 사람만 찾을 수 있다면 어떻게든 방법이 생길 텐데 말이야."

윤상호는 삼도회라는 하오문의 집단을 장악하고 있는 저 량의 존재가 무척이나 아쉬웠다. 하오문은 상권과 무척이나 관련이 깊은 집단이기에 그들이라면 지금 사천성의 돌아가는 판세를 정확히 파악할 수 있을 것이기 때문이었다. 윤상호와 육대운이 답답한 심정으로 어찌할 바를 몰라 하고 있을 때, 똑같은 심정으로 가슴이 답답한 사람이 있었다.

"허어!"

한숨이 절로 나왔다. 명색이 당가의 가주라는 사람이 열흘이 넘도록 아무런 대책을 마련할 수 없었다. 비령전 밖으로 나가 볼 수도 있겠지만, 섣불리 움직이지 말라는 서린의 당부를 생각하고는 이내 마음을 접었다.

"아버님."

"왜 그러느냐?"

철이 없지만 나름대로 장점을 가지고 있는 당추민은 당무결에게는 더할 나위 없이 소중한 자식이었다. 무엇이 그리 궁금한지 의문이 잔뜩 서린 표정으로 자신을 부른 당추민을 보며 당무결은 그의 궁금증이 무엇인지 짐작할 수 있었다.

"천서린이란 사람 말입니다."

"천 공자가 왜?"

"믿을 수 있는 사람입니까?"

"믿을 수 있는 사람이다. 이미 무너진 것이나 다른 없는 본 가가 다시 일어서기 위해서는 그의 도움이 절대적으로 필요할지도 모른다."

"그 정도로 중요한 사람입니까?"

절대적인 믿음을 보이는 아버지를 보며 당추민은 좀 전보다 더한 궁금증이 생겼다.

"추민아, 넌 천 공자의 무공 수준이 어느 정도라고 생각하느냐?"

"무공 수준이요?"

"그래."

"글쎄요?"

한 번도 대결해 보지는 않았어도 비무 대회 때 보여준 모습으로는 이미 절정고수라 할 수 있겠지만, 자신에게 서린의 무공 수준을 묻는 이유를 알 수 없었다.

"추민아, 천 공자의 무공 수준은 확언할 수는 없지만, 최소한 초절정은 넘어섰다. 어쩌면 생사경에 근접했을 수도 있다. 사종독인을 상대하는 것을 보며 느낀 이 애비의 솔직한 심정이다."

"예?"

당추민은 자신의 아버지가 누구인지 잘 아는 사람이었다. 남에 대한 평가가 인색하기로 자타가 공인하는 사람이었다. 그런데 몇 번 본 적도 없는 서린에 대해 극찬에 가까운 평가를 내리는 것을 보며 의문이 일 수밖에 없었다.

'믿지 못할 이야기다. 나보다도 나이가 어려 보이는 자가 어떻게 그럴 수가 있는지…….'

"믿지 못하겠는 모양이구나. 하지만 사실이다. 이건 이 애비의 직감이다. 넌 삼걸이를 어떻게 생각하느냐?"

"그놈은 왜요?"

당문의 무공을 훔친 장본인이라 생각하고 있었기에 당삼걸의 이야기가 나오자 당추민의 말투에는 노기가 깃들었다.

"이제는 너에게도 이야기해 주어야 할 것 같구나. 그동안 네 안위가 염려스러워 감추어두었다만, 이제 마지막 자존심만 남은 내가 뭘 두려워하겠느냐."

갑자기 경직된 어조로 말하는 당무결을 보며 당추민은 불안한 기운이 온몸을 감싸는 것을 느꼈다.

"우선 삼걸이가 익히고 있는 도반삼양귀원공은 엄밀히 따져서 본 가의 무공이 아니라는 것이다."

"본 가의 무공이 아니라니… 무슨 말입니까, 아버님."

"그 무공은 삼걸이의 가문에서 대대로 내려오는 것이다. 삼양신공만으로 만족해야 했거늘, 본 가에서 너무 욕심을 부리는 바람에 이런 사태가 벌어졌던 것이다. 대고모님 은……."

당무결은 아무것도 모르고 있는 자신의 아들에게 어떻게 이런 일이 벌어졌는지 설명해 주었다. 당가와 도반삼양귀원공에 얽힌 모든 것을 말해준 것이다. 또한 자신이 알고 있는 혈교의 음모도 말해주었다.

"아버님, 그런 일이 있었다니, 정말 믿을 수가 없군요. 크으, 그것이 사실이라면 정말로 부끄러운 일입니다."

"모든 것이 사실이다. 그리고 정말로 부끄러운 일이지. 그러니 삼걸이에 대한 감정은 접어라."

"알겠습니다. 그것이 사실이라면 제가 그동안 무척 잘못한 것이로군요."

당추민의 얼굴에는 당삼걸에 대한 미안한 표정이 가득했다. 자신의 형이나 당가의 어른들에게 들어왔던 대로라면 당삼걸은 당가의 비전을 훔치려는 도둑이나 다름없었지만, 그것이 가문의 욕심에서 비롯된 오해라는 사실에 무척이나 부끄러웠다. 당무결은 그런 당추민의 마음이 안타까운 가운

데서도 마음 한쪽에는 흐뭇함이 맴돌았다.

'역시 내 아들이다. 모든 것을 말해주어도 괜찮을 것 같다. 충격을 받기는 하겠지만, 잘 이겨낼 것이다.'

성격이 외곬수이기는 하지만 광명정대한 면이 많은 아들이었다. 누구에게도 알려주지 않은 비밀을 말해줄 필요가 있었다. 자신이 어떻게 될지도 모르는 마당에 알고 있는 사실을 아무에게도 말하지 못한다면 천추의 한을 남길 수도 있기 때문이었다.

"추민아, 네 형을 어떻게 생각하느냐?"

"형님이요? 형님이야 우리 당가의 대들보잖아요. 지금 우리가 이런 처지가 됐지만, 형님이 연공을 끝마치고 나오시면 다시 일어날 거라고 믿어요."

당추인은 당추민에게 있어서 우상이자 본받을 대상이었다. 재지는 물론, 무공까지 어디 하나 빠지는 것이 없는 형이었기에 어릴 때부터 믿고 따라온 당추민이었다.

"지금부터 내가 하는 말을 잘 들어라. 이건 틀림없는 사실이라는 것을 미리 밝혀두마."

"무슨 이야기인데 그러세요?"

당무결의 얼굴이 굳을 대로 굳어 있었기에 당추민 또한 긴장하지 않을 수 없었다.

"삼걸이의 누이동생인 소아를 아느냐?"

"만날 아파서 비실거리던 소아요?"

자신의 사촌이지만 도반삼양귀원공으로 인해 꺼려하던 당소아였다. 하지만 언제나 아파서 골골거리는 것은 알고 있었다.

"그래. 하지만 소아는 아파서 그런 것이 아니었다. 소아는 만성 독약에 중독돼서 그리 시름시름 앓았던 것이다."

"설마!!"

"그래. 누군가 도반삼양귀원공을 얻기 위해 소아에게 만성 독약을 먹이고 삼걸이를 협박한 것이다."

"그, 그럼……."

"소아에게 만성 독약을 투여한 것은 바로 추인이다."

"그, 그럴 리가! 형님이 그럴 이유가 없어요. 어떻게, 어떻게 형님이……."

언제나 광명정대한 형이었다. 집요한 면은 있지만, 그럴 리가 없다는 것이 당추민의 생각이었다. 비록 비전을 내놓지 않는 당삼걸이 미워 괴롭히기는 했지만, 그런 일을 할 사람은 아니었다.

"누가 네 형이라는 것이냐?"

"예?"

"네가 알고 있는 당추인이라는 놈은 네 형이 아니다."

"아, 아버님, 그게 무슨 말씀입니까?"

연이어지는 충격적인 말에 당추민은 정신을 차릴 수가 없었다.

"혈교가 사람을 완전히 바꾼 후 명문정파에 잠입시키려는 음모를 진행시켰다고 했지 않느냐."

"그럼……."

"그렇다. 아마도 네가 네 살이 될 무렵이었을 것이다. 그러니까 네 형이 일곱 살이 될 때였을 것이다. 무림맹의 일로 강호에 볼일이 있어 당가를 떠나 반년여 만에 돌아온 나는 나를 반기는 너희 둘을 안았을 때 기분 나쁜 느낌을 가져야 했다. 너는 아니지만 추인이를 안았을 때는 묘한 느낌이 느껴졌던 것이다. 처음에는 오랜만에 안아보는 탓이라 생각했다. 하지만 혈교의 음모를 알고 나서 다시 살펴보니 그것은 그저 느낌만이 아니었다. 칠 년 전, 내가 너희들의 실력을 시험했던 것을 기억하느냐?"

"예. 당시 형님은 아버님의 암기를 피하지 못하고 상처를 입었잖아요."

"그건 너희들의 무공을 시험한 것이 아니라 그놈의 피를 얻기 위해서였다. 진짜 내 자식인지 확인하기 위해서 말이다."

"그러면?"

"그렇다. 그놈은 네 형이 아니었다. 우리와는 피 하나 섞이지 않은 남남이었다."

"어찌, 어찌 그런 일이……."

"너도 알고 있지 않느냐, 우리 당가에서는 자식이 태어나면 아이의 피를 받아놓는다는 것을 말이다. 그 피와 암기에 묻은 피를 비교해 본 전대 장로들께서 그놈이 내 자식이 아니라는 것을 확인해 주셨다."

당가에서는 적손이 태어나면 아이의 피를 받아놓았다. 독에 중독되면 치료하기 위한 방편이었다. 핏속에 들어 있는 성분을 분석하여 해독제를 만들기 위해 오래전부터 비밀리에 행해오던 비전의 방법이었다.

"이 아비는 그놈이 네 형이 아니라는 것을 알고는 전대 장로들과 함께 당가를 비밀리에 조사했다. 그리고 알게 되었지. 당가의 소가주를 바꿔치기할 만큼 혈교의 그림자는 당가 곳곳에 퍼져 있었다. 그것이 오늘날 이런 결과를 만들어낸 것이다. 네게도 알려줘야 했지만, 그랬다간 너의 생사를 장담할 수 없기에 그동안 이 아비의 가슴에 묻어둘 수밖에 없었다. 넌 그놈 곁에서 떨어질 생각을 안 했으니 말이다."

"허, 허……."

기가 막히는지 당추민은 헛웃음을 흘렸다. 도저히 믿기지 않는 일이지만, 아버지의 말이었다. 비통해하는 표정이 역력했다. 자신의 형이 바뀌었다면 진짜 형이 어떻게 되었을지는 뻔한 일이었다. 그렇지만 묻지 않을 수 없었다.

"그럼, 진짜 형님은……."

"죽었겠지. 놈들이 살려두었을 리 만무하니까."

"으아아아아!"

당추민이 괴성을 질렀다. 자신이 알고 있던 일들이 모두 거짓이었다는 사실이 괴로웠던 것이다.

"큭큭, 아버지……."

굵은 눈물이 당추민의 볼을 타고 흘러내렸다. 당무결은 울고 있는 당추민을 안았다.

"그래, 울어라. 그렇지만 지금뿐이다. 당가에 그런 짓을 한 것이 얼마나 어리석은 일인지 알려줘야 하지 않겠느냐?"

흐느끼는 당추민의 머리를 쓰다듬는 당무결의 눈에도 조용히 눈물이 흐르고 있었다.

9장. 암중모색(暗中摸索)

당무결이 자신의 아들에게 모든 사실을 알려주고 있을 때, 서린은 큰 고비를 맞고 있었다. 육기운의 내력을 순환시키고 화산의 장문인에게 암습 받은 정신적 충격을 해소시키는 것은 쉬웠지만, 당고란의 경우는 달랐기 때문이다.

육기운을 치료하는 데는 이틀이 걸렸다. 그런 다음 하루 동안 운기조식을 취한 후 당고란을 치료하기 시작한 지 벌써 칠 일이라는 시간이 경과했다. 뇌맥 속에 침투해 있는 기이한 기운은 혈왕기를 이용해 아무리 잡으려 해도 잡을 수 없었다. 도중에 멈출 수도 없었다. 오히려 자신을 제거하기 위해 다가드는 혈왕기를 위협하고 있었다.

'이건 그자들의 뇌맥 속에 있던 기운과는 다른 것이다.

마치 전에 본 것과 비슷하지 않은가.'

비무 대회에 참가하기 위한 관문에서 지혼자와 인혼자가 보이던 것과는 전혀 다른 기운이었다. 혈왕의 유적을 찾으러 가던 당시, 사사밀교의 인드라가 보여줬던 기운과 비슷하면서도 달랐다. 그가 보여주었던 무시무시한 힘보다 더욱 치밀하면서도 파괴적인 힘이 일수천화의 뇌맥에서 꿈틀거리고 있었다. 다르면서도 어딘지 같은 기운이 파고드는 혈왕기와 대치하고 있었다.

'이렇게 하면 아무것도 되지를 않는다. 양단간에 결정을 내려야 한다. 저 기운을 파괴하든지, 아니면 혈왕기를 따라 내 안으로 빨아들이든지…….'

지루한 칠 일간의 대치가 서린을 지치게 했다. 어차피 당고란을 이대로 내버려 둘 수는 없는 일이었다. 약간의 위험을 감수하고서라도 자신의 혈왕기와 맞서는 기운과 결판을 내야 했다. 서린은 압박하던 혈왕기를 풀었다. 그러고는 천천히 자신의 몸으로 회귀시켰다.

'역시!'

뇌맥에 잠재했던 기운이 혈왕기를 추적하기 시작했다. 일정한 간격으로 거리를 둔 채 기회를 엿보는 것 같았다.

'그래그래, 어서 쫓아와라! 네놈이 이기나 내가 이기나 해보자! 어서!'

미끼를 이용해 고기를 유인하는 것처럼 서린은 천천히

혈왕기를 회수했다. 그에 따라 당고란의 뇌맥에 잠재한 기운도 슬금슬금 혈왕기를 쫓았다.

'이놈은 분명 혈왕기를 노리고 있다. 속도를 빨리한다면 놈도 맹렬히 추적해 올 것이다. 그래, 어서 나오너라. 네놈 눈앞에 먹이가 있잖니.'

먹이를 노리는 뱀처럼 따라오는 기운을 느끼며 서린은 기회를 기다렸다.

'이때다!!'

주우욱!

당고란의 뇌맥에 머물러 있던 기운이 뇌맥을 벗어나자 서린은 혈왕기를 급격히 회수했다. 명문혈을 통해 맹렬한 속도로 혈왕기가 회수되기 시작했다. 뇌맥을 벗어난 기운도 놓칠 수 없다는 듯 혈왕기를 맹렬히 쫓기 시작했다.

슈욱!

명문혈을 통해 흘러 들어오는 혈왕기의 끝을 따라 당고란의 뇌맥에 잠재했던 기운이 숙주의 몸을 이탈해 서린의 몸 안으로 들어왔다.

'크으으, 다 빠져나올 때까지 기다려야 한다.'

몸이 떨려왔다. 이질적인 기운 때문이었다.

'됐다!'

서린은 혈왕기를 따라 모든 기운이 넘어오자 명문혈에서 손을 뗐다.

부르르르!

자신의 숙주와 완전히 떨어지자 서린의 몸에서 기운이 요동쳤다. 잠시 요동치던 기운은 서린의 임독 양맥을 타고 뇌맥으로 전진하기 시작했다. 혈왕기가 막고 있지만, 밀리는 힘을 어쩔 수가 없었다.

주르륵!

입가로 번지는 핏물을 보며 금수주와 육소운, 그리고 육기운은 놀라지 않을 수 없었다. 계속 아무렇지도 않다가 일각도 채 안 되는 시간에 급격한 변화를 보이는 서린 때문이었다.

"어르신, 어떻게 해야 합니까?"

"그냥 놔두게. 지금 일수천화 님의 몸속을 잠식하던 기운을 저 아이가 자신의 몸속에 불러들인 것 같네. 자네는 어서 일수천화 님을 이리로 모셔오게."

명문혈에서 손을 떼자 당고란은 서린의 앞에 힘없이 쓰러졌다. 서린의 몸에서 기이한 기운들이 뿜어지자 파산검은 행여 당고란이 위험할지도 모르기에 옮기도록 이야기한 것이다.

육기운은 이틀 전에 깨어났다. 당무결과 서린의 치료가 잘 끝났기에 화산 장문이 자신을 배신했다는 충격을 털어버리고 일어난 것이다. 깨어난 후 육기운은 금수주를 통해 저간의 사정을 모두 들을 수 있었다. 자신을 배신한 화산 장

문이 혈교에서 심어놓은 간자일 수도 있다는 사실과 당가가
오명을 쓰고 있다는 것 등 모든 것을 들을 수 있었다.

설명을 듣고 난 후에도 육기운은 동요하지 않았다. 이미
배신의 충격에서 완전히 벗어났기 때문이다. 육기운은 석실
에 있으면서 운기조식으로 자신의 상세를 살폈다. 그리고
틈만 나면 서린과 당고란을 살폈다. 어찌 보면 혈교의 일보
다는 당고란을 치료하는 서린에게 더욱 흥미를 느끼는 것
같았다. 언제나 두 사람을 바라보는 그의 눈은 매우 급격하
게 변하곤 했던 것이다.

육기운은 서린에게서 흘러나오는 혈왕기에 흥미를 느꼈
다. 자신이 이루고자 하는 것을 느끼게 해주는 기운이기 때
문이었다. 그동안 지켜봐 왔지만, 거의 아무런 변화가 없었
다. 그런데 오늘 급격한 변화를 보이는 서린을 보면서 어쩌
면 자신이 바라는 그 무엇을 잡을 수 있다는 생각에 지금도
두 눈을 고정하고 서린을 보고 있었다.

'저건 강기 같은 것이 아니다. 내력도 아닌 것 같
고……'

아무리 봐도 특이한 기운이었다. 자신의 감각으로 느껴
지는 것은 더욱 특이했다. 평생 무인으로 수많은 접전을 치
러봤지만, 자신의 감각으로도 알 수 없는 기운이었다. 형체
로 봐서는 내공을 일으켜 만든 기운은 아니었다. 강기 같은
것이라면 예기를 풍기거나 강력한 힘을 느껴야 하는데, 그

런 것이 아니었다.

육기운이 지켜보고 있는 동안 서린은 자신의 내부를 잠식해 오는 기운의 정체를 확신할 수 있었다. 이건 분명 사사밀교에서 자신을 추적하며 공격했던 자와 같은 것이었다.

'분명하다. 이 기운은 그때 그자가 내게 공격할 때 느껴지던 기운과 같은 것이다. 뇌맥에 모이는 순간 단번에 제압해야 한다. 그렇지 않으면 이놈에게 제압당하고 만다.'

뇌맥은 혈왕기로 튼튼히 방비하고 있었다. 한곳으로 모두 모이게 되면 제압할 생각이었다.

부르르르!

자신들이 들어가려고 하는 뇌맥이 막혀 있자 당고란을 잠식했던 기운은 요동치며 혈왕기와 부딪쳤다. 여러 곳을 공격하면 안 될 것 같아 보이자 한곳으로 모여 공격을 시작한 것이다. 뒷목에 있는 연수 부분이 아려오며 서린의 몸이 경련을 일으켰다.

'지금이다!'

우르릉!

서린의 의식에서 우레 같은 소리가 울려 퍼졌다. 혈왕기가 수비에서 공세로 전환한 것이다. 뇌맥을 공격하던 기운들은 내내 밀리기만 하던 혈왕기가 거세게 공격해 오자 다급하게 다른 곳으로 피하려 했다. 하지만 그럴 수가 없었다. 골수 속에 숨겨놓았던 혈왕기가 완전히 포위하는 형세를 취한 탓이었다.

혈왕기의 기세는 노도 같았다. 자신을 침범한 기운을 용서하지 않으려는 듯 거세게 잠식해 갔다. 경련하던 서린의 신형이 서서히 가라앉았다. 급변하던 표정도 서서히 제 모습을 찾아갔다. 그리고 얼마 시간이 지나지 않아 서린은 자신의 몸 안에 흘러 들어온 기운들이 모두 소멸했음을 느낄 수 있었다.

'휴우, 다행이다. 간신히 그놈들을 제거할 수 있었다.'

완전히 소멸한 것을 느끼자 서린은 서서히 눈을 떴다. 그러자 의혹으로 가득한 육기운의 눈을 볼 수 있었다.

'혈왕기의 기운을 어느 정도 눈치챘나 보구나.'

서린은 육기운이 가지는 의혹이 바로 혈왕기 때문임을 느낄 수 있었다. 하지만 설명해 줄 수 있는 것이 아니었다.

"깨어나셨군요?"

"자네 덕분이라고 손자놈에게 들었네. 고맙다는 말밖에는 할 말이 없네. 금강빈관에서 보았을 때도 예사롭지 않다 생각했지만, 내가 자네의 도움을 받을 줄은 미처 몰랐네."

"별말씀을 다 하십니다. 그나저나 상세는 어떠십니까?"

"그럭저럭 움직일 수 있을 것 같네. 그래 일수천화께서는 어떠신 것인가? 아직까지 의식을 차리지 않으니 걱정일세."

"오랫동안 의식 속에 기생하던 기운을 없애 버렸으니,

이제 곧 깨어나실 겁니다."

"그것참, 다행스러운 일이로군."

"저로서도 어려운 일이었습니다만, 간신히 성공할 수 있었습니다. 운이 좋았다고 해야 할 겁니다."

"그런데 그 기운은 어떤 것인가? 내 생전 처음 보는 기운이었는데 말이네."

"무슨 말씀이신지는 알겠으나 사문의 법도가 있는지라 알려드리지 못함을 용서하십시오."

육기운은 단호하게 거절하는 서린의 태도가 못내 아쉬웠으나 남의 사문의 절기에 대해 알려고 하는 것은 금기에 속하는 일이라 아쉬움을 접어야 했다.

"그나저나, 얼마나 시간이 지난 것입니까?"

"일수천화 님의 치료를 시작하시고 칠 일이 지났습니다."

"벌써 시간이 그렇게 흐르다니, 예상보다 조금 늦었군요. 일단 바깥으로 나가도록 하지요. 할 이야기가 많습니다."

시간이 상당히 흘렀기에 서린은 석실에서 나섰다. 육기운과 육소운, 그리고 당고란을 업은 금수주가 뒤를 따랐다.

그르르릉!

묵직한 소음이 울리자 사람들의 시선이 집중됐다. 석실의 문이 열리자 서린이 나오기를 기다리고 있던 사람들의 얼굴에 안도의 빛이 스쳤다. 당무결을 비롯한 당가의 인물들과 관문 통과자들은 초조한 마음이 사라지는 것을 느낄 수 있었다.

"어떻게 되었소, 천 공자?"

당무결이 궁금증을 참지 못하고 물었다.

"모두 잘 끝났습니다."

"당가주는 내가 보이지도 않는 모양이군?"

서린에게 인사를 건네는 당무결을 보며 육기운이 짐짓 섭섭한 듯 말을 이었다.

"아닙니다, 어르신. 이제는 괜찮으신 모양이로군요. 농담을 다 하시고 말입니다."

"소운이에게 이야기는 다 들었네. 내가 살아남을 수 있던 것은 다 당가주 덕분일세. 내 이 은혜는 잊지 않음세."

"별말씀을 다 하십니다. 어르신은 제게 스승과 같은 분이신데 신세라니요. 당가의 잘못으로 인해 화를 당하신 것이 송구할 따름입니다."

"아니지. 어찌 그것이 당가의 잘못이라고 할 수 있겠나. 놈들의 손속이 무서운 것이었으니 그럴 수밖에 없던 것을. 그러니 이제는 그대로 돌려주어야 하지 않겠나?"

"그래야지요. 암요."

육기운이 무슨 뜻으로 한 말인지 잘 알기에 당무결은 결의에 찬 눈빛으로 고개를 끄덕였다.

"모두 모이도록 하시지요."

어느 정도 안부를 확인한 것 같아 보이자 서린은 사람들을 모이도록 했다. 이미 모든 시선이 집중되어 있던 터라 당무결의 말이 없어도 사람들이 모여들었다.

"가주님, 우리 이곳에 있다는 것을 혈교 놈들에게 들키지는 않겠습니까?"

"가능성이 없지는 않네. 이곳이 당가 내에서도 가주들만이 유일하게 알고 있는 곳이기는 하지만, 놈들이 모르리라는 보장이 없으니 말이네."

"당가에서 한참을 나온 것 같은데, 이곳이 어디쯤 되는 곳입니까?"

"이곳은 성도의 외곽 쪽이네."

"전에 이곳을 빠져나갈 수 있는 통로가 있다고 하셨는데, 지금 빠져나가면 놈들에게 들키지 않겠습니까?"

"당가가 흉수로 지목됐다면 무림맹에서는 분명 성도를 중심으로 천라지망을 펼쳤을 것이 분명하네. 아마도 무림맹의 무력 단체인 삼단이 모두 성도로 왔을 것이 자명하지. 그들이 천라지망을 펼쳤다면 아무도 모르게 빠져나가기는 거의 불가능하다고 봐야 하네."

"이목을 피할 수 없다면, 어찌 되었든 바깥의 상황을 알아봐야 하겠군요."

"그래야 할 걸세. 섣불리 나섰다가는 꼼짝도 못하고 올가미를 덮어쓸 수 있으니 말이네. 파산검 어르신이 증언을 해주시면 일부나마 당가의 혐의는 벗을 수 있겠지만, 지금은 그것도 확신을 할 수가 없는 상황이네. 자네는 놈들을 잡을 생각일 테니, 일단 상황을 지켜보는 것이 좋을 것 같네."

"가주님 말씀대로 그럴 수도 있으니 일단 상황을 살펴보는 편이 좋을 것 같군요. 그런데 무림맹에서 믿을 만한 사람이 있겠습니까? 그런 사람이 있다면 일을 해결하기가 상당히 쉬울 텐데 말입니다."

"자네 말대로라면 무림맹의 모든 인사들을 의심해야 할 지경일세. 그런데 섣불리 믿을 만한 사람들이 있을까 모르겠네."

누가 혈교의 인물인지 모르는 탓에 당무결은 섣불리 믿을 만한 사람을 소개해 줄 수가 없었다.

"믿을 만한 아이가 하나 있지."

당무결이 곤혹스러운 표정을 지어 보이자 육기운이 나섰다.

"누굽니까, 어르신?"

"일이 이 정도로 벌어졌다면 그 아이가 반드시 와 있을 것이네. 그 아이를 통한다면 자네들이 원하는 일을 수월히 추진할 수 있을 것일세."

"할아버지, 누님이 오셨겠군요."

육기운의 말에 육소운이 누군가를 떠올린 듯 입을 열

었다.

"그래, 맞다."

"도대체 누굽니까?"

당무결이 궁금한 듯 물었다.

"무림맹에서 비원각주를 맡고 있는 아이가 우리 삼성의 공동 전인일세."

"삼성의 공동 전인이요?"

소문이 돌지 않은 이야기라 서린이 의문을 드러냈다.

"대단한 아이지. 바깥의 상황을 살피러 자네가 나갈 것 같으니, 이걸 가지고 가도록 하게나. 그 아이는 지금 비원각의 각주 직을 맡고 있네. 그걸 가져가면 자네를 믿어줄 것이네."

육기운은 서린에게 벽옥으로 된 작은 대나무 잎사귀 하나를 건네주었다.

"이것이면 증표가 되는 것입니까?"

"그렇다네. 일엽령이라는 것이네. 의심이 많은 아이이니 일엽령을 믿지 않을 수도 있네. 세간에는 내가 흉수에게 당한 것으로 알려져 있으니까 말일세. 만약 그 아이가 일엽령을 믿지 않는다면 내가 청죽으로 만든 통에서 놀던 아이에 대해서 자세하게 이야기해 줄 것이라고 말하게나. 그럼 그 아이가 자네를 믿어줄 걸세."

"알겠습니다, 어르신."

서린은 육기운이 건넨 잎사귀를 품에 넣었다. 그러고는 주변으로 몰려든 사람들을 바라보았다.

"여러분도 모두 들으셨을 겁니다. 파산검 어르신의 말을 빌리면, 우리를 도울 사람이 있다고 하니 너무 염려하지 마시기 바랍니다. 제가 당가에 씌워진 오명을 반드시 벗겨낼 것이니 말입니다."

"고맙습니다."

"우리가 숨은 이상 놈들은 밝은 곳으로 나오게 되어 있습니다. 그때 여러분에게 씌워진 오명을 벗을 기회가 올 것이니, 조금만 참으십시오."

사람들의 눈에 희망의 빛이 비쳤다. 육기운의 몸이 회복되었고, 그들도 비원각이 뭐하는 곳인지 잘 알고 있었다. 비원각주가 도와준다면 자신들에게 씌워진 오명을 벗는 것이 훨씬 쉬워짐을 인식한 것이다. 그리고 혈교의 음모를 분쇄하고 응징할 수 있는 기회가 올 것임을 의심치 않았다.

"그럼 전 지금부터 바깥의 동정을 알아보러 나가겠습니다."

"이리로 따라오게나."

당무결은 서린을 통로로 안내했다. 일각이 넘게 지하 석실을 따라 걸어가던 당무결은 한곳에 멈추어 섰다.

"이곳이네. 이곳은 신상사(信相寺)로 통하는 길이네. 이곳으로 나가면 무림맹에서 펼친 천라지망을 조금이나마 피할 수 있을 걸세."

"알겠습니다. 그리고 혹시 모르니 당가 쪽에서 비령전으로 들어오는 입구가 뚫린다면 이곳으로 피하도록 하십시오. 그리고 내공을 담아 이것을 하늘로 던지도록 하십시오. 그러면 제가 바로 오겠습니다."

말과 함께 서린은 품에서 조그만 통 하나를 꺼냈다.

"이것은 무엇인가?"

"연락할 수 있는 화탄입니다. 내공을 담아 던지면 화탄이 터지고, 이백여 리 안쪽이면 제가 볼 수 있습니다."

"알겠네."

서린은 통로를 통해 바깥으로 나갔다. 나선 곳은 남북조 시대에 창건되었다는 오래된 고찰이었다.

$$* \qquad * \qquad *$$

육대운과 윤상호는 술청에 앉아 술잔을 주고받았다.

"자네는 이제 어떻게 했으면 좋겠나?"

"나가서 알아보고는 싶지만, 감시하는 눈이 많아 어려우니 걱정입니다. 뾰족한 수도 없고 말입니다."

"그러게 말이네."

쪼르…….

"이런 술이 떨어졌군. 이보게, 여기 백주 한 병 더 가져

다주게나!"

답답한 마음에 술을 따르려던 윤상호는 술이 떨어지자 점소이를 불러 술을 더 시켰다. 잠시 후, 점소이는 술병 하나를 들고 와 탁자 위에 놓았다.

퐁!

마개가 따자 그윽한 주향이 풍겨 나왔다. 상당히 좋은 술냄새였다.

"응?"

"뭡니까?"

윤상호가 흠칫하는 표정을 지어 보이자 무슨 일이 있는 것이 아닌지 육대운이 물었다.

"아닐세. 주향이 너무 좋아서 말이네."

"윤 대형도 술을 무척 좋아하시는 군요."

"후후후, 좋은 술은 좋은 친구를 부르는 법이거든."

윤상호는 태연히 자신의 잔에 술을 따랐다.

—경동하지 말고 조용히 듣게나.

자신의 귀를 파고드는 전음에 육대운은 의문이 가득한 눈동자로 윤상호를 바라보았다. 눈 속에 가득 찬 의문과는 달리 그는 침착하기 그지없었다.

—지금 내가 탁자에 내려놓은 마개를 한 번 보게나.

윤상호의 전음에 따라 육대운의 시선이 마개로 향했다. 눈앞에 두고 자세히 보지 않으면 알아보지 못할 글자들이 쓰여 있었다. 천겁만도를 익히는 자는 누구보다 뛰어난 안법의 소유자여야 한다. 탁자 위에 놓여 있다고는 하지만 육대운이 그것을 못 알아볼 리가 없었다.

당가의 인물로 보이는 사람들을 보호 중. 무림맹의 이목이 있어 데리고 오지는 못하나 신변은 안전함. 공자님과 연락이 닿지 않아 주변의 정세만 살피고 있었음. 지금 곧 방으로 돌아가시기 바람.

저량.

기다리던 저량의 연락이 틀림없었다.
'도대체 누굴 보호하고 있는 것이지?'
당가의 인물들은 모두 비령전에 있는데 누구를 보호하고 있는지 궁금하지 않을 수 없었다.
—저량이 보호하고 있는 사람들이 누굴까요?
육대운이 전음을 보내자 보내온 글을 다 읽었음을 확인한 윤상호는 마개를 손으로 살며시 감싸 가루로 만들어 버렸다.
—모르지. 일단 방에서 기다리는 모양이니, 가보도록 하세. 그 사람을 통해 지금 일어나고 있는 상황에 대해 알아볼 수 있을 테니, 한시름 덜은 셈이네.
—다행이로군요.

―빨리 마시고 방으로 가세나. 저량이라는 사람과 앞으로 어떻게 해야 할지 함께 생각해 보세나.

육대운은 윤상호의 전음에 술을 잔을 따랐고, 두 사람은 말없이 백주를 마셨다. 술병이 다 비워지자 윤상호가 약간 비틀거리며 자리에서 일어났다.

"취하는군. 이만 마시는 것이 좋겠네."

"그러는 것이 좋을 것 같습니다."

두 사람은 술자리를 끝내고 방으로 갔다. 방으로 돌아온 윤상호와 육대운은 조용히 탁자에 앉아 자신들을 기다리고 있는 저량을 볼 수 있었다. 술청에서 술을 마시느라 무림맹의 감시가 소홀해진 틈을 타 들어온 모양이었다.

두 사람은 차분히 문을 닫고는 탁자에 가서 앉았다.

"오랜만입니다."

저량이 인사를 건넸다. 저량의 인사에도 두 사람이 머뭇거렸다. 감시자가 있기 때문이었다.

"걱정하지 마십시오. 감시하는 자들은 이 안에서 나누는 이야기는 듣지 못할 것입니다."

"오랜만입니다. 그런데 얼굴이……."

창백한 안색의 얼굴에는 불로 지진 것 같은 상처가 있었다. 서린의 예상대로 분명 무엇인가 큰일이 있던 것 같았다.

"별거 아닙니다. 당가의 사람들을 구하느라 약간 내상을 입었습니다."

"상세를 보아 크게 다친 것 같습니다."

"내상은 치료가 되었으니 걱정하지 않으셔도 됩니다. 그 것보다 공자님은 어떻게 되셨습니까?"

"지금은 당가 사람들과 함께 피해 있습니다."

"다행이로군요. 공자님을 한시라도 빨리 만나 뵈어야 할 것 같습니다."

"무슨 일인데 그러십니까?"

"혈교 때문입니다."

"혈교요? 도대체 무슨 일이 있던 것입니까?"

"혈교의 동태를 파악하려다가 뜻하지 않은 일을 겪었습 니다."

"뜻하지 않은 일이라니요?"

"혈교의 근거지라 여겨지는 곳을 감시하다가 당가의 전 대 장로들을 구할 수 있었습니다. 그러니까……."

저량은 자신이 겪은 일을 간략하게 설명했다.

"으음……."

"그런 일이……."

"마침 제가 그곳에 있어서 그분들을 구하고 간신히 피신 할 수 있었습니다."

"그래, 그분들은 어떠십니까?"

당가의 전대 장로들이라면 혈교와 결탁했거나 협조하고

있는 자들을 응징하기 위해 당가를 떠난 것으로 알고 있었다. 그런 그들이 저량에 의해 구함을 받았다는 말에 육대운은 전대 장로들의 상태를 물었다.

"생명을 겨우 구했습니다만, 무인으로서의 삶은 끝났다고 봐야 할 것입니다."

"목숨을 건지셨다니 그나마 다행입니다. 그런데 어째서 그분들이 황가의숙을 습격하신 것입니까?"

"도무지 이야기를 하지 않습니다. 아마도 저를 믿지 못하시는 것 같습니다. 해서 당가주를 만나보아야 할 것 같습니다. 그분을 만나면 이야기를 하실 것 같으니 말입니다."

"그렇다면 제가 가겠습니다. 저라면 이야기하실 것이 분명하니 말입니다."

"당신이 말입니까?"

윤상호와 같이 있으니 서린의 일에 협력한다는 것은 알고 있었지만, 저량은 육대운이 어떤 사람인지 잘 모르기에 의문을 던졌다.

"걱정하지 마십시오. 이 사람은 당가주의 비밀 제자입니다."

저량의 의문에 답은 해준 것은 윤상호였다.

"그렇습니까? 그럼 빨리 가는 것이 좋을 것 같습니다. 그분들이 알고 계시는 것이 상당히 중요해 보였으니까 말입니다."

"알겠습니다. 그런데 무림맹이 우리를 감시하고 있으니 어떻게 하는 것이 좋겠습니까? 그분들이 있는 곳으로 가는 것이 쉽지 않을 텐데 말입니다."

"그건 걱정하지 마십시오. 아무도 모르게 이곳을 빠져나갈 방법이 있으니 말입니다."

저량은 일어서서 침상 쪽으로 다가갔다. 그러고는 침상의 기둥한 곳을 만지작거렸다.

스르르르!

침상이 내려앉으며 비밀 통로가 나타났다.

"이건?"

"이곳은 제가 거느리고 있는 조직의 비밀 거점 중 하나입니다. 이곳으로 나가면 무림맹의 이목을 속일 수 있을 겁니다."

"정말 놀랍군요."

기관이 있다는 것보다 당가의 코앞에서 비밀스럽게 암약하는 조직이 있음에도 전혀 눈치채지 못하고 있었기에 놀라지 않을 수 없었다.

'아마 유광이도 이곳이 비밀 집단의 거점이라는 것은 모르고 있었을 것이다. 알고 있었다면 나에게 연락이 왔을 테니까. 대단한 조직이로군.'

사제라고 할 수 있는 유광조차 몇 년간 이곳에서 일을 했음에도 아무것도 몰랐다는 것은 금강빈관을 거점으로 움직이는 조직이 얼마나 은밀한지 알 수 있었기에 한편으로는 가슴이 시리기도 했다.

"빨리 가야 할 것입니다."

저량의 재촉에 두 사람은 비밀 통로를 통해 금강빈관을 나섰다.

*　　　*　　　*

신상사를 나선 서린은 당가를 향해 걸음을 재촉했다.

'지난 시간 동안 상황이 어떻게 변했는지 궁금하군.'

삼성의 공동 전인이라는 비원각주를 만나 이야기를 들어볼 참이었다. 육기운이 호언장담할 정도라면 상황을 정확히 파악하고 있을 가능성이 높았다. 경공을 발휘해 당가에 도착하자 어둠에 잠겨 조용한 모습이 보였다.

'조용하군.'

혈사로 인한 피비린내가 아직도 가시지 않은 탓인지는 몰라도 어둠 속에 잠긴 당가는 무척이나 조용한 모습이었다.

'삼엄하군.'

경계하는 자가 없는 것 같아 보이지만, 그런 것도 아니었다. 모습은 보이지 않지만, 상당한 자들이 은신해 있었다.

'저들을 뚫고 들어가는 것은 어떻게 된다 하더라도 그녀가 어디에 있는지도 모른 마당에 무작정 들어갈 수도 없고……. 으음, 곤란하군.'

당가 안으로 들어가는 것은 자신 있지만, 비원각주를 찾는 것이 문제였다.

'아무나 한 사람을 잡아 비원각주의 처소를 물어봐야겠다.'

스르르…….

서린의 몸이 어둠에 잠기듯 사라졌다. 이제는 경지에 이른 사밀야혼은 서린을 어둠과 완벽하게 동화시켰다. 지금 당가의 외곽 경계를 맡고 있는 자들은 매화검 조천호가 이끄는 은하검룡단이었다. 구파 중 검에 일가견이 있는 일대 제자들을 모아 만든 단으로, 철저한 훈련을 거친 두 명이 한 조로 은신해 있었다. 하나는 기척을 드러내고 있지만, 다른 하나는 흔적을 찾기 어려웠다. 일류 고수라도 알아차릴 수 없을 정도로 은밀했지만, 서린의 기감을 벗어나지는 못했다.

'함정이군. 그렇다면!'

파팟!

미세한 소음이 일며 지풍이 일었다. 경계를 서던 두 사람은 영문도 모른 채 몸이 굳어졌다. 서린은 기척을 내던 자에게 다가가 머리에 손을 얹은 후 혈왕기를 시전했다. 지풍에 제압되어 아무런 움직임을 보일 수 없던 무당의 제자 조당연은 눈을 껌뻑거리며 두려운 눈빛만 흘렸다. 누군가 자신 앞에 있지만 아무리 보려 해도 볼 수 없었다. 그저 검은 그림자만이 눈에 아른거릴 뿐이었다.

'뭐, 뭐지?'

그러던 찰나, 백회혈에 무엇인가 따뜻한 기운이 흘러드는 것을 느꼈다. 죽음으로 향해 가는 것인지 정신이 아득해졌다.

'으음, 이자는 별달리 아는 사항이 없구나.'

비원각주에 대한 기억이 없었다. 조당연이 사천성을 감싸는 천라지망을 펼치다 당가로 온 것이 정오 무렵이었기 때문이다. 서린은 다른 자에게로 은밀히 움직였다. 그리고 조당연에게 한 것처럼 똑같은 행동을 되풀이했다.

'됐다. 그녀는 청란각에 머물고 있구나.'

서린이 두 번째로 손을 댄 자는 은하검룡단의 부단주 중 하나인 허도일이었다. 무당의 속가제자로 제법 괜찮은 무력을 소유했기에 은하검룡단의 부단주까지 차지한 자였다. 허도일 또한 얼마 안 있어 의식을 잃었다.

비원각주의 위치를 알아낸 서린은 어둠이 내려앉듯 당가의 담을 넘은 후 신형을 은잠한 채 조심스럽게 청란각으로 향했다. 그림자처럼 움직이는 서린의 신형을 발견한 이는 아무도 없었다.

'아직 자지 않고 있는 모양이군. 혼자 있으니 다행이다.'

청란각은 밤이 깊었음에도 불이 환하게 켜져 있었다. 느껴지는 기척으로 보아 비원각주 혼자 있었다.

스스슷!

서린의 신영이 허공을 날았다. 그리고 편복처럼 처마 밑에 다리를 걸고는 창을 통해 안의 기척을 살폈다.

'확실히 아무도 없군.'

비원각주 혼자만 있음을 다시 한 번 확인한 서린은 어둠이 내려앉듯 처마에서 내려왔다. 그리고는 문 쪽으로 다가가서 조심스럽게 열었다. 소리가 나는 것을 진기로 차단한 듯 아무 소리도 없이 문이 열렸다 닫혔다. 면사를 쓴 채 탁자에 앉아 곰곰이 생각하고 있는 비원각주는 서린이 들어온 기척을 전혀 못 느끼고 있는 듯 보였다.

핏!

지풍이 날았다.

팟!

"음⋯⋯."

당연히 비원각주를 제압해야 할 지풍이 비원각주를 뚫고 사라졌다. 그와 동시에 자신의 목 언저리에서 싸늘한 살기를 흘리는 검의 감촉을 느낄 수 있었다. 서린은 순간 비원각주의 실력이 만만치 않다는 것을 알 수 있었다.

"웬 놈인지 모르겠지만, 간이 부은 놈이로구나. 여기까지 잠입해 오다니."

어느새 검을 꺼내 든 비원각주가 검첨을 겨누며 싸늘한 목소리로 말했다.

"할 이야기가 있어 왔소."

"할 이야기? 이 야밤에 들어와 암습을 하면서 말이냐?"

"소란이 일어날지도 몰라 그랬소.

"으음……."

비원각주 또한 살기가 없다는 것을 알고 있었기에 눈살을 찌푸렸다.

"당신하고는 이야기를 나눠볼 만할 거라는 분이 있어서 찾아 온 것이오."

'누군가 나에 대해 알려줬다는 것인가?'

문인혜는 의아한 생각이 들었다. 자신에 대해 알고 온 것이 틀림없었다.

"그 사람이 누구냐?"

"내 품 안에 그분이 증표로 준 것이 있소."

"증표?"

"그분이 말씀하시길, 내게 주신 것이 일엽령이라고 했소."

"뭣이? 널 보낸 사람이 누구냐?"

"파산검 어르신이오."

"믿을 수 없다. 사부님께서는 중상을 당하셨다고 들었다. 혹시 네놈은 흉수들 가운데 하나가 아니냐? 순순히 말할 때 네 정체를 불어라."

검에서 차가운 살기가 흘렀다.

"믿지 않을지도 모른다고 하더니만, 역시 의심이 많은 아가씨로군. 파산검 어르신이 그러셨소. 소저가 믿지 않는다면 나중에 나에게 청죽통에서 놀던 아이에 관해 이야기를 해주신다고 했소."

"청죽통!!"

놀라는 반응과 함께 문인혜가 검을 거둬들였다.

'청죽통이 뭔지는 모르지만, 믿는 것 같군.'

"이제는 돌아서도 되는 것이오?"

"그래요. 하지만 천천히 돌아서요. 난 아직 당신에 대한 의심을 버린 것이 아니니까. 어서 일엽령을 꺼내봐요."

서린은 천천히 뒤로 돌아섰다.

그곳에는 하얀색 면사로 얼굴을 가린 여인이 서 있었다.

'음…….'

은은히 풍기는 울금향이 서린의 코를 간질였다. 비원각 주는 아직 의심을 지우지 않은 듯 검을 든 채 서 있었다. 서린은 품에서 일엽령을 꺼냈다. 푸른 대나무 잎사귀 모양을 한 벽옥을 보자 문인혜의 눈빛이 흔들렸다.

"자리에 앉아요."

"그럴 필요 없소. 소리는 차단하고 있지만, 자리에 앉으면 불빛의 여파로 내가 이곳에 잠입한 것이 들킬지도 모르니까 말이오."

'단음강막까지 펼치는 고수라는 말인가? 그런데 어째서……'

자신이 아무리 기문진을 이용해 허상을 만들어놓고 있었디지만, 단음강막을 펼쳤다면 못 알아볼 리가 없었다.

"괜한 소란이 일어나는 것이 싫었을 뿐이오. 일단 소저는 자리에 앉으시오. 난 서 있어도 되니."

휘이익!

팟!

서린의 말이 끝나기 무섭게 문인혜는 검을 휘둘렀다. 검촉에서 일어난 검기로 방 안을 밝히고 있는 촛불이 꺼져 버렸다.

"자리에 앉아요."

문인혜는 자신의 허상이 있던 자리로 가 앉았다. 불빛이 사라지자 환영은 어느새 사라지고 없었다.

"앉지 않을 건가요?"

"알았소."

문인혜의 재촉에 여전히 서 있던 서린이 마주 앉았다.

"삼사부님은 무사하신가요?"

"당가주의 치료 덕분에 무사하시오."

"당가주가 치료를 해주었다는 건가요?"

"그렇소."

"역시 당가는 이번 혈사의 흉수가 아니었군요. 그럼 당신은 이번 혈사의 진정한 흉수가 누구인지 이야기해 주러 온 것인가요?"

'역시 무림맹의 머리라는 비원각을 맡을 만한 사람이다.'

자신의 한마디에 모든 상황을 짐작한 듯 되묻는 문인혜를 바라보며 서린은 그녀의 총기가 어느 정도인지 짐작할 수 있었다.

"비원각주는 모르는 것이 없다더니, 과연 명불허전이요. 소저가 그리 말씀하시니 말하기 편하겠군요."

"문인혜예요."

"예?"

"소저라고만 하지 말고 성을 붙여 불러주세요."

이상한 주문이었다.

"알았소, 문인 소저. 흉수에 대해 말해주리다. 흉수는 바로 혈교요."

"혈교요? 그들은 오백여 년 전에 완전히 멸문하지 않았나요?"

문인혜가 눈살을 찌푸리며 물었다.

"완전히 멸문하지 않은 것 같소. 이번에 당가에서 벌어진 혈겁의 발단은 이십 년 전으로 거슬러 올라가오."

"이십 년 전이라면?"

뭔가 생각난 듯 문인혜의 눈에 의혹이 스쳤다.

"그렇소. 당시 당가에서는 당가주의 동생이 실종되는 사건이 발생했소. 그 사건은……."

서린은 자신이 알고 있는 사실들을 모두 말해주었다. 꽤 긴 시간이지만, 문인혜는 때로는 놀라운 표정을 지으면서 침착하게 서린의 말을 경청했다.

"믿을 수 없는 이야기로군요. 그토록 오랜 세월 동안 암약하는 자들이 있었다니 말이에요. 혈루비라 그랬나요?"

"그렇소. 그들은 오랜 세월 동안 완전히 변신한 채 구파 일방으로 스며들었소. 그리고 아직까지 그들의 정체는 밝혀지지 않았소."

"당신 말이 사실이라면 큰일이로군요. 그렇지 않아도 전면적인 감찰을 할 생각이었지만, 어떻게 혈루비를 찾아낼 수 있을지 막막하군요."

"일단 황가의숙을 조사할 필요가 있을 것 같소. 혈루비라는 자들이 황가의숙과 관련 있는 것은 틀림없을 테니 말이오. 나도 나름대로 알아보고는 있지만, 아직 아무런 소식도 없으니 문인 소저가 한 번 알아보는 것이 좋을 것 같소."

"황가의숙은 조사할 필요가 없어요."

문인혜는 단언하듯 말했다. 서린으로서는 그간 어떤 변화가 있었다는 것을 짐작할 수 있었다.

"아니, 어째서 황가의숙을 조사할 필요가 없다는 말이오?"

"황가의숙은 며칠 전에 완전히 사라졌어요. 황가의숙에 있던 의생들은 물론, 환자들까지 누군가에 의해 모조리 죽임을 당했어요."

"으음, 그런 일이 벌어지다니……."

혈교에서 흔적을 지운 것이 틀림없었다.

"크게 싸운 흔적이 있다는 보고를 받았어요. 누군가 황가의숙에 대한 정체를 알고 있었다는 소리죠. 지금 제갈세가의 가주께서 조사하고 있으니, 어찌 된 일인지 조만간 밝혀질 거예요."

'저량이 움직인 것인가? 모를 일이로군. 저량이 소식을 남겼을지도 모르니 이곳에 일을 마치는 대로 일단 금강빈관에 가봐야겠다.'

당가와 관련된 주변 정세를 살피도록 했기에 황가의숙에서 일어난 일이 저량과 관련이 있음을 직감했다.

"어쩌면 놈들은 자신들의 흔적을 지우는 것일 수도 있소."

"그것이 무슨 말이죠?"

"당가에서는 혈교의 잔재들을 지우고 있었소. 그들과 연관이 있는 문파들을 하나하나 없애가는 중이었소. 그런데 혈교에 대한 당신의 반응을 보아하니, 혈교에 대한 일이 하나도 밝혀지지 않고 있는 것 같소."

"당가가 움직였는데도 소식이 퍼지지 않는 것을 보면……."

"흔적을 철저히 지우고 당문 자체를 사천에서 완전히 말살시키려는 것이 분명하오. 도저히 빠져나올 수 없는 올가미를 하나하나 채워가는 것일 수도 있다는 말이오."

"그렇군요. 그럼 놈들이 노리는 것이 무엇일까요?"

"아직은 모르겠소. 이제부터 알아봐야 할 것 같소. 비원각에서도 정파에서 암약 중인 혈루비들을 찾아야 하겠지만, 문인 소저도 그 방면을 살피는 것이 좋을 것이오."

"알겠어요. 신경을 쓰도록 하지요."

"난 이만 가봐야겠소. 앞으로도 종종 찾아뵐 것 같으니 박대하지 마셨으면 좋겠소."

"아까는 미안하게 됐어요."

"아니오. 그럼 이만!"

스스슥!

인사를 마치고 눈앞에서 꺼지듯 서린이 사라졌다. 문인혜는 서늘한 눈으로 창문을 바라보았다.

"대단한 사람이다. 그나저나 큰일이로군. 그간의 심려가 사실이었다니, 역시 사부님들의 말씀이 맞는 것인가?"

서린에게는 말하지 않았지만, 분명 무엇인가 알고 있는 목소리였다. 문인혜의 눈이 빛나기 시작했다.

〈『혈왕전서』 제8권에서 계속〉

http://www.bbulmedia.com